欧美诗歌
典藏

美洲现代诗人读本

A Reader of Modern American Poets

董继平◎编译

黄河出版传媒集团
宁夏人民出版社

图书在版编目(CIP)数据

美洲现代诗人读本 / 董继平编译.—银川：宁夏人民
出版社,2012.8
（欧美诗歌典藏）
ISBN 978-7-227-05251-7

Ⅰ.①美…　Ⅱ.①董…　Ⅲ.①诗集—美洲—现代
Ⅳ.①I700.25
中国版本图书馆 CIP 数据核字（2012）第 194697 号

欧美诗歌典藏——美洲现代诗人读本　　　　　董继平　编译

责任编辑　唐　晴　马宗明
封面设计　项思雨
责任印制　丁　佳

黄河出版传媒集团
宁夏人民出版社　　出版发行

地　　址　银川市北京东路 139 号出版大厦（750001）
网　　址　http://www.yrpubm.com
网上书店　http://www.hh-book.com
电子信箱　renminshe@yrpubm.com
邮购电话　0951-5044614
经　　销　全国新华书店
印刷装订　宁夏精捷彩色印务有限公司

开　本　720mm×980mm 1/16　　印　张　27　　字　数　460 千
印刷委托书号　（宁）0012713　　印　数　5000 册
版　次　2012 年 8 月第 1 版　　印　次　2012 年 8 月第 1 次印刷
书　号　ISBN 978-7-227-05251-7/I·1342

定　价　46.00 元

新大陆的缪斯之光

（代序）

董继平

　　每当一种古老文化移植到新的土地上，一旦它找到合适的土壤和养分，便会扎根并萌发出勃勃生机。同样，当欧洲文化从那片老大陆最初随着欧洲移民来到美洲这片新大陆上，仿佛就突然从一个狭窄的空间进入了一个广阔天地，找到了自己繁衍、生息之地，显得生机盎然，并逐渐开枝散叶，结出了种种奇幻的果实。这一点，在文学上表现得尤为突出。比如，当20世纪初的各种现代主义文学思潮渗入拉丁美洲之后，便找到了与自己的发展方向不谋而合的结合部，与本土文化及生活走向了融合，产生出了拉丁美洲特有的魔幻现实主义以及这种文学风格中的经典大作。换句话说，魔幻现实主义只有在拉丁美洲的土壤中才能良好地生存与发展，而亚洲、非洲和大洋洲等大陆，都不太适合它的生长，或者说长势不佳。

　　诗歌更是如此。比起欧洲诗歌来，美洲诗歌的诞生、发展与成熟虽然都要晚得多，但经过几百年的成长，到了20世纪时，它已经呈现出一派繁荣的景象。不过，它的成长与繁荣，却与很多国际和本土因素密切相关。无论是在北美还是南美，都有很多这样的例证。

美洲诗歌的历史、文化与地理背景

　　20世纪的美洲诗歌的繁荣，首先与其历史、文化与地理背景息息相关的。

　　几百年前，当哥伦布等航海家发现了新大陆以后，便不断有移民怀着美好的开拓梦想，远渡重洋，踏上美洲这片陌生的大陆。在他们开拓、殖民地的同时，他们所带来的欧洲基督教文化也与当地的土著文化发生了强烈的对抗与冲突。不过这种对抗与冲突持续了数百年之后，两者便开始走向逐渐融合，并形成了独特的美洲文化。

在北美，当英国船只"五月花号"载着首批移民登上马萨诸塞海岸之后，随着英国殖民地的不断扩大，殖民者不断压缩当地土著印第安人的生存空间，冲突便开始了，即便是在美利坚合众国建立之后，这种冲突也未曾停息过，只是到了 100 多年前，才开始慢慢平息。而在拉丁美洲广大地区，融合的过程则要血腥得多。当年的西班牙殖民者采用的手段可以说是灭绝性的，当皮萨罗、科尔特斯等殖民者首领率殖民大军灭杀当地土著居民、劫夺其土地、焚毁其神庙之后，当地的文化遭到了毁灭性的打击。印加帝国的灭亡，就是这一征服过程的有力见证，至今，深藏在秘鲁安第斯山腹地的印加遗址马丘比丘，静静地坐落在时而划过头顶的云影和风声中，悄然述说这个征服与被征服的过程。

尽管美洲当地文化遭到了浩劫，但其中一部分还是得以幸存了下来。无论是在北美印第安部族中，还是在南美广袤土地上的各种土著部族中，至今我们都能看见一些独特且神秘的文化遗存。就在欧洲移民纷纷涌入，在这片大地上定居、繁衍的同时，他们的文化、生活方式都不知不觉与当地的文化、生活习俗慢慢融合了起来，久而久之，就积淀成了一种独特的复合文化。因此，我们可以这样说，当今美洲的文化不啻是当年欧洲文化与美洲土著文化的"混血儿"。

就这样，美洲的现代诗歌虽然根在欧洲，但在被嫁给到美洲之后，汲取了当地独特的文化养分，茁壮成长了起来，最后开出了奇异的花朵，结出了奇异的果实。美洲的诗人们在将欧洲诗歌文化与当地的美洲文化元素融合之后，用自己的诗歌理论和实践，种植出了世界诗坛上的奇花异果。

同时，20 世纪初以来的美洲诗歌具有很强的地理特色。从北美到南美，从落基山脉到安第斯山脉，从密西西比河到亚马孙河，从北美大平原到南美雨林，从尤卡坦半岛到玻利维亚高原，诗坛气象万千，都产生过许多发出不同声音的诗歌群体和优秀诗人，地理元素使他们的作品充满了个性。比如，在美国诗人威廉·斯塔福德的诗里，就蕴含着美国西部的风景。不过，经过这位诗人的加工创造，那种美国西部风景已然上升到一个"世界的西部"：例如他站在沿加拿大边界的纪念碑前所作的沉思，他对美国西部印第安人文化的深入探索与借鉴等，都说明了地理元素造就了独特的诗歌。又，如墨西哥诗人们深入散发着神秘气息的尤卡坦半岛，对奥尔梅克、玛雅人遗址进行文化上的沉思与挖掘，创作出了一系列在特殊地理背景下的佳作。再如，厄瓜多尔诗人豪尔赫·卡雷拉·安德拉德对自己祖国的乡村集市、乡野风景、印第安部族的生活细节的描写，都呈现出浓郁的南美风情。凡此种种，表现了地理元素在美洲诗歌中的重要性以及因此而形成的诗歌特质。

从北到南：美洲的诗歌与诗人

如今，从历史的眼光来看，有许多文学史家把美国大诗人华尔特·惠特曼尊为北美第一个现代大诗人，这是很有道理的。因为惠特曼把自己的诗种植在美利坚的大地上，用美利坚的养分来滋养自己的作品。所以，他的诗成了从那片土地上长出来的一片片"草叶"，散发着地地道道的北美泥土味儿。

而在拉丁美洲，人们则把尼加拉瓜诗人鲁文·达里奥尊为第一个现代大诗人。自从这位诗人把现代主义从欧洲引入拉丁美洲，并使之与本土文化结合，就改变了当地一直盛行的诗歌传统，引发了新诗潮的诞生与发展，因而被尊为拉丁美洲现代主义诗歌的先驱。

在这两位大诗人之后，尤其是在过去的100多年间，在美洲现代诗坛上，无论是北美还是南美，一股股文学潮流涌动，诗坛上一派风起云涌的景象，一些诗人因为相同或相似的创作理想而聚集到一起，他们自觉或不自觉地形成了很多诗歌流派或群体。组成这些诗歌流派或群体的诗人们，或因文学主张相同而聚集在一起，或以地域特色形成了独特的诗人群落，发出了相同或相似的声音。但是，即使是在同一个流派或群体的不同诗人之间，其所采用的手法和风格也存在着一定的差异。比如，在美国"新超现实主义"（又称"深度意象"）这一诗歌流派中，两位主将——罗伯特·勃莱和 W·S·默温的诗风就有很大不同：勃莱的语感朴质、深沉，而默温的语感则像蜻蜓点水似的闪忽、迷幻。

20 世纪的北美大陆诗坛上，尤其是在美国诗坛上可谓风起云涌，从世纪初以来形成了诸多诗人群体："意象派"对东方意象的追寻、"芝加哥诗派"对普通人与民主的歌唱、"黑山派"的简短精悍的语句、"垮掉派"的豪放与张狂、"自白派"对人类心灵的深入挖掘、"新超现实主义"对"深度意象"使用和延展、"纽约派"对松散的城市生活的扩张……这些诗歌群体的形成与发展，用自己的诗歌理论和实践，把不同的诗歌主张留在美国诗坛上，从而占有了一席之地，同时还把时代烙印深深地留在了文学史上。

而在美国以南辽阔的拉丁美洲，情况似乎更为复杂。拉丁美州诗坛上的诗潮堪称一波接一波，有点"前赴后继"的感觉，在它们的历史进程中，构成了不同特色："现代主义""绝对主义""简朴主义""创造主义""极端主义""45 年一代""具体主义""热带主义"……这些群体的规模或大或小，存在的时间或长或短，但在诗歌发展史上都留下了自己或深或浅的足迹。在讲西班牙语的拉丁美洲广大地区和讲葡萄牙语的巴西，现代诗歌的发展几乎是平行的，只是诗人们所采用的语言不一样，以及文化传统上存在一定的差异而已，但大致还是相同的。在这些流派中，常常是"后浪推前浪"，比如巴西的"45 年一代"，其实就是对之前的现代主义诗人的一种反对，这个群体的诗人大力反对现代主义诗人们过分滥用口语。

在这些群体中，诗人辈出，他们的声音盘桓在大地上空。即使时光已经过去了 100 多年，他们的名字依然回响在那片广袤的土地上。

关于 20 世纪初以来的现代美洲诗人群体与诗人个体，本书各辑前面有非常详尽的叙述，读者可从其中了解到许多有趣的信息，这里不再赘言。

编选宗旨

20世纪的美洲诗歌是现代世界诗歌的一个最重要的组成部分，其诗坛人才辈出、佳作迭出，大大地推动了世界诗歌发展的进程，美洲现代诗人及其作品屡屡为中国诗人和诗歌爱好者追寻、研读。但是，美洲现代诗人和诗歌浩如烟海，我们该怎样入手才能做到既要有一定广度，又有集中性地"深度阅读"呢？因此，对过去100多年间的美洲诗歌进行大致归纳，同时，又集中展现其代表性诗人的风貌，就成了编译这部《美洲现代诗人读本》的初衷和首要任务。但要编选好一个外国诗歌读本，绝不是把一群外国诗人简单地聚集在一起，而是在各方面都需要有一定细致的考量。为此，这个选本遵循了以下一些诗人入选标准和原则。

第一，入选诗人都必须在20世纪美洲文学史上已经沉淀下来了的。因此，入选诗人的出生年代到40年代末为止，共选入北美和拉美8个国家24位诗人的400多首诗作。50年代及以后出生的诗人，今后将在这个读本的姐妹篇《美洲当代诗人读本》中详细展现。

第二，注重边缘性。这个选本主要收入那些在国内鲜有译介、译介不详或从未译介过的美洲诗人，而对于已在国内有过详细译介或出过单行本的诗人，选入的相对较少或者完全舍弃。比如，在选择拉美诗人时，就舍弃了像智利诗人聂鲁达、阿根廷诗人博尔赫斯等大名鼎鼎的人物，却收入了中国读者相对陌生的一些诗人。

第三，入选诗人必须具有实力和特质，其作品代表了现代美洲诗歌不同语言和文化背景下、不同领域中和不同方向上的发展，他们的作品或构思立意出类拔萃，或语言表达出人意外，或表现内容新颖陌生，或抒情手法独辟蹊径，或哲理意境让人回味无穷……

第四，这个选本的宗旨，是要向读者提供"深度阅读"的文本，因而在选择方式上一反国内传统外国诗歌选本所采取的那种广泛选择、散而不精的方式。入选的每位诗人的内容展现，由生平简介和作品两大部分构成，每人一大组作品，一般在10首以上，多则超过20

首，基本上能反映诗人的诗风。入选作品多为几行至几十行的短诗，少数诗人会选入一首上百行的代表性长诗，作为"定海神针"。这样就有助于读者就集中品读诗人的作品，了解和把握诗人的创作风格。

第五，这个选本采用了不同于国内一般外国诗歌选本的构架，即未以国籍来划分，而以20世纪拉丁美洲在不同语言、文化背景下产生的诗歌来划分成3个专辑：寻找北美的诗神、拉丁美洲的西班牙语之光、巴西的现代与后现代，这样就基本上覆盖了现代美洲诗歌的主要区域。每一辑前面都有一篇较长的引言，对选入该辑的诗人所生活的时代的历史和文化背景，以及诗人本人的创作特色做了较为详细的描述。

这个选本中的作品，是从编译者20余年来翻译的美洲诗歌作品中精选出来的。编选这部选集，肯定包含着编译者个人的阅读倾向和审美情趣，这一点体现在对诗人的选择上。但是，作为一个客观呈现美洲诗歌的选本，它肯定也在一定程度上代表了读者的普遍审美倾向。因此，如果一个读者能从这个读本中找到自己喜欢的某个诗人，或某个诗人的某一首诗，甚至是某一首诗中的某一句诗，那就足矣，编译者的初衷也就实现了。

编译这个选本之余，尚存遗憾。最遗憾的就是由于本书篇幅有限，致使有些优秀诗人未能收入。造成这个遗憾的原因，还有编译者个人拥有的美洲诗歌资料的不足，待将来有机会再将那些被遗漏了的优秀诗人增补进去。不过从另一个方面来说，敢于割舍也正是这个选本的最大特色之一。既然每一种外国诗歌选集都无法做到十全十美、面面俱到，那么就让我们尽量把力所能及的事情做好吧。

由于这个选本收入的诗人和诗作较多，风格各异，编译工作繁琐，译文中难免会出现遗漏和错误，还请专家和读者不吝指正。

2012年3月于重庆云满庭

A Reader of Modern American Poets 目录

第一辑　寻找北美的诗神

Part I　Looking for Muses in North America

【美国】威廉·斯塔福德

【美国】大卫·伊格内托

【美国】詹姆斯·赖特

【美国】加里·斯奈德

【美国】马克·斯特兰德

【美国】查尔斯·西密克

【加拿大】玛格丽特·阿特伍德

【加拿大】安妮·卡尔森

【圣卢西亚】德雷克·沃尔科特

自欧洲移民开始在北美大陆留下足迹之日起，缪斯的声音就从未停息过。到了 20 世纪，从大西洋海岸到太平洋海岸，横跨整个北美大陆，无论是在森林密布的高高山地、风景优美的湖畔，还是在涛声阵阵的海边；无论是在美利坚，还是在加拿大，都先后出现了好几代诗人，且其中不乏大师级人物。

现代美国诗歌是现代世界诗歌最重要的组成部分之一。过去的 100 年间，美国诗坛上呈现出气象万千的繁荣景象，其间现代和后现代诗歌流派此起彼伏，或以创作风格，或以地域特色呈现在我们眼前：庞德、埃米·洛厄尔、H·D 等诗人构成的"意象派"，卡尔·桑德堡和林赛等人组成的"芝加哥诗派"，约翰·克罗·兰色姆和艾伦·塔特等人的"逃亡者"派，查尔斯·奥哈拉和罗伯特·克里利等人的"黑山派"，艾伦·金斯伯格、斯奈德等人的"垮掉派"，罗伯特·洛厄尔、西尔维亚·普拉斯等人的"自白派"，罗伯特·勃莱和詹姆斯·赖特等人的"新超现实主义"（又称"深度意象"）……这之间风起云涌，尤其是在二战以后，很多重要诗人脱颖而出，很多优秀作品不断问世，在国际诗坛上产生了重大影响。

而就诗人而言，现代美国诗人可分为几个梯队。第一个梯队，是所谓的"四大师"庞德、艾略特、斯蒂文斯和威廉斯。第二个梯队，则是罗伯特·佩恩·沃伦、约翰·贝里曼、罗伯特·洛厄尔、威廉·斯塔福德、大卫·伊格内托等人为代表的那一代诗人，他们多半出生于 20 世纪 20 年代之前的那十多年。第三个梯队，是罗伯特·勃莱、詹姆斯·赖特、W·S·默温、罗伯特·克里利、约翰·阿什伯利等人为代表的那一代诗人，他们多半出生于 20 世纪 20-30 年代，这批诗人为数众多，是二战后六七十年代以来美国诗坛的最主要力量。其特征主要是主张反对学院派诗风，提倡具有本土特色的美国诗歌创作，这一代诗人的作品已沉淀为美国诗歌的经典。第四个梯队，就是 20 世纪 30 年代出生的诗人，如西尔维亚·普拉斯、拉塞尔·埃德森、马克·斯特兰德和查尔斯·西密克等人。其后出生的诗人，可以称为当代诗人。

在加拿大，除本土的因纽特人文学外，应该说加拿大文学是从移民开始的。加拿大诗歌也如此。早期的加拿大移民主要来自的欧洲的英国和法国，这就逐渐构成了20世纪加拿大诗歌的两大分野：英语诗歌和法语诗歌。但同时，其他国家的移民诗歌文化也不可忽视，比如意大利、俄罗斯、东欧和拉丁美洲等，这些国家或地区的诗歌文化都已在加拿大这片广袤的土地上扎根、成长、开花、结果了。二战之前，加拿大诗歌鲜有优秀大家；二战后，一批诗人迅速茁壮成长了起来，出现了玛格丽特·阿特伍德那样的国际性大家，也有近二三十年崛起的新秀，如安妮·卡尔森等。加拿大诗歌有三个中心：多伦多、蒙特利尔、温哥华。多伦多是加拿大作家协会、加拿大诗人联合会等一大批文学机构的所在地，自然就聚集了一大批诗人，诗歌活动繁多，诗歌出版事业发达；蒙特利尔主要是法语诗人的聚集地，但也有一批英语诗人长期生活在那里，如路易斯·杜德克。而温哥华是一个相对宁静的地方，比起多伦多和蒙特利尔的喧哗，这里的诗人相对安静，享受着森林、群山和海风的熏陶。

　　本辑选入了9位北美英语诗人，其中包括6位美国诗人、两位加拿大诗人和一位加勒比海岛国圣卢西亚的诗人德雷克·沃尔科特。他们主要在北美新大陆的东西海岸、加勒比海岛上的英语语言文化传统的影响下成长，却又吸收了世界其他文化的精髓，使其作品颇具创新的活力。比如，从美国诗人威廉·斯塔福德的诗里，就能看见印第安文化的影子，而从斯奈德的诗里，则能很明显地看到其深受东方文化——日本和中国文化的影响。这些诗人在北美诗坛乃至世界诗坛上都颇具影响，堪称本国诗歌代表人物。

1

　　本辑的美国诗人中，之所以选入了威廉·斯塔福德和大卫·伊格内托，是因为这两位优秀诗人颇具实力，且多有力作，但长期受到中国译界的边缘化，其作品在中国译介得甚少。至于其作品为何优秀，只有读者读完之后，才会有所体会和结论。这两位诗人分别生活在美国的西部和东部，诗风也自然大相径庭。但他们的相同点也颇多：他们的作品摆脱了对英国诗歌的承袭，呈现出地地道道的美国诗风；他们生于同一年，都在20世纪的最后10年先后离世，相隔仅4年；他们文学创作生涯横跨数十年，都在20世纪之内经历过许多重大的国际国内事件。

　　20多年前，我偶然在一本不及手掌大的英语诗歌小册子上读到了威廉·斯塔福德（1914–1993）的一首叫做《沉思》的短诗，仅仅是在一瞬间，那短短的 8 行诗句让我感觉像触了电似的，得到了无穷的启示："充满光的动物/穿过森林/走向那举起装填着黑暗的枪/瞄准的人。//那就是世界：上帝/保持沉默/让它再次发生，/再次、再次发生。"由于这首短诗，我从此便记住斯塔福德这个名字，也从此爱上这位诗人的作品。后来通过美国诗人威廉·海因的引荐，与他取得了联系。从此后，我们之间每个月都有书信往来，直到他 1993 年 8 月去世。其实，我本来跟斯塔福德曾经有一个约会，但由于他就在我赴美之前的那个月离世，那个约会便成了一个永远的遗憾。

斯塔福德是一个生活在美国西部同时也生活在"世界西部"的诗人，他几十年如一日养成了自己独特的写作习惯：每天清晨 6 点起床，趁还未天亮，在家人醒来之前至少要写一首诗。他对自己的诗作并无所求，他仅仅是敞开胸怀，让诗透过自己的身体说话。黑暗中，他被自己的笔引导着前行，他的笔就像一支手电引导着他在字里行间前行，穿越黑暗，同时又被灵魂之光照亮。

可以说斯塔福德是一个普通生活的记录者，他的诗堪称一个稳重地记录日常事物的人留下的日记。其表面通常很朴素，但正是这种朴素诱惑我们从复杂的思维中走出来，在我们毫无所思的时候，隐藏在他的诗歌内部的第二种语言就开始对我们说话。所谓第二种语言，就是一种具有渗透性的无形语言，活跃在他的诗歌词语下面，没有被第一种语言（即用于书写文字的语言）提到，它超越了诗人下意识的控制，但诗人却不自觉地用它来对读者说话。

斯塔福德长期安静地生活在美国西部的俄勒冈州，他的日常写作和主题都集中于普通事物上，其温和的诗风与弗罗斯特有些相近，却又透露出绝不相同的一面：西部、深沉、充满了隐蔽的声音，这种特质具有独创性。他的诗一般都较短小，常常简短得令人迷惑，却集中于对朴实的、可理解的细节的挖掘，仔细阅读之后，我们便会发现他的诗呈现出一种复杂的景象。美国诗人詹姆斯·迪基在他所著的《通往拜占廷的巴别塔》一书中说，斯塔福德的"言语的自然方式是一种温和、神秘、半嘲笑而且极其个人化的美国西部的白日梦"，还说他"把墨水之河都倾进了好诗"。人们一般认为他的诗"简洁""清晰"和"自然"，但他所采用的简洁手法始终具有一种迷惑性，只有不断深入，在揭开表面之后才能发现一种令人惊喜的清晰。他既擅长于外部的自然风景，又擅长人类的内心世界的描写。另一位美国诗人 W·S·默温在谈到斯塔福德的诗歌时，给予了极高的评价："在我的一生中，威廉·斯塔福德在美国诗歌风景中的悄然呈现，一直是持久的慰藉，其价值在我看来是毫无疑问的……他给我们留下了一笔财富。"

对于自己的诗，斯塔福德这样说："我的诗有机地生长，而我的习惯就是把自由和信心赋予语言。每首诗都是一个已经被引导发生的奇迹。我必须在奇迹发生的王国里占有一席之地。每首诗都是礼物，一次像它本身那样展现出来的惊异，仅仅在后来才服从于秩序和评价。"

与生活在美国西部的斯塔福德不同的是，诗人大卫·伊格内托（1914–1997）长期生活在美国东海岸的纽约地区，晚年住在长岛上的东汉普顿。1993 年 12 月圣诞节前，我在美国鲍登学院亚洲研究中心做完讲座后，从缅因州出发，辗转波士顿，越海飞往长岛与其晤面。当时我乘坐的是一架仅能载 16 人的小型飞机，由于天气不太好，骤雨初歇，飞机似一片飘零的孤叶在大西洋上空紊乱的气流中剧烈颠簸。好在一路有惊无险，最后驾驶员以娴熟的技术把飞机安全地降落在跑道上。大厅里接机的人群中，我一眼认出了他：一位 79 岁的老人，头戴鸭舌帽，穿着朴素，静静坐在一旁的长椅上，若有所思。然后他驾驶那辆半旧的小车把我载往位于长岛尖上的东汉普顿。行车途中，天上下起了倾盆大雨，能见度很低，加上他的视力不太好，有好几次他都差点冲到人行道上，惊得我一身冷汗。在东汉普顿的一周时光里，我们或在书房中探讨诗歌，或驾车出游。有一次，他还乐滋滋地指着一个海岬说，他年轻时曾在那里泡过妞。那次与他的晤面让人难忘。

本辑中收入的他的作品，都是那次晤面后翻译出来的，迄今已近 20 年。我之所以收入他的作品，是这位诗人显示出与众不同的"反诗歌"特质，在日常口语之下蕴藏着对人类境遇的挖掘，且思辨性极强。正如美国诗人斯坦利·库尼茨说他是"一个美国谷物养大的大师"。这句话说明了从他出道之日起，便根植于美国土壤之中，摆脱了美国诗歌对英国诗歌传统的承袭，也破除了学院派诗歌的影响，从而在美国诗坛独树一帜。美国女诗人丹尼丝·莱维托芙的赞誉则有异曲同工之妙："伊格内托的诗像银杏树和椿树一样，从美国的混凝土中生长出来……有一种令人兴奋的东西，在他朴素的真实、他的语言和节奏优美的简洁中生长。"这说明了他的诗生长在美国土壤中展现出来的个性。

而美国诗人勃莱对伊格内托的评价，可以说是一语中的："形式上，大卫·伊格内托是一个由惠特曼和威廉·卡洛斯·威廉斯所倡导的那种自然或非学院派风格的大师。内容上，他也是大师……他把那些如此严酷的事实述说得似乎令人惬意。我发现他是一位伟大的诗人和心灵之友。""大卫·伊格内托是一个天才，他用不可思议的方式把死亡的活力与普通生活中最普通的细节联系起来。一个人认为没什么发生什么，但那里面却蕴藏着无限暗示。"勃莱的这些评价，高度概括了伊格内托的诗歌特色：朴素的自由诗风、普通生活中的细节、诗歌的活力与无限暗示等。

2

　　在20世纪的美国诗人当中，有一些人或多或少地从中国古典诗歌中汲取了营养，并或多或少受其影响：庞德、雷克斯罗思（他还取了一个中文名字，叫做王红公）、勃莱……他们将一种不同于美国本土的诗歌元素引入自己的作品，产生了奇特的效果。美国诗人罗伯特·勃莱在他《致中国读者的两封信》（见我的另一本译著《勃莱诗选》）中，他曾这样说到："我自己这一代美国诗人，包括加里·斯奈德、詹姆斯·赖特等人，通过阿瑟·威利、罗伯特·佩思等人的译文而深受中国古代诗歌的影响。我们发现自己被英美学院派诗包围，这种学院诗能够谈及理念却无法深入情感，能够触及形式却无创新，完全有忽视自然的倾向。因此，我们通过自己的方式，使陶渊明、杜甫、李白诗中的某些风景适应了美国中西部和西部的风景，而他们的风景特征透过这个窗口，比透过莎士比亚、济慈、丁尼生或白朗宁的窗口更为清晰。"

　　本辑中选入了勃莱所提到的两位诗人詹姆斯·赖特和加里·斯奈德，就是两个学习中国诗歌的美国诗人。他们一个长期追寻中国古代诗人的想象，一个身体力行翻译过中国古代那些充满禅意的诗，在美国诗坛上保持着长久的活力。

　　最初读到詹姆斯·赖特（1927–1980）的作品时，我还是一个热爱诗歌的文学青年。那时国内对外国诗歌译介不多，凡有新译，我都会搜集，时间一长，就逐渐喜欢上了一些诗人，赖特便是其中之一。1993年12月中旬，在美国纽约市的一家宾馆里，詹姆斯·赖特的遗孀安妮来访，与我长谈，话题当然是当时已经离世10多年的赖特和赖特的诗，她把一卷赖特的原文版《诗合集》交给了我，并请我将其中的一些作品译介给中国朋友。

赖特早年曾在美军中服役，战后进入肯庸学院学习。肯庸学院是美国学院派诗歌的一个阵地，因而他曾师从于弗罗斯特等大诗人，他早年的诗在感觉上形式工整，内容传统，但缺乏新意。后来，他却摒弃了这种传统手法，汇入美国二战后诗歌流派"新超现实主义"（又称为"深度意象"）之中，并成为一员主将。在 1963 年出版的诗集《树枝不会断裂》中，就明显地反映出这一转变，他的那些深度意象的短诗，把自然风景尤其是美国中部，他的家乡俄亥俄州和美国中西部的自然风光，经过他的想象的加工和提炼，完完全全融入了他自己的诗歌世界，成为 20 世纪美国诗歌的经典。他的诗歌给人印象深刻是短小，精炼，把他在瞬间的感觉体现得非常形象而深邃，字里行间深藏着深层意义，客观描写与主观意识巧妙、有机地结合起来，创造出一种独特的诗意。尽管他已去世已经 30 多年了，但他的作品仍然具有十分强劲的生命力，为各种现当代美国诗选所必选。

从赖特的诗里，我们不难看出中国古典诗歌的意象对他产生的影响。在中国古典诗人中，赖特十分迷恋白居易。记得在他真正意义上的第一部诗集《树枝不会断裂》中，开卷第一首诗即名为《当我在冬末跨过水洼，我想起一位中国古代地方官》，就是写唐代大诗人白居易被贬官后，在苍茫的暮色中溯三峡而上，发配到忠州（今重庆市忠县）任职的情景。在这首诗里，赖特穿越 1000 多年的时空，通过一条长江上常见的缆索，把中国唐代的三峡和忠州与 1960 年的美国中北部的明尼阿波利斯城的风景连接了起来。这种想象和手法，让人叹服。

可惜我未能与赖特本人作一夕谈，他于 1980 年去世，年仅 53 岁。很多诗友都参加了他的葬礼：勃莱、伊格纳托、辛普森、霍尔、莫斯……大家在河边一起唱葬歌，这恰好应验了他的一部诗集的题名《我们是否在河边聚集》。

与赖特相比，加里·斯奈德（1930- ）在对东方文化——中国与日本文化的探索上走得更远，方式也更直接。这位信仰禅宗的诗人，早年在加利福尼亚大学学习时，曾师从于学贯中西的中国学者陈世骧，接受了对中国文化的启蒙教育。在他的《斧柄》一诗里，我们可以看到中国文学和哲学对他的直接影响——《诗经》的语句、陆机及其《文赋》的思想等，此外，这首诗还渗透力他对中国文化和哲学的思考，亦有禅宗似的顿悟："我明白了：庞德是斧子，/陈是斧子，我是斧子/我的儿子是斧柄……"他的很多诗里，不仅很多意象与中国古典诗歌有关，充满了自然之道，其主张和观点亦与中国哲学中那种"天人合一"的精神不谋而合。

由于青年时代的斯奈德崇尚东方文化，他在20世纪50年代中期便东渡日本（有一种说法是他当时想来中国，可那时全中国正热火朝天地进行着"大跃进"），沉浸在东方文化之中。他先后在京都相国寺、大德寺等寺院里研习禅宗，一度还削发为僧，后来在禅宗思想的影响下翻译了《寒山诗》，发表后在美国诗坛引起了巨大反响。同时，他在此间创作的一些诗里，也留下了浓郁的日本风情，比如在《京都：三月》《给罗宾的四首诗》等作品里，都不同程度呈现日本文化的影响——樱花、古都、相国寺、春夜、秋晨、八濑……

虽然斯奈德参加过美国诗坛的"垮掉派"运动，并成为这个流派成就较大的诗人之一，但他的诗风跟该诗派其他诗人可以说有天壤之别：其诗平和、内敛，充满对自然的沉思，几乎看不到金斯伯格等"垮掉派"诗人的那种似乎要颠覆世界的张狂和自负的语气。

大约10年前，国内一家诗歌网站请我约请斯奈德做一个专辑。当时斯奈德提供了一本他在海外出版的中译诗选，但大陆读者显然不习惯那种语感。因此，他又重新提供了一本英文原文本诗选，我从其中选译了一些，使专辑顺利完成。至今，我还保存着斯奈德亲笔签名赠送的那本诗选以及两封信件，那上面也有斯奈德用绿色墨水签下的漂亮的花体英文名字。

3

在美国，官方授予诗人的最高称号是"美国桂冠诗人"。其实"美国桂冠诗人"的前身为"美国国会图书馆诗歌顾问"，该职位于1937-1986年设置，本辑选入的诗人威廉·斯塔福德就曾担任过这一职位。从1986年以后，"美国国会图书馆诗歌顾问"被改为"美国桂冠诗人"，著名诗人罗伯特·潘·沃伦被授予第一任"美国桂冠诗人"。此后，一些美国著名诗人先后担任过桂冠诗人，其主要任务是负责参与国会图书馆举办的一些诗歌活动。本辑选入的两位诗人马克·斯特兰德和查尔斯·西密克，虽然诗风上各不相同，却分别担任过第四任和第十五任桂冠诗人。最重要的是，这两位诗人还有着共同的诗歌理想和观念，合作编辑过诗选《另一个理想国：17位欧洲及南美作家》，这本选集选入的诗人和作品，对当代美国青年诗人产生过很大的影响。这本书在我的书架上放了20多年，我不时还取下来读一读。

马克·斯特兰德（1934- ）在20世纪后半期的美国诗坛上堪称一个重量级人物。他不仅写诗，不时还涉足散文、评论、绘画、编纂，可谓多面手。他早年深受大诗人斯蒂文斯的影响，但后来从绘画中领悟了超现实主义元素的真谛，便开始在诗歌创作走上一条半梦半醒之路。超现实主义的影响在他早年的诗集《移动的理由》中体现得淋漓尽致，其中的《保持事物的完整》一诗，便是此种诗风的佼佼者："在一片旷野中/我是旷野的/空缺。这是/永远的事实。/无论我在何处/我都是失踪之物。//当我走动/我就分开空气/而空气/总是移进来/填充我的躯体/所到过的空间。"存在与空缺这一对反义的事物，在斯特兰德的笔下相互冲撞之后，形成了非同寻常的诗意，耐人寻味。

不过，在斯特兰德近期的作品中，超现实元素隐蔽得更深，让人可感而又不可感，介于在可以把握的现实事物和难以把握的梦幻事物之间。在《人与骆驼》一诗中，就体现了这样的风格：诗人通过一步步叙述，逐渐把一个似真似幻的场景展现在读者面前：门廊、阵子、陌生人与骆驼、难以捉摸的歌唱……最后歌声停止之后，那个人带着骆驼回到"我"的门廊前说："你把它给毁了。你永远把它给毁了。"而究竟毁了什么？歌声，还是其他什么？究竟是怎么毁的？对于读者都是一个谜。这样的手法，让人能同时感到其神秘性和延展的诗意。如此风格的作品，在他的作品中比比皆是，比如《邮差》也如此：叙述+神秘性结尾。在这首诗的末尾，"我"给自己写信。

斯特兰德对自己的诗歌风格是这样说的："我感到（自己）很大程度上属于一种新的国际风格的一部分，那种风格跟朴素的用语、某种对超现实主义技巧的信赖，以及强烈的叙述性元素密不可分。"

相比之下，另一位桂冠诗人查尔斯·西密克虽然也以叙述见长，却显得更为玄幻。

20多年前，美国诗人勃莱便曾向我大力推荐西密克（1938- ），并一再提及这个想象和用语独特的诗人。在过去40多年来的美国诗坛上，查尔斯·西密克绝对称得上是一个佼佼者。我想，他在诗歌中展现的独特想象，可能有一部分来自他的故乡，他具有前南斯拉夫的塞尔维亚诗歌血统。南斯拉夫诞生过不少优秀诗人，比如瓦斯科·波帕（西密克本人就曾经把波帕的诗翻译成英文出版）。不过，与波帕的迷宫似的诗歌智力不同的是，西密克是一个"混血儿"，融合了巴尔干和美利坚的血液。

西密克是一个清醒的梦游者和深度的失眠者，常常在自己的"梦幻帝国"中从平静走向极端，走向似有似无的境界。他似乎喜欢在深夜或凌晨散步，把自己所见所感的事物都记录下来：深夜的肉铺、在旅馆房间中的失眠……西密克谙熟哲学，尤其是神学。因此，他的诗歌充满了一种"玄幻感"。从中世纪的神学家圣托马斯·阿奎那置身于20世纪的纽约城的种种场景，到刽子手的手表上显示出来的哥特式数字和空缺的指针，时空转换，日常与神秘交织，呈现出唯有西密克才能创造的那个玄幻世界。而通过西密克的独特观察与放大，万物都呈现出了不同的一面，比如，他在写及自己右手的五根指头时，就赋予了其不同的属性，显得栩栩如生；又如，他在黄昏的屋顶上观察，偶然看见的是"床单和衬衣的舰队"……出自如此意象中的诗意，对读者自然会产生奇异的视觉效果。即使是西密克的一般咏物诗，也显得很有特色，充满了出人意料的想象，他的很多咏物诗以日常物品为对象，但扩展了其内涵。比如，他从挂毯的图案中所见的种种景象，无论是"冲锋的骑兵"，还是"弯腰栽水稻"的女人，经过他的想象自觉或不自觉的加工，并放在这样一个特定的环境中，自然就产生了与众不同的效果。而在写及餐具叉子时，他把这种再平常不过的餐具拟人化不说，还特别赋予了一种与外在世界联系的含义。

4

在北美大陆，除了美国，加拿大诗坛上也人才辈出。我本人也跟加拿大诗人有许多不解之缘。20多年前，我曾经因为诗歌而访问加拿大，其间跟多位加拿大诗人会面与探讨，参加各种诗歌活动，还走访加拿大诗人协会和加拿大作家协会，这些接触让我对20世纪的加拿大诗歌有了更多了解，其结果曾经促成了一个文化交流项目———本题名为《四季的枫叶：多伦多诗选》在中国的问世。本辑选入的两位加拿大诗人均为女性，一位是大名鼎鼎的玛格丽特·阿特伍德，她从20世纪60年代起就驰骋于加拿大文坛，是当今加拿大文学的元老级人物；另一位是安妮·卡尔森，相比之下，她是"后起之秀"，却以自己独特的视角写出了不少令人振奋的诗。

在当今的加拿大文坛上，玛格丽特·阿特伍德（1939- ）绝对是一个"超级多面手"，她的诗和小说不仅有一定数量，而且质量也都上乘。从 20 世纪 60 年代以来，她就以令人震撼的力量推出了一系列独辟蹊径的诗作，为加拿大文学博得了一片喝彩声，在英语诗坛上产生过不小的影响。

阿特伍德的诗歌力量绝不亚于其小说作品，只不过其诗名被小说名声掩盖了许多而已，只要读一读她的诗，你就会发现，在那些貌似平常的题目和语句下面，蕴藏不容忽视的力量。她的诗既体现了女性细腻的思维特征，又超越了女性的声音，上升到一个旷远的境界。读她的诗，哪怕是很简单的题材，读者也可以感受到一种与其他诗人相去甚远的或叙述或抒情的角度，字里行间充满了新意。她的代表作《你开始》，本来是一首写儿童绘画的诗，但从一开始就表现出不同凡响的手法，诗里的空间从桌子上扩展到窗外的世界，又从窗外转回来，其间的语言闪忽着向前递进，词语之间不时摩擦出灵感的火花："'手'一词把你的手/锚碇在这张桌子上，/你的手是我在两个词语之间/握住的一块温暖的石头。"诗里，无论是"手"和"锚"，还是"词语"和"石头"，都被诗人巧妙而有机地粘连到了一起。

阿特伍德的诗常常从一个高度出发，用适度跳跃的语言杜绝了平庸，为我们提供了想象的空间。她的另一首代表作《给一首永不能写出的诗所作的注释》，通篇充满了可感知然而又含混的诗意，其中有陈述、有设想、有提问，还有回答，让人感觉到了那种隐蔽的内在磁力。

我曾与阿特伍德有过两面之交。第一次是在 1991 年的加拿大蒙特利尔，当时我应邀在当地有名的文学书店"双钩书店"，参加诗人肯·诺里斯的一本新诗集的首发仪式，在那个诗歌之夜上，与阿特伍德不期而遇。她对当时我正在进行的诗歌交流项目予以大力支持，当即给予了选入其作品的版权。第二次见面是在 1993 年的美国艾奥瓦大学作家班，当时我和她都在那里做访问作家，校方专门为她举办了一场大型欢迎晚会，席间，阿特伍德即席朗诵了自己的新诗作。

阿特伍德名列诺贝尔文学奖候选人名单多年，但至今未果，不过据预测，她是未来几年中很可能获得诺贝尔文学奖的作家之一。不过，获奖的原因绝不会是她的诗歌，而是她的小说。

近几十年在加拿大诗坛上异军突起的安妮·卡尔森（1950- ），是一个很有实力的人物。对于卡尔森，不要说中国读者不太熟悉她的名字，就是在二三十年前，加拿大读者也不太熟悉她。她在诗歌界是一个地地道道的"后起之秀"，在20世纪80年代后期才突然成名，走到了加拿大及世界英语诗歌的前台。

卡尔森的诗作得益于她在古希腊文学中汲取的营养，其功底很深，擅长于对系列组诗进行开发和挖掘。尽管相比之下，她的诗歌作品目前还并不是太多，但她在沉思与随想之间，把历史、神话与现实轻松地交融在一个想象的熔炉里面，练就出了一种全新的抒情风格：熟悉的人物、陌生的语感、独特的视角……本辑选入的卡尔森的这组诗作中，她以各种不同的镇子为题，向读者呈现了一种经过自己的想象和视角加工的风景，把广博的外部场景与复杂细腻的内心世界融合成一系列画面。不过，这种画面并非完全清晰，有时带着一种模糊感，需要读者的想象去填充、去完成那种空白。卡尔森十分擅长于抓住并体现个人的瞬间感受。比如，在《新娘镇》一诗中，充满了非常独特的个人想象："悬垂在黑色日光上面/冷艳得就像一件没人穿的大衣。/正午这个盘问者正等待着我。"仅仅寥寥3行，便把一个虚幻的正午写得如此透明和具体。

5

北美大陆之南，是辽阔的加勒比海。这片海域上布满了大大小小的岛国，其中大部分岛国的居民以讲西班牙语为主，但也有一些岛国讲英语，比如牙买加和圣卢西亚。美丽的海景、人与大海的关系、当地居民的迁徙史，都成为当地诗人们吟咏的主题。出生于圣卢西亚的著名诗人德雷克·沃尔科特（1930- ）就是其中的一个代表。之所以把这位诗人从加勒比地区纳入本辑，是因为他主要以英语写作，且长期生活在北美大陆，与北美大陆上的英语文化有着密切关系。

德雷克·沃尔科特尽管写着非常有力的诗句，但如果他在1992年不曾获得诺贝尔文学奖，恐怕他至今在中国还籍籍无名。其实他跟布罗茨基一样，在没有获得诺贝尔文学奖之前，中国译界根本就没有重视过他的作品，中国诗人也从未听说过他的名字。这个例子恰好表明了世界优秀诗人在中国的悲哀。因此，作为译界和译者，都需要有自己眼光，而不是戴上诺贝尔文学奖赋予的那个眼镜框框来"审时度势"。

沃尔科特在国际诗坛上的成功，得益于他对加勒比地区的历史、民族、文化、地理等元素的集中体现。他的诗，无论是长诗还是短诗，都具有两方面的特征：首先，是加勒比本土文化特征；其次，是英语文化特征。这两种特征的融合，造就这个气度不凡的沃尔科特及其诗作。

沃尔科特最著名的作品，当属他的史诗《奥梅罗斯》（1990），这部气势恢宏的作品让人联想到荷马史诗《伊利亚特》和《奥德赛》，只不过背景从爱琴海变成了加勒比海。这部作品共由 64 章组成，中心人物是两个渔民，主题是流亡的痛苦和当代加勒比海的生活。正是这部作品在国际诗坛上产生了很大影响，也让他深受诺贝尔文学奖评选委员会的青睐。

他的短诗也别具一格。诗中那些以大海为背景的主题，如果诗人没有长期的海洋和岛屿的生活体验，这些作品根本无法诞生。对大海的深刻认识和细腻呈现，构成了沃尔科特的诗歌世界。读他的诗，仿佛能听见涛声在那些诗句间拍打后产生的一波又一波回音，经久不变。

【美国】威廉·斯塔福德

(William Stafford，1914—1993)

　　威廉·斯塔福德，美国诗人，早年在堪萨斯大学和依阿华大学学习，并获得博士学位，40年代末，他开始在俄勒冈州波特兰市的一所大学任教，后来还在亚洲多个国家讲学。他是位多产诗人，先后出版了数十部诗集，主要有《你的城市之西》（1960）、《穿越黑暗》（1962，1963年获得美国全国图书奖）、《营救之年》（1966）、《忠诚》（1970）、《临时的事实》（1970）、《也许有一天》（1973）、《在理智的钟里》（1973）、《可以是真实的故事》（1977）、《雨中的玻璃脸》（1982）、《烟雾之路》（1983）、《俄勒冈消息》（1987）、《堪萨斯诗篇》（1990）、《下雨时怎样抱着你的双手》（1990）、《口令》（1991）、《风发出的长长叹息》（1991）、《我的名字叫威廉·退尔》（1992）、《寻找道路》（1992）、《有时我呼吸》（1992）、《有一跟你跟随的线》（1993）、《即使在静处》（1996）等。另外他还著有散文集多卷。他获得过古根海姆奖及其他诗歌奖，担任过美国国会图书馆诗歌顾问（即现在的美国桂冠诗人前身）。

　　威廉·斯塔福德是地地道道摆脱了对英国诗歌传统承袭的美国诗人之一，在20世纪美国诗坛上独树一帜，因此有些评论家认为他是美国大诗人威廉·卡洛斯·威廉斯的最直接的继承人。他的诗被誉为"真正的美国诗"，内中蕴含美国西部特色和对大自然景色的切入，讲究形式技巧，瞬间感觉十分锐利。他写诗很有节制，一般都很短小，但却寓意深刻，给人以无穷的新鲜启示。

沉思

充满光的动物
穿过森林
走向那举起装填着黑暗的枪
瞄准的人。

那就是世界：上帝
保持沉默
让它再次发生，
再次、再次发生。

沿加拿大边界，在非国立纪念碑前

这是那战役不曾发生之地，
那无名士兵不曾阵亡之地。
这是那草丛连接着手之地，
那没有纪念碑矗立之地，
唯一崇高的事物是天空。

众鸟无声地飞翔在这里，
伸展的翅膀越过开阔地。
在这片土地上——无人杀死——或被杀死
忽视和空气神圣了这片土地，那空气
如此温顺，因而人们通过忘记其名字来对它赞美。

我上周获悉的事情

当蚂蚁彼此相遇
它们通常从右边经过。

有时，你可以用肘部
打开一扇粘住的门。

一个人在波士顿致力于
讲述不公之事。
他会为了三千元
来到你的镇子讲述不公之事。

叔本华是悲观主义者
但他吹奏长笛。

叶芝、庞德和艾略特把艺术视为
诞生于另一门艺术。他们那样研究。

如果我死去，我要死在
晚上。那样，我就会
带走全部黑暗，而且没有人
会看见我怎样开始蹒跚前行。

五角大楼里，一个人的职责就是
把别针从城镇、山丘、田野拔出来，
贮存待用。

保证

你永不会孤独，秋天来临时
你听见一个如此深沉的声音。黄色
越过山冈，随意弹拨，
或者是那追随说出名字前的闪电的
沉默——然后是云朵张开大嘴的
道歉。你自诞生就被注定了：
你永不会孤独。雨水
会来临，满溢的水沟，一条亚马孙河，
长长的走廊——你从未听见如此深沉的声音，
岩石上的青苔，还有岁月。你侧耳倾听——
那就是沉默的意义：你并不孤独。
整个辽阔的世界倾盆而下。

下一次

下一次我要做的事，就是在
说话之前看着大地。我会恰好在
进入一幢房子之前驻足
当一分钟的皇帝
更好地倾听风
    或静止的空气。

每当有人对我谈话，无论是
责备还是赞扬，或仅仅是消磨时间，
我都会观察那张脸，那张嘴得怎样
工作，看见那致使嗓门升高之物的
所有张力，所有迹象。

尽管我会了解更多——支撑
自己又高飞的大地，在森林
和水域上空找到每片树叶
和羽毛的空气，对于每个人
躯体如灯盏在衣服里面
　　炽热发光。

那本关于你的书

那本讲述你的书陷入图书馆里
医学部的某处。起初它模糊
但然后详细：你无望，甚至兴趣索然。
你这样的病例在整个医院司空见惯，尤其是
在贫民区。在书末，你有三分之一的时间
死了，但如果及早治疗，你就不同寻常地
过着有益的生活。在加尔各答①
一个病人活了十五年。你轻轻合上
那本书，把它放回原处。你走过旅行部
和神秘事物及传奇故事部。你在门口转身一瞥：
他们建立了一个新书架——收费图书。图书管理员
观察着你。你展开手，走出
静悄悄的门，站在那里享受阳光。
每个人都有这样的日子。别的某个人
会把书放回去。奇怪——征兆之一？——
你很想放声歌唱。

①印度东部城市。

伤疤

它们述说它怎样存在，时间
怎样来临，以及它怎样
一次次发生。它们述说
倾斜的生活运转时像友人
占据又劈砍你的脸。

所有伤口都真实。教堂中
一个女人让阳光找到
自己的脸颊，我们理解这日课①：
那本书里有岁月，有唱诗班
吟唱时无法触及的悲哀。

在伤疤将存在之处，
一排排儿童扬起希望的脸。

没有翅膀

如果我有一只翅膀，它就可能受伤，
折裂。我会四处
拖曳它，在它上面绊倒。感染或许
乘虚而入。我遭受可怕的痛苦折磨，
全然忘记上帝，诅咒
而又迷失，我乐于我没有翅膀，

如今当我蹒跚，那就是对

---

① 宗教中早晚时的《圣经》选读。

那只膝盖，那只在甜菜地里
被如此频繁地依赖的膝盖的怜悯行为。
我到达某处；我放松，让
我与世界的其余部分再次
平衡：从容吧，世界老友。

净化部落的语言

走开意即
"再见。"

把刀子指向你的腹部意即
"请不要再说那些话。"

向你倾身意即
"我爱你。"

竖起一根手指意即
"热切赞同。"

"或许"意即
"不。"

"是"意即
"或许。"

这样看着你意即
"你曾经有过机会。"

根本问题

在阿兹特克人①的图案中，上帝
挤进那从图画中滚出来的
小小豌豆。
其余的一切都更加荒凉地延伸
因为上帝已经走了。

尽管在白人的图案中，
那里没有豌豆。
上帝无处不在，
却难以看见。
阿兹特克人对此皱眉不满。

你怎么知道他无处不在？
他又是如何摆脱豌豆的？

当我遇见我的缪斯

我对她一瞥，摘下我的
眼镜——它们仍在歌唱。它们
在咖啡桌上蝗虫般地嗡嗡作响，然后
停息。她的嗓音吼叫起来，阳光
俯身。我感到天花板拱起，知道
那上面的钉子对它们触及的一切
都采取新的控制。"我是你自己

---

① 又译阿兹台克人，阿兹特卡人，是中古墨西哥人数最多的一支印第安人。

看待事物的方式"，她说，"当
你允许我与你生活在一起，对
你周围的世界每次扫视，都将是
一种拯救。"我握住她的手。

锯子所在之处

它在它的小屋里等待。你一转动
钥匙，它就醒来。它颤抖着，
一被触动就大叫。树木听到它
就倒下来。上帝在马达
转动之际等待。一次小小的
体验，空气跟随锯片。
它称人人叫"先生。"
甚至英雄，甚至老虎，最好别惹它。

一位作家的自来水笔谈话

有一天我精疲力竭，让一个女人
被绑在铁轨上。
　　　　　　　接下来发生了什么？
火车不能前进；它停下来，一条腿
悬在空中，就像拿破仑的马停在它知道
木板被抽空的桥上。
　　　　　　　发生了什么？
当他们再次让笔吸满墨水——这是多年以后——
火车就倒退，一个老妇人
向前爬行：她一直都在等待
被营救，或被碾死。因为那种

奇怪的转向，她感到受骗。

　　　　　　　　　　她如今在何处？

就在这一页纸上，隐藏在你看见的墨水里面。

活力取决于钻石上的瑕疵

会学习的木头无用于一张弓。

会忍受阳光的眼睛不能
　在阴影中观察。

鱼没有找到水道——水道
　找到它们。

如果根须不信任，植物
　就不会开花，

一只了解美洲虎的狗
　狩猎时不再有用。

在宴会上你可以撒谎，但在厨房中
　你得诚实。

转过你的手来

你手掌上的那些线条，可以读作
你生命的隐藏部分，唯有那些联系
才能说明——没有什么人的嗓音
能发现一条如此细微的消息

越过你的手。你被禁止抱怨，
你试图像别的人那样，
唯有你仔细观察的这如此细微的
记录，有时能这样记得
在你的生活所变成的那种漫长
而沉默的逃避之前，你要去何处。

当你去任何地方

你护照上的这张脸（不是
正式的你，你的照片，而是
那用来制作护照的脸）对
人人提供证据："这就是我。"

它摸起来仅仅像一张照片，一个
强加于你的护照。这个突然而持久的
椭圆出现在某处。你碰巧
在它后面，像它或者不像。

你无论去何处，你都出示它——
你的护照，你的脸。它说，"一个小国家"，
它说，"允许这个观察者
悄然通过"，它说，"普通"，它说，"请。"

我的母亲说

深深的矿井里，矿工们
整天携带着一只鸟，
他们总是朝那鸟笼观看。

如果那小鸟依然歌唱，
他们就劈砍、挖掘，肮脏而喧嚷。

然而，在远离地面的深处
一阵寂静突然降临，
因为极为可怕的事情发生——
强壮的矿工们苍白
奔逃、跌倒又爬行——
如果那鸟儿不再歌唱。

我的手

这是鼓掌的时刻。我的手歇靠
在阳台栏杆上。它们遭受
沉默的痛苦，天真地躺在那里。
或者——我可能因为不跟人握手而伤害他们。
一台计算机在某处把它储存起来。我的
冷漠：如果我遇见表演者
我们的问候就会在微妙的渐变中彷徨。

有时，我携带自己的手悄悄接受的
这些武器。它们在手铐中
看起来温顺，但我了解它们，压制它们。
当它们拿起玻璃杯或三明治，它们
就以刚好足够的握力而合拢。它们慷慨，
始终机警。非常确切，它们是
我的手，始终对我忠诚。

名望

我的书掉进河里，一次次
滚动，为太阳而翻动
它的书页。我从桥上看见了这一幕。
一只鹰俯冲下来抓取这卷容易滑脱的书。

如今，在森林中的某处，这本书教育着
鹰，在风中翻动它的书页，
书上的所有诗篇都沙沙细语秋天
来临，以及长夜，还有白雪。

你的生活

你将走向镜子，
越走越近，然后
流逝到玻璃中。有朝一日
你会那样消失，
更真实，更可靠，直到最后。

你记住你是什么，然而
一个孩子，一个女人，一个男人，
一个自我经常慢慢地破碎，到最后
把碎片重新拼凑起来：
你止步，玻璃张开——

一片表面，一个影像，一种过去。

是的

这随时可能发生，龙卷风，
地震，善与恶的大决战。这可能发生。
或者阳光，爱情，拯救。

你知道，这可能发生。那就是我们
保持警醒的原因——这一生中
没有保证。

然而某些奖励，就像早晨，
就像此刻，就像正午，
就像傍晚。

履历书

上帝引导我的手
写下，
"忘记我的名字。"

世界，请注意——
一个生命逝去，只是
一个生命，没有索求，

千万颗逝去的
星星中的一次口吃，
一个抚哄的嗓音：

一次扫视

一个世界
一只手。

晚上九点

蛾子们飞过，
每只蛾子里都有一个司机
在每只蛾子面前
都闪忽着一缕黄色的光。

每颗小小的心
颤动着躯壳
朝着亮起的烛光
倾斜着飞出一个圆圈。

扑通、扑通坠落，如此微小——
就连双轮马车——
和隐藏在里面的司机
也是命中注定的小小俯冲者。

这个早晨

电话鸣响又鸣响，却不是
打给我的。我在深深的地下室
房间里倾听：是谁？在某个明天，
再次遥远，孤独，安静，
我倾听：今天鸣响，突然，那电话
是打给我们大家的。我迷失在房子里
触摸熟悉的东西，同时，大地

这趟班机穿过幽灵出没的空间：
电话鸣响于莫斯科，西班牙，
火地岛①，所有的岛屿。

为了你，我默默触摸附近的东西。

外面的花园中

"细节，细节"鼹鼠说；
"很少有人像我这样世俗，
然而，当你像我这样世俗
拥有好一副皮毛就有利。"

"在漫长的日子结束时，我有点
偏爱自己的脚——是的，我的四只脚。
尤其是在漫长的日子结束时，
当你像我这样世俗
有点偏爱你的脚就有利。"

点名

雨滴，又一次是你，
与我们的第一天相同——并且，
是的，又一次是我。

---

① 南美洲最南端的岛屿，分属阿根廷和智利。

怎样重获你的灵魂

夏日的一天下午，沿着大峡谷的溪径走来
山谷地面上有一个地方张开。你会看见
白蝶。因为影子们离开西边那些
峭壁的方式，就有一束束阳光
击中河流，还有那就在前面的
一道深长的紫色峡谷。放下你的包裹。

上面，空气叹息松树。这正是
罗马铿锵作响的方式，特洛伊被建造的方式，
营火照亮洞穴的方式。千万只白蝶
在寂静的阳光中舞蹈。任何事情
都可以对你突然发生。你的灵魂飘向大峡谷
然后透过白色翅膀照耀回来，再次成为你。

苏族①俳句

在一幅立体地图上
群山提醒我的手指：
"疯马②在这里努力尝试过。"

①北美印第安人的一支。
②疯马（Crazy Horse），苏族印第安人首领，曾抵抗采掘金矿的白人入侵印第安人居留区，后被美军杀害。

时间舱①

那一年的消息
是一场风暴，一阵让
纪念碑困惑的风。遇难船只
堆积在海岸上，岁末
在聚会之后，在我们歌唱自己被称为
"朋友"的古老作品的歌曲之后，
把片段包裹起来储存；
然后我们
拿起外衣和帽子
穿过远景
——离开，
沿河西上
洪水冲毁的三角叶杨在河里
怪诞地模仿州长
模仿总统和圣人，转弯
又转弯，一路回家。

那一年的消息
不仅自由，还具有指令性。
气压表说"战争。"
鸥鸟像追踪者
进入西方。

回到平静的农场上，
猪啃吃油腻的报纸。

①这种东西又叫"时代文物密藏容器"，储存现代历史资料和文物，埋藏起来供
后人理解现代情况用。

白色天空上

世界上有很多事情
已经发生。你可以
回去述说它们。
它们是我们穿过白色天空
向前飞驰之际
所拥有的部分东西。

然而，世界上有很多事情
尚未发生。你通过思考
和写作还有行动来帮助它们发生。
在它们开始之处，你欢迎
或阻止它们。你来临
扶持新生事物。

白色天空上，曾经有
一次开端，我碰巧注意到
又几乎瞥视那要去干的事情。
而如今，我远道
而来到这里，它回到那后面。
某些日子，我思考着它。

【美国】大卫·伊格内托

(David Ignatow，1914–1997)

　　大卫·伊格内托，美国诗人，生于纽约市布鲁克林，1964年以来先后在美国多所教授文学创作。1936–1976年间主编过一些诗刊，其中包括著名的《美国诗歌评论》。从1948年以来，他出版了20多部诗集和诗选，主要有《诗》(1948)、《温和的举重者》(1955)、《再说一次》(1961)、《人类的形象》(1964)、《大地坚硬：诗选》(1968)、《营救死者》(1968)、《面对树木》(1975)、《踏上黑暗》(1978)、《阳光》(1979)、《交谈》(1980)、《对大地低语》(1981)、《让门敞开》(1984)、《投在地面上的影子》(1991)、《尽管日子的朴素：情诗》(1991)、《我有一个名字》(1996)、《我需要生存：最后的诗》(1999)等；另著有散文3卷。他获得过波林根诗歌奖、古根海姆奖、佛洛斯特金奖、雪莱纪念奖、美国文艺学院诗歌奖、威廉·卡洛斯·威廉斯奖、美国诗歌协会奖等重要诗歌奖。1980–1984年间，他担任过美国诗歌协的主席。

　　伊格内托被公认为当代美国寓言式诗歌大师。从形式上讲，他的诗主要分为三大类：诗、散文诗和对话体的诗；从内容上来说，他的诗作具有很强的思辨性，短小、直接，避免使用修饰词和富于"诗意"的词语，"反诗歌"特征的特征非常明显，能从一些日常琐事中揭示出重大的人生哲理。同时，他的诗还兼具现代寓言性质，且倾向于情节性，他善于把日常生活上升到哲学境界，有时以近乎荒诞的手法揭示现代人的生存环境及其压力。

思考

我卡在一条鱼的身躯里。
如果我是鱼本身，这篇演说
就是穿过我的鳃而逃离的
水声，我会像所有的鱼
卡在一条更大的鱼的
嘴里，或被网捕住
或死于做鱼。想想
我卡在里面，一个具有
自由权利的人像我一样
接受思维训练，我的思维
是另一种网，因为这个
自由权利是一种折磨，如同
卡在一条鱼的身躯里。

传记

打字机的这些键里，有我的父母和我的故事
我不会让它们把那个故事打出来，
我们三人都保持紧张状态
我不想被打断，
他们无法解决我们之间的差异
并且死去。

天气

风说
为自己而活着
雨说
为自己而活着
夜说
为自己而活着
我低下头
翻起衣领

我的诗是写给

我的诗是写给空寂的
公共汽车之夜的。我写道，
空虚，拥抱我的死亡。
我听见低语，为他人而活着，
为成长的孩子而活着，
一条奔流之溪的脸。

我熟睡
当它是一首诗
为了把我的关心
解析成最终答案
而正在被写作
当我闭上眼睛
沉寂像一片波浪
在我体内铺展
我就知道自己正在成功，
处于睡眠的欣悦里。

旋转

我向你伸出双手
而你说你的手
并不存在。你还说
我没有手，
说我对手产生了幻觉
还说对你说话
就是对我自己说话
为了与我融为一体
而吸引我自己。
你通过旋转，通过待在
一个地方——一个嗡嗡响的陀螺
来对我表达你的意思。
这让你愉快
你促使我行动。
我开始哭泣之际
我就开始旋转起来。

未来

我要把一个孩子留在空屋里。
她将在我死去时蔑视我的
尸体，当她向房间问起
它的地址，房间沉默了，
越过天空而延伸。
那让她舒适的东西，我唯一的期待，
她还是婴儿时爬上我的双膝？

我的女儿，当我远远退回到过去，
我就把这比金钱更有价值
比市场上的诀窍
更有价值的东西赠与你：
保持强壮吧；
准备没有我而生活吧
就像我被准备的那样。

沉默中我们对坐

沉默中我们对坐在餐桌
两端——我们之间总有什么
障碍物——吃着自己的食物。
正是我们相互的爱
消失在我们的喉咙下面
除了作为废物
就再也不会出现。

秋天（1）

一棵棵树就像人群中默默
等待决定的人而伫立。它们
僵直，一次预先通过的
判决。我站在它们面前
感到有罪，但又想活下去——
对自己毫无把握，胆怯，
双肩耸起。
　　　　　　我直起身子
歌唱。它们保持沉默。

我转身大步离开，
像士兵一样
上下甩动双臂。我无处可去，
也没有什么特别的事要做，
我不停地大步行进。

秋天 (2)

给温德尔·贝里

一片树叶颤抖着躺在
我的门前，即将被风
吹走。
      如果我要把它
带到我房间静止的
空气之中，它就会
静静躺在我的窗台上
面对着那棵
它从上面飘落的树。

在这个梦里我是印第安人

在这个梦里我是印第安人
勇敢面对着一个军事指挥官，
他率领一团人，试图
恫吓我离开。
我指着大地和天空
说我就是天与地
还说当我行走时
离开的是它们。

　　　　　　对此，我必须醒来
警告如果他说的是真话
我们大家都会迷失。我是
那指挥官的同胞，在我的梦里
我催促他立即脱下军装
到最近的泉水中
去沐浴。

最后是这个词语

最后是这个词语，摧毁世界
又独自创造它的一个
栖息在水上的词语，像一片云
一片微白的原子云
像一个人在冬天呼吸的霜雾。
吸入一个人的气息，就是摧毁
世界，创造它的一片纯净的烟霾。

我对着一棵树晃动拳头

我对着一棵树晃动拳头
说，总有一天你会
为你的所有繁茂和多样化
而落叶，但我将务必让你
在我的脑海里继续
你目前的状态。只有在我内心中
你才有记忆。我即将
一叶又一叶地

写到你。

那些褐色枯叶躺在我的门前
仿佛要让我在它们消逝到土地中之前
看见它们最后的境遇，我是
你们唯一的证人。如果我为了
不得不看见你们死去而活着，那么除了生
你们的死就没有答案，而我正活着。

下行

我所惧怕的泥土中有一个洞。
我把自己垂入其中，先是把
长绳的一端拴在附近的树上，
另一端系在我的腰上。
我让自己一步步下垂，
紧紧抓着绳子，
每一步都把双脚
牢牢地插在那散发出
泥土味的壁面。

当我下降，我吸入的空气越来越少
吸入的矿物质和黏泥的混合气体越来越多，
湿润，沉重，沉闷。我开始
失去知觉，害怕
我会松开紧紧抓着的绳子
而掉到洞底，害怕从壁面
掉在我头顶上的泥块
让我窒息。正是这种
对葬礼的恐惧引我爬下去。

应时

树叶间有我的敌人。
倾听那为了凑在一起
密谋的窃窃私语
和躯体摩擦声吧。
我将转过身来
让它们继续兴奋地交谈
同时，我等待它们应时
衰落。

语言学

我听见一个没有舌头的人谈话。
他哼哼作声，合于语法。
容易理解他需要舌头
并且说他失去了舌头。
我非常感动，也非常高兴
他能发出信号
可是谁又能帮助他呢？
除了教他写字
并使之成为其主题
还能做什么呢？
我们会拥抱他，
知道在我们中间
有失去的四肢、头颅和阳具
我们可以无休止地单独
谈起。

当我看见游动的鱼群

当我看见游动的鱼群
我就询问我是否可以加入，我很悲哀的是
在我们之间拥有的
这个唯一的世界里
我们必须分离。我看见目光在男人
和女人中间交换，从嘴唇到躯体，
当他们分开，我想
我被空中的一片高声恸哭
团团围住。我也与别人一起
抬高我悲哀的嗓音
我的一个身份。

踏上黑暗 (选)

2 从天文台

每一步都去往或来自一个物体
在天堂或地狱中，都没有发出
回音。大地在脚跟下
或从一块石头的撞击中
振颤。很多石头从
外层空间坠落，大地本身
在飞翔。它在已经死去
奄奄一息或在燃烧的群星中间
启程。

3

季节怀疑自己，它们让位
给对方。白昼怀疑自己，
如夜晚一般；它们来临，环视，慢慢离去。
太阳永远不会相同。
人们分娩人们，繁盛
然后又死去
太阳就是一片怀疑的火焰
温暖着我们的身躯。

11

那我想爬进去
把自己掩盖起来的洞孔
暗淡我的思维。
我会知道它为了感受虚无
而怎样摸索。

在一个空荡荡的空间
我有一颗炽热发光的心。
我躺在它旁边
温暖自己。

14

这是子夜，房子沉寂。
远处有一件乐器
在轻轻弹奏。我独自一人，
仿佛世界在一个低低的音符上
来到了尽头。

18

麻烦就是我无法占据
我周围的空寂
同时，每个人都看着我
仿佛我要充满这个真空的欲望
是某种疯狂或愚蠢的奇想。
他们睁大眼睛，一动不动，
我充满我的时间，
在一群沉默的脸中间
耸起肩头行走。

20 被遗弃的动物

有一头动物，它的饲养人死了，
留在笼子里的食物够多，
粪便却覆满地面。
冬天，它可以足以在地面
稳步行走，然而夏天的暑热侵入
它的关节。那就很危险，
尽管它的躯体爬上不断荒芜的空间，
临近天花板，它的脖子
也为了给予它空间而伸向前面。

这让这头可怜的动物哀鸣，
不得不被它自己的食欲压垮，
每吃一口东西
它都不能想起自己
无需死去的愉快。

36 割草机之死

它在睡眠中死去，

梦着草丛，
它的刀刃沉寂静止，
也在做梦，它的手柄
是船尾，在高高野草中
被缩短。那个它侍候得
如此好的人在哪里？
它的工作失败，
死者们固守着自己。

46 沉思

我的枪没有火药
我想射杀一头狮子
我想穿上一头狮子的皮
我想做一个人
我想勇敢地杀死自己
如狮子　我想快乐
我想生活　　我想要爱情
我想要自己

我想再出生一次
我想要一切
我不想要悲伤
我不想要自己
我不想要快乐
我不想要幸福
我想要牺牲
我想牺牲自己
我想成为上帝的知己和右手
我想要怜悯、同情、爱还有和善
以及温暖、荣誉、祝福还有胜利
在我的悲伤之上

我是一头狮子
长着一张温和的脸
我可以被轻松地杀死
我是你，最好的朋友
我为什么如此悲伤

我被诺言充满
我散发出信心
我是一座坟墓
我想对此坦然
充满它自己的尘埃
没有什么你可以告诉我的事
或做那可以感动我的事
我在世界末日等着

我是你所认识的人
我们从未谋面

56 探险者

我要去攀爬这座山
没有人会阻止我，
这座危险的山
布满冰川和荒凉的峭壁，
我将为了生存的缘故
而去攀爬它。
他们大叫，那么攀爬吧，
去找死吧。我轻声回答，那么攀爬吧，
去生存。我
即将开始。

我伸手去拿我的个人财物。

他们低语，那么攀爬吧，去生存。

我的快乐在树林和草丛中，
在这座山的岩石
和冰川的脸上。我的快乐向着天空，
我的生活是天空的洞孔。
我把脚置于那我发现就是
我本人的山上。

66 致斯蒂芬·穆尼：1913—71

我在墙上看见一个影子
在哭泣
铺展自己
墙暗淡下来
一种明亮
来自头上的光
我没有看见那影子的躯体
黑暗就是它的躯体
那无需男女性别的躯体
有黑暗
在安慰
在为我解除他们的黑暗

谁是黑暗的父母呢
我怀疑那铺展的光芒
吸收着
孕育着黑暗
这就是我所知的事情
直到那吸收光芒的
诞生的黑暗
分娩光芒

【美国】詹姆斯·赖特

(James Wright，1927–1980)

詹姆斯·赖特，美国诗人，美国二战后"新超现实主义"（即"深度意象"）诗歌流派的主将之一。生于俄亥俄州马丁斯渡口。早年就读于肯庸学院，曾先后师从于兰色姆、佛罗斯特和罗宾逊等著名诗人，以优异成绩毕业，然而后来却转向"新超现实主义"创作实践。20世纪50年代末，他与罗伯特·勃莱等人一起创办的诗刊《五十年代》（后依次改为《六十年代》、《七十年代》、《八十年代》……），使之成为美国战后反学院派诗歌的主要阵地。他先后出版了诗集《绿墙》（1957）、《圣犹大》（1959）、《树枝不会折断》（1963）、《我们是否在河边聚集》（1968）、《诗合集》（1971）、《两个公民》（1973）、《致一棵开花的梨树》（1977）、《这旅程》（1982）等多部，其中《诗合集》于1972年获得普利策诗歌奖。他还留下了大量散文和散文诗，结集为《意大利夏天的瞬间》出版。他终身在大学任教，直到1980年去世。

赖特以其沉思型抒情短诗闻名于美国诗坛。他热爱大自然，善于捕捉大自然景色中最有意义的细节，并以新超现实主义手法将其田园式的诗意建立在强有力的意象和简洁的口语之上，在总体上赋予自然景色以深层意识的暗示，试图唤起人们超脱现实返回大自然的欲望，从大自然中找到安宁。虽然他去世较早，但他留下的诗作却产生了较大影响，足以让他在二战后的美国后现代诗歌中占有一席之地。

害怕收获

这在以前发生
过：在附近，
缓行之马的鼻毛
平稳地呼吸，
褐色蜜蜂朝着积雪的蜂箱
吃力地
拖拽高高的花冠。

秋天始于俄亥俄的马丁斯渡口

在希莱夫高中的足球场上，
我想起在蒂尔顿斯维尔①慢慢饮下大杯啤酒的波兰人，
本伍德②鼓风炉中黑人灰色的脸，
惠林钢铁公司破裂之夜的看守人，
梦见英雄。

所有骄傲的父亲都羞于回家。
他们的女人像饥饿的小母鸡咯咯叫唤，
渴望着爱。

因此，
他们的儿子在十月初
变得自杀般地美丽，
疾驰着冲撞相互的躯体。

---

①美国俄亥俄州城市。
②美国地名。

躺在明尼苏达①松树岛上
威廉·杜菲②农场的一张吊床上

我的头上，我看见青铜色蝴蝶，
沉睡在黑黝黝的树干上，
像一片树叶在绿色阴影中飘动。
空房子后面的深谷中，
牛铃一声接着一声
进入下午的远方。
我的右边，
在两棵松树之间的一片阳光原野上，
去年的马粪
燃成金色的石头。
黄昏暗淡下来之际，我向后倾靠。
一只苍鹰飘过，寻找家乡。
我荒废了我的生活。

宝石

在我那没人
要触动的躯体后面的
空气中，有这个洞穴：
一个隐居处，一种
合围火焰之花的沉寂。
当我挺立在风中，
我的骨头就变成暗绿色翡翠。

①明尼苏达为美国中北部一州。
②美国诗人，曾与勃莱和赖特等人一起创办诗刊《五十年代》。

薄暮

谷仓后面水池里的大石头
浸透了白色涂料。
我祖母的脸是压在秘密盒子里的
一片小枫叶。
蝗虫正爬进我童年暗绿色的
缝隙。碰锁在林中轻轻咔嗒作响。你的头发灰白。

城市的乔木枯萎了。
远远的购物中心空寂，转暗。

轧钢机的红色阴影。

开始

月亮把一两片羽毛扔在田野上。
黑暗的麦子聆听。
静止。
现在。
它们在那里，月亮初升，尝试
它们的翅膀。
树木之间，一个苗条的女人扬起她面庞的
可爱阴影，现在她步入空气，现在她完全
消失在空气中。
我独自伫立在一棵接骨木树边，不敢呼吸
或者移动。
我聆听。
麦子后倾，倾向它自己的黑暗，
而我倾向我的黑暗。

尝试祈祷

这一次，我留下了自己的躯体，让它
黑暗的刺藜中呼喊。
这个
世界上依然有美好的东西。
这是黄昏。
这是那触摸面包的
女人之手的美好黑暗。
一棵树的精灵开始移动。
我触摸树叶。
我闭上眼睛，想到水。

春天的两种魅力
来自挪威的片断

1

现在是晚冬。

多年以前，
在特隆赫姆①附近的
一片原野上
我穿越吹弯绿色麦苗的春风。

2

黑雪，
像陌生的海洋生物，

①挪威港市。

缩回自身之中，
把草丛还原成泥土。

春天的意象

两个运动员
在风的大教堂中
跳舞。

一只蝴蝶歇落在
你绿色嗓音的枝条上。

小羚羊
在月亮的灰烬中
熟睡。

再次到达乡间

白色房子沉寂。
然而我的朋友听不见我。
生活在田边秃树上的那片闪忽之火
啄食一次，又长时间寂静。
我静立于迟来的下午。
我的脸避开太阳。
一匹马在我长长的影子中吃草。

在寒冷的房子里

即使火炉已经熄灭很多个时辰，
我也在几分钟前才入睡。
我正在衰老。
一只鸟在光秃的接骨木树丛中鸣叫。

雨

这是事物的沉落。

手电光在黝黑的树上划过，
少女们跪下，
一只猫头鹰的眼睑下垂。

我双手悲伤的骨头降临到一个陌生的
岩石山谷中。

马利筋

当我曾经站在这旷野上，迷失在自我中，
我肯定久久俯视过
那一行行玉米，草丛那边
小小的房子，
白墙，隆隆走向厩棚的畜群。
现在我俯视。这一切都变了。
无论是什么，我都迷失了，我为之哭泣的一切
都是温顺的野物，暗中爱着我的

欧美诗歌典藏

小小的黑眼睛。
它就在这里。在我的手触摸之下
空气中挤满了来自另一个世界的
脆弱的动物。

北达科他，法戈镇①外

沿着出道的"大北方"货车翻仰的车身，
我慢慢划亮一根火柴，缓缓举起来。
没有风。

镇子那边，三匹肥大的白马
在贮草塔的影子中
一路并肩涉河。

货车突然倾转。
门砰然合上，一个人拿着手电
向我道晚安。
我一边点头，一边写下晚安，孤独
而又思乡情切。

生命

我被谋杀，行走，起身，
谋杀者在哪里，
那条河流的
黑色沟渠。

---

①北达科他为美国一州，法戈镇为其一个镇。

如果我肩上戴着一朵白玫瑰
回到我唯一的故乡，
那对你来说是什么呢？
那是开花的
坟茔。

那是黑暗的延龄草，
那是地狱，那是冬天的开始，
那是再无名字的伊特拉斯坎①人的
鬼城。

那是古老的孤寂。
那是。
那还是
最后的时刻。

给一只死天鹅的三句话

1

现在它们就在那里，
两片翅膀，
在两个寒冷的白色影子之间
我听见它们开始饿死，
但是我梦见它们会一起
飞升，
我的俄亥俄黑天鹅。

①位于意大利中部的古国。

2

现在，我让黑色鳞片最终从这条
孤独之龙的美丽的黑色脊背上
一片接一片落下来，它诞生在大地上，
我黑色的火焰，
我黑暗的卵形体，
我血液的秋天里，被机枪扫碎的
黄色之树的山边，苹果在那里
噘起野性的嘴唇，又故意假笑
我的爱情已经死亡。

3

这里，把它破碎的骨头
慢慢地，慢慢地
带回到
那被焦油和化学物质扼杀的坟墓，
那陌生的水，那
俄亥俄河，那不是
从死者中建起的
坟墓。

聂鲁达[①]

那不容易成为树的树，
那暗中成为树的
细小叶片。

①智利著名诗人（1904-1973），1971 年诺贝尔文学奖得主。

一根粗枝下，
一片树叶的一条叶脉，
大海的一边
朝着山上歌唱一千
英寸，仿佛
叶片中的树
为成为人类而遗憾
还想跨过
美洲中心的一条河
跑回一把老胡子的怀抱，
蜘蛛建筑师
爬上长长的山冈
去获得
崩溃的小尖塔，至少
去纺织它躯体的一根丝线
去连接大地和星星，
也许把它贮存起来。

秘密小树的
叶片飘零，
大地在哪里继续纺织，
我不知道。

致一棵开花的梨树

美丽自然的花朵，
纯洁脆弱的躯体，
你伫立着，没有颤抖。
星光落下的薄雾，

完美，我无法触及，
我多么妒忌你。
因为，要是你能倾听该多好，
我会告诉你一些事情，
一些人类的事情。

一个老人
曾经在难以忍受的风雪中
出现在我面前。
他的脸上长着一撮
微微烧焦的白胡子。
他在明尼阿波利斯的一条街上
停下来抚摸我的脸。
他乞求说，把它给我吧。
我将不惜代价。

我退缩。我们两人都受惊，
我们溜走，
在各自的路上躲避着
寒风凛冽的标枪。

美丽自然的花朵，
你怎样才可能
担心或费心或关心
那羞愧而无望的
老人？他离死亡如此之近
因此他愿意接受他能
得到的所有的爱，
即使冒险于
某个嘲笑的警察
或某个伶俐的自作聪明的年轻人

撞碎他的假牙，
也许还把他引到
暗处，在那里
仅仅为了好玩
而踢踹他毫无感觉的腹股沟。

年轻的树，除了你那
美丽自然的花朵和露水，没有
任何负担，我的躯体中
暗色的血和我的兄弟
一起把我拖垮。

美丽的俄亥俄

那些温尼巴哥①老人
知道他们在歌唱什么。
整个夏天，我独自
找到了一种坐在
覆盖下水道的
铁轨枕木上的方式。
有人穿过倾斜的泥土而凿埋的管道
喷出一条闪光的瀑布。
在马丁斯渡口，我的家，我的故乡，
或多或少有一万六千五百人
用光速
加快河流。
那里，光芒

---

　①北美印第安人的一支。

在那道瀑布流下的瞬间
抓住了他们生命的坚实的速度。
我知道我们通常
把它称为什么。
但我有自己要唱给它的歌，
有时，即使今天，
我也称之为美。

我的笔记本

这友善的松针影子
在我身边经过。
当门关上，它的手就放在桌上，
对着我张开。

无论何时我厌倦了说话
和我干枯的肺叶
只想静静停留在我的体内，
它都像雨一样点头。

它赋予我的最和蔼的时刻
在一个白色下午来临：
太阳晒白了格罗塔列①的所有墙壁，
最南端的那颗橄榄。

某块神经质的碎片
在我的皮肤下起作用。
我收回我的唇，说出残忍的话语，

---

①意大利南部城市，靠近塔兰托。

某种野蛮的事情。

它张开它的书页
向我展示它拥有的东西：
我的名字的一半清晰，其余的
几乎消失。

一只浑身绿色斑纹的
昆虫飞了进来，
静静停留在白色叶片上，没有
留意我的名字。

在向日葵中间

你可以毫不害怕就站在
它们中间。
这些面庞中，有很多
看起来相当友善，
小小的向日葵将把潮湿的金色额头
倚靠在你的身躯上。
你甚至可以抬起手
在它们之间抓住某些面庞
轻轻拉下来
靠近自己的
面庞。
在这里，
在那里，
一株高大的向日葵，脆弱而伤痕累累的茎，
带着那在老人心中将是美好意愿的事物
和宽容的耸肩，露出一种憔悴

而失败的瞥视。它们中间有
毫无希望地死去的老妇，
在根部的沟槽中毫无重量地蔓生。
因此，在这些面庞无助地转向正午之际
我可以为它们
显得相似而加以责备。
任何轻快地吸收阳光的生物都会是愚蠢的，
短暂生命的冷漠之神，小小的
怜悯。

【美国】加里·斯奈德

(Gary Snyder, 1930-)

加里·斯奈德，美国诗人，"垮掉派"代表人物之一。生于旧金山，早年移居到美国西北部，在他父母的农场工作。1951毕业于里德学院，获得文学和人类学学位，后来进入加利福尼亚大学攻读东方语言文学，并在此间参加"垮掉派"诗歌运动，此时他翻译的中国寒山诗对他产生了很大影响，致使他东渡日本，出家为僧3年，醉心于研习禅宗。1969年回到美国后，与他的日本妻子定居于加利福尼亚北部山区，过着非常简朴的生活。1985年，他成为加利福尼亚大学戴维斯分校教授，同时继续广泛游历、阅读和讲学，并致力于环境保护。2003年，他当选为美国诗人学院院士。他先后出版了16部诗文集，主要有《砌石与寒山诗》(1959)、《神话与文本》(1960)、《僻野》(1968)、《观浪》(1970)、《龟岛》(1974)、《斧柄》(1983)、《留在外面的雨中，新诗1947–1985》(1983)、《没有自然：新诗选》(1993)、《无终的山水》(1997)、《加里·斯奈德读本》(1999)等，其中《龟岛》获得了1975年度普利策诗歌奖。

斯奈德"垮掉派"少数仅存的硕果之一，也是这个流派中诗歌成就较大的诗人。但与"垮掉派"其他诗人的张狂相比，他显得比较内敛，其作品的风格也有所不同。他是一位清晰地沉思的大师，在中国禅宗诗歌的影响下，喜欢沉浸于自然。在大自然中，他既是劳动者也是思考者，因此他的诗"更加接近于事物的本色，以对抗我们时代的失衡、紊乱及愚昧无知"。

八月中旬在苏窦山①瞭望台

山谷下面烟云弥漫
五天雨水之后，三日暑热
树脂枞树球果上闪耀
岩石与草场对面
一群群新生的苍蝇。

我记不得我曾经读过的东西
几个友人，可他们都在城里。
从铁皮杯中饮着冰冷的雪水
透过高爽宁静的空气
极目眺望远方。

佩特谷②上

到正午，我们清扫
完了最后一段路，
在高耸的山岭边
在溪流上面两千英尺
抵达山隘，越过
白松林，花岗岩路肩，
继续前行到一片
雪水浇灌的绿色小草地，
那里四边长满白杨——太阳

①美国华盛顿州雷尼尔山东北部的山岭。
②美国西北部的一条山谷。

高悬，强烈地直射下来
而空气却凉爽。
在颤抖的阴影中，享用一条
冷冷的炸鳟鱼。我窥视到
一道闪烁，发现一块
黑色火山玻璃——黑曜岩——
在一朵花旁边。手和膝
推动丝兰，一百码外
千万个箭头的
残余。没有一个
好箭头，只是剃刀片般的雪花
飘落在一座唯有夏天不下雪的山冈上，
这是肥胖的夏季鹿子之地，
它们前来宿营。在它们
自己的足迹上。我跟随自己的
足迹来到这里。拾起冷冷的钻头，
鹤咀锄，短柄锤，和
炸药。
万年的时光。

水

岩崩之上，阳光的压力
以眼花缭乱的踏跳降落旋动我，
桧树阴影中，鹅卵石水潭嗡嗡作响，
一条今年出生的响尾蛇吐着信子，
我跳跃，嘲笑它盘卷的岩石色小身子——
被暑热不断侵袭，从石板上疾行到下面的小溪
溪水在拱起的墙下深深翻腾，把头颅
和肩头完全浸入水中：

欧
美
诗
歌
典
藏

完全伸展在鹅卵石上——耳朵轰鸣
睁开冷得疼痛的眼睛，面对一条鳟鱼。

薄冰

二月里，漫长的
封冻之后，在一个暖和的日子
走在古老的伐木道上
在苏马斯山①下
砍下一根桤木作拐杖，
穿过云层俯视
努克萨克②那湿漉漉的田野——
踏上水洼结成的冰上
冰面一直延伸到道路那边。
它吱嘎作响
下面的白色空气
迅速逝去，长长的裂缝
突然在黑色中冒出来，
我那装着楔子的登山靴
在坚硬的平滑表面打滑
——如同薄冰——突然感到
应验了一条古老的成语——
冻结的树叶，冰水，
手中拐杖的时刻。
"如履薄冰——"
我回头向一个朋友叫喊，
薄冰破裂，我下陷了
八英寸

———————
①美国华盛顿州的一座山。
②苏马斯山下的一个镇子。

一路穿过雨

那匹母马站在田野上——
一棵大松树和一间厩棚，
然而它停留在旷野中
屁股迎着风，被溅湿。
在四月，我试图抓住它
无鞍而骑着它奔驰，
它蹶蹄，狂奔而去
后来在山冈上倒下的
桉树的阴影中
啃吃新发的嫩苗。

京都：三月

几片轻盈的雪花
飘落在无力的阳光中；
鸟儿在寒意中歌唱，
墙边的鸣禽。李树
花蕾裹紧，寒冷，即将开放。
四月一日，月亮
开始初露，暮色沉沉的西边
一线朦胧。半路上的木星
在夜间沉思结束之际
高悬。鸽子的鸣叫
如同拨动的琴弦声。
黎明时，比睿山①顶

---

①比睿山，日本佛教名山，位于日本京都府京都市东北隅。

白茫茫一片；清澈的空气中
城镇周围所有发绿色山冈
布满沟壑，岩层褶皱锋利，
呼吸刺痛。结霜的
屋顶下
情侣分离，离开被褥下
温柔的躯体缠绵的暖意
打破冰，用冰冷的水洗脸
醒来，喂养他们喜爱的
孩子和孙子。

给罗宾的四首诗

曾经在修斯劳森林①自然野营

我睡在　杜鹃花下
整夜　花朵飘落
在一块纸板上　我瑟瑟发抖
双脚　插进背包
双手深深　插进衣兜
几乎　无　法　入睡
我想起　我们在学校的时候
一起睡在　一张暖和的大床上
我们是　最年轻的恋人
当我们分手时　依然才十九岁
如今我们的　朋友们都已结婚
你回到东部　在学校教书
我不在意　像这样生活

①修斯劳国家森林，在美国俄勒冈州。

绿色山冈　漫长的蓝色海滩
可有时　睡在旷野中
我回想起　我与你在一起的时候。

相国寺①春夜

八年前的这个五月
在俄勒冈的一个果园
我们在夜里漫步于樱花下
那时我想要的一切
如今已被遗忘，可是你
在这里的夜色中
在这古都的一个花园里
我感到夕颜②那颤抖的幽灵
我想起夏季的棉裙下
你那凉凉的裸体。

相国寺秋晨

昨夜观望昴宿星团，
气息在月光下如烟，
苦涩的记忆犹如呕吐物
堵在我的喉咙。
我在门廊的草垫上
铺开睡袋
头顶秋天的繁星。
你出现在梦里（九年出现了三次）
狂怒，冷漠，责难。
我羞愧地醒来，生气：
毫无意义的心灵之战。

①即位于日本京都北部的万年相国承天禅寺，始建于公元 1382 年。
②夕颜，日本古典文学名著《源氏物语》中的人物。

天色即将破晓。金星与木星。
我初次看见
它们如此之近。

八濑①的十二月

你说，那个十月，
在果园边深深的枯草中
你选择了自由，
"如果再相遇，也许在十年后。"

大学毕业后，我见过你
一次.你已陌生。
我着迷于筹划。

而如今已过
十多年：我始终知道
　　　　你在何处——
我本来可以与你相聚
希望赢回你的爱。
你仍孑然一身。

可我没有来。
我想我必须独自完成。我
已经那样做了。

唯有在梦里，就像这个黎明，
我们青春之爱的死亡感
强烈得令人敬畏
重返我的灵魂，我的肉体。

———————

①日本京都地名。

我们拥有别的人
都渴望和寻求的东西
我们把它留在了十九岁。

我感到年逾古稀，仿佛
经历了好多次生命轮回。

如今，也许永远不知道
我是傻瓜
还是完成了我的因果报应
　　　　所要求的事情。

流水音乐

树下
云下
河边
沙滩上，

"大海之路。"
鲸鱼　　海路的巨兽——

　　　　盐；寒冷的
　　　　水；冒烟的火。
蒸气，谷物，
　　　　石头，木板。
骨锥，毛皮，
　　　　竹钉和竹匙。
没上釉的土碗。

欧美诗歌典藏

一根束发的带子。

　　　　　超越伤口。

阳光下坐在岩石上，
观看老松
起伏
在那炫目的精细的白色
　　　　　河沙上面。

流水音乐（2）

流淌的清溪
　　　　流淌的清溪

你的水对于我的嘴
　　　　是光
对于我干枯的躯体是光

　　　　你流动的
音乐，
　　　　在我耳里，自由，

流动的自由！
我的内心
　　　　有你。

松树冠

蓝色的夜里
霜雾，天上
明月照耀
松树冠
弯曲成雪蓝色，没入
天空，霜，星光。
靴子的吱嘎声。
兔迹，鹿迹，
我们知道什么。

斧柄

四月最后一周的一天下午
教甲斐①怎样抛掷短柄斧
让它转动一半就插进树桩。
他想起那斧子的头
没有柄，在商店
去取它，想把它作为己有。
门后，一根断掉的长斧柄
长得足以作这把斧子的柄，
我们标刻长度，把它
与短柄斧的头
还有工作斧一起拿到木砧上。
在那里，我开始用工作斧
给旧斧柄造型，最初

欧美诗歌典藏

①斯奈德给儿子取的日本名字（Kai）。

向埃兹拉·庞德学到的警句
在我的耳里鸣响!
"伐柯伐柯
　　　其则不远"①。
我对甲斐这样说
"瞧:我们将通过测试
我们用来砍它的工作斧柄
来给这斧柄造型——"
他明白了。我又听见:
在公元四世纪陆机的
《文赋》里——序言中
说:"至于
操斧
伐柯
虽取则不远。"
我的老师陈世骧②
多年前就译出它,讲授它
我明白了:庞德是斧子,
陈是斧子,我是斧子
我的儿子是斧柄,很快
要重新塑造,模型
和工具,文化的技艺,
我们延续的方式。

---

①见《诗经·国风·豳风·伐柯》。

②陈世骧(1912–1971),学贯中西的中国学者,1947 年起长期执教于加利福尼亚大学伯克利分校东方语言文学系,主讲中国古典文学和中西比较文学,加里·斯奈德曾经师从于他学习中国文化。

留在苏窦山瞭望台上的诗

我，诗人加里·斯奈德
五十三岁时在这道山岭
和这块岩石上待了六周
看见了每个瞭望台所见之物，
看见了这些山峦四处移动
在海面终止
看见了风与水破裂
头角分叉的鹿子，鹰眼，
此时祷文述说，瞭望台会死去？

岁月

岁月好像翻滚得
　　越来越快
　　我干得越来越努力
　　男孩长得越来越大
　　种植苹果和樱桃。

在夏天赤脚，
　　在冬天穿胶靴。

小男孩躯体
　　柔软的腹部，细小的乳头，
　　肮脏的手

如今草丛穿过
　　橡树叶和松针茁发而出

我们将再种植几棵树
观察夜空转动。

我们与所有生物一起发誓

在林中工作
吃着三明治，

一头母鹿啃吃雪中的睡菜丛
相互观察，
一起咀嚼。

一架比尔①飞来的轰炸机
在云层上面，
用咆哮充满天空。

那头母鹿抬起头，聆听，
一直等到那声音消失。

我也如此。

诗歌如何对我出现

夜里，它踉踉跄跄
越过大石头而来，它
受惊地停留在
我的营火范围之外

---

① 即比尔空军基地，位于美国加利福尼亚州。

我走向那光的边缘
去迎候它

雪中写给刘·韦尔奇①

三月的降雪：
我坐在白光中读一篇关于你的
论文。你的诗，你的生活。

论文作者是我的学生，
他甚至还引用了我的话。

自我们在波特兰②的一间厨房里开玩笑，已时过四十年
自你逝去，已时过二十年。

所有那些岁月以及一个个瞬间——
熏烤腊肉，砰然关上车门，
考验朋友的诗篇，
将成为又一个档案，
又一个不可靠的文本。

可是生活在厨房中继续
我们依然在那里欢笑，烹饪，
观赏雪景。

①美国"垮掉派"诗人（1926–1971），诗人的友人。
②美国俄勒冈州西北部港市。

【美国】马克·斯特兰德

（Mark Strand，1934- ）

　　马克·斯特兰德，美国诗人，担任过美国第四任美国桂冠诗人。生于加拿大爱德华王子岛，少年时代在南美洲和中美洲生活过。他曾在耶鲁大学学习绘画，在艾奥瓦大学作家班攻读文学创作，1965 年赴巴西任富布赖特讲师，后来又陆续在美国多所大学执教。他先后出版了诗集《睁一只眼睛睡觉》（1964）、《移动的理由》（1968）、《愈加黑暗》（1970）、《我们的生平故事》（1973）、《迟来的时刻》（1978）、《延续的生命》（1990）、《黑暗的港口》（1993）、《一个人的暴风雪》（1998）、《鸡，影子，月亮及更多》（1999）和《人与骆驼》（2006）等多部；散文集有《纪念碑》（1978）等；还翻译过西班牙诗人阿尔维蒂、巴西诗人安德拉德等人诗作；编纂有《当代美国诗人：1940 年以来的美国诗》、《墨西哥新诗》以及《另一个理想国：17 位欧洲及南美作家》等诗选。他获得过普利策诗歌奖、波林根奖、全国文艺奖、爱伦坡奖、斯蒂文斯奖等美国重要诗歌奖。

　　斯特兰德是 20 世纪后半期美国诗坛上影响较大的诗人。他的诗语言朴素而具体，诗句通常无韵，倾向于"新超现实主义"风格。但其超现实元素又比较隐蔽，这与他早年研究超现实主义绘画息息相关。总体上来说，朴素的语言和超现实意象构成了他的诗的两大特色，他游走于现实与梦幻之间，想象力丰富，着重探讨并挖掘了人类的阴暗面和两重性，反映了人类灵魂深处的心理活动。

保持事物的完整

在一片旷野中
我是旷野的
空缺。
这是
永远的事实。
无论我在何处
我都是失踪之物。

当我走动
我就分开空气
而空气
总是移进来
填充我的躯体
所到过的空间。

我们都有移动的
理由。
我移动
是为了保持事物的完整。

吃诗

墨水流淌于我的嘴角。
没有像我那样的幸福。
我吃着诗歌。

图书管理员不相信她亲眼所见的事情。
她的眼睛充满忧愁
把双手插在衣裙中走动。

诗篇消失了。
灯光黯淡
狗沿着地下室楼梯走上来。

它们的眼球转动，
它们淡黄色的腿燃烧如柴。
那可怜的图书管理员开始跺脚，哭泣。

她并不理解。
当我跪下舔她的手
她尖叫起来。

我是个新的人。
我对着她咆哮、吠叫。
我在书本上的黑暗中欢跳。

呼吸

当你看见他们
就告诉他们说我还在这里，
说我用一条腿站着，另一条腿做梦，
说这是唯一的方式，

说我对他们撒的谎有别于
我对自己撒的谎，
说我通过既在这里又在远处

而成为一条地平线，

说我在日出日落之际熟悉自己的位置，
说呼吸就是那拯救我的事物，
说即使被迫衰落的音节也是呼吸，
说如果身体是棺材，它也是呼吸的贮藏室，

说呼吸是一面布满话语的镜子，
说呼吸是呼救声传入陌生人的耳朵时
在世界消失之后还久久停留时
幸免于那个声音的一切事物，

说呼吸重新成为开始，所有抵抗
都从它里面消失，正如意义
从生命中消失，或者黑暗从光芒中消失，
说当我给出我的爱，呼吸就是我给予他们的东西。

人与骆驼

在我四十岁生日前夕
我坐在门廊上抽烟
一个人和一峰骆驼走出蔚蓝
偶然路过。起初，那个人和骆驼
都一声不响，可当他们飘然走上街道
走出镇子，两者都开始唱起歌来。
然而，他们唱的什么，我依然无法理解——
那歌词模糊不清，那音调
过分修饰，让人难以记住。他们
走进沙漠，当他们行走，他们的嗓音
合二为一，在风吹的沙子筛漏的声音

上面升起。他们歌声的充满惊奇，
人与骆驼难以捉摸的融合，似乎
是所有不同寻常的夫妇的理想形象。
难道这就是我等待了如此之久的
那个夜晚？我想相信它就是那个夜晚，
可正当他们消失之际，那个人
和骆驼都停止了歌唱，疾奔
回镇子。他们站在我的门廊前面，
用珠子一般的眼睛盯着我说：
"你把它给毁了。你永远把它给毁了。"

邮差

这是子夜。
他走上步道
敲门。
我匆匆出去招呼他。
他站在那里哭泣，
朝我抖动一封信。
他告诉我信里有
糟糕的个人消息。
他跪下。
"原谅我！原谅我吧！"他恳求。
我请他进屋。
他擦拭泪水。
他那深蓝色的制服
就像是我深红色睡椅上的
一滴墨水斑渍。
他无助，紧张，矮小，
犹如一个球蜷曲而起

睡觉，同时我以
同一种情绪
给自己写更多的信：
"你将因为
导致他人痛苦而活着。
你将宽恕。"

婚姻

从对面柱子吹来的风，
缓缓而行。

她在深深的空气中转身。
他在云中行走。

她让自己做好准备，
抖开头发，

描绘眼睛，
微笑。

太阳晒暖她的牙齿，
她的舌头把牙齿沾湿。

他拂去礼服上的灰尘
拉直领带。

他抽烟。
他们即将相见。

风把他们吹得更近。
他们挥手致意。

更近，更近。
他们拥抱。

她在整理床。
他在脱裤子。

他们结婚
有了一个孩子。

风把他们吹往
不同方向。

风疾劲，他在
拉直领带时这么想。

我爱这风，她在
穿上衣服时这么说。

风，铺展开来
风，对于他们就是一切。

花园

　　给罗伯特·佩恩·沃伦①

它在花园中闪耀，
在栗树的白色叶簇中闪耀，

———————————
①美国诗人（1905-1989），曾担任美国第一任桂冠诗人。

当我的父亲走在沙砾上
在他的帽檐中闪耀。

悬浮于时间里的花园中，
我的母亲坐在红木椅上；
光芒充满天空，
她衣裙的褶皱，
她身边纷乱的玫瑰。

当我的父亲俯身
在她耳畔低语，
当他们起身离开
燕子们疾飞
月亮和群星
一起飘走，它闪耀。

即使当你在这一页纸上俯身，
迟到而孤独，它也闪耀，即使现在
也处于它消失之前的那一刻里。

舞

另一个人的幽灵来访，灯盏照耀
之际，我们保持交流。
灯盏照耀之际，我们又能干些别的什么？
又有谁没把一只脚插进坟墓？

我注意到树木的叶片显得蓬松
和溪流般涌动的昆虫将其吞没的方式。
那盏灯犹如铁锚穿过枝条落下来。

我们当中又有谁不正是常常被拉下去？

我的思想飘浮在我颅骨的紫色空气里。
我看见自己在跳舞。我对每个人微笑。
我慢步舞蹈出我颅骨燃烧的房子。
又有谁不是一次次诞生在天堂之中？

门

这道门再度出现在你面前，尖叫
开始，疯狂的声音说着这里这里。
安慰的神话死去，她躯体的睡椅
化为尘埃。云朵进入你的眼睛。

这是秋天。人们从喷气客机上往下跳；
他们的亲属跃入空中，加入他们的行列。
那就是与这尖叫有关的事情。谁也不想
离开，谁也不想落后。

这道门出现在你面前，你不能说话。
你的呼吸缓慢，你穿过窗户
凝视。你的医生穿着屠夫工作服
手持刀子。你赞同。

你想起你初次到来的时候。当你
奔向房子，叶片从枫树上旋落。
你像你始终想象你要奔跑那样跑了。
你的手在门上。这是你进来之处。

光芒的来临

即使这么晚了，这也发生：
爱情的来临，光芒的来临。
你醒来，蜡烛仿佛自动点燃，
群星聚集，梦幻注入你的枕头，
散发出空气温暖的花束。
即使这么晚了，躯体的骨头也发光
明天的尘埃突然闪耀成呼吸。

新诗手册

1. 如果一个人理解一首诗，
他就会有麻烦。

2. 如果一个人跟一首诗生活在一起，
他就会孤独地死去。

3. 如果一个人跟两首诗生活在一起，
他就会其中一首诗不忠。

4. 如果一个人构思一首诗，
他就最多有一个孩子。

5. 如果一个人构思两首诗，
他就最多有两个孩子。

6. 如果一个人在写作时戴着冠冕，
他就会被发现。

7. 如果一个人在写作时没戴冠冕，
他就只会欺骗自己。

8. 如果一个人对一首诗生气，
他就会遭到男人的蔑视。

9. 如果一个人继续对一首诗生气，
他就会遭到女人的蔑视。

10.如果一个人公然指责诗歌，
他的鞋子就会装满尿。

11.如果一个人为权力而放弃诗歌，
他就会拥有很多权力。

12.如果一个人吹嘘自己的诗，
他就会受到傻瓜的热爱。

13.如果一个人吹嘘自己的诗且热爱傻瓜，
他就再不会写诗。

14.如果一个人因为自己的诗而渴望引起注意，
他就会像月光下的公驴。

15.如果一个人写诗且赞美诗友的诗，
他就会拥有一位美丽的情妇。

16.如果一个人写诗且过分赞美诗友的诗，
他就会把自己的情妇赶走。

17.如果一个人索取他人的诗，
他的心的体积就会倍增。

18.如果一个人让自己的诗变得赤裸，
他就会害怕死亡。

19.如果一个人害怕死亡，
他就会被自己的诗拯救。

20.如果一个人不怕死亡，
他就可能或不可能被自己的诗拯救。

21.如果一个人完成一首诗，
他就会在自己的激情的空白尾迹中沐浴
且被白纸亲吻。

回答

你为什么旅行？
因为房子寒冷。
你为什么旅行？
因为那是我总在日落与日出之间所干的事情。
你穿的什么？
我穿的蓝礼服、白衬衣、黄领带和黄袜子。
你穿的什么？
我什么也没穿。一块痛苦的围巾给我保暖。
你跟谁睡在一起？
我每夜都跟不同的女人睡在一起。
你跟谁睡在一起？
我一个人睡。我总是一个人睡。

你为什么对我撒谎？

我总认为我讲的是真话。

你为什么对我撒谎？

因为真话不像其他事物那样撒谎，我喜欢真话。

你为什么要离开？

因为一切对于我都再也没有多少意义。

你为什么要离开？

我不知道。我从来就不曾知道。

我要等你多久？

别等我。我困了，我想躺下。

你困了，想躺下？

是的，我困了，想躺下。

如果事实是这样

我们做了我们想做的事情。
我们丢弃了梦幻，更喜欢相互的
重工业，我们欢迎过悲伤
还把废墟称为要破除的不可能的习惯。

如今我们在这里。
晚餐准备就绪，我们不能进食。
肉，放在碟子的白色湖泊里。
酒，在等待。

如果事实是这样
那么它就有了报应：什么也没许诺，什么也没带走。
我们没有心灵或上帝的恩赐，
没有可去的地方，没有留下的理由。

从漫长悲伤的聚会

有人在说到
覆盖田野的影子的事情，说到
事物怎样逝去，一个人怎样睡到早晨
和早晨怎样离去。

有人在说到
风怎样渐渐停息而又回来，
贝壳怎样成为风的棺材
而天气又继续下去。

这是一个漫漫长夜
有人说到月亮把皎洁的光洒在寒冷的田野上的
事情，说到前面除了更多相同的事物
则一无所有。

有人提到
一个她在战前去过的城市，一个墙上插着两根
蜡烛的房间，有人在跳舞，有人在观看。
我们开始相信

夜晚不会结束。
有人在说到音乐结束了，而没人注意到。
然后有人说到行星的事情，说到星星，
说到它们多么微小，多么遥远。

放弃我自己

我放弃我那即是玻璃蛋的眼睛。
我放弃我的舌头。
放弃我那即是我的舌头的持续之梦的嘴巴。
我放弃我那即是我的嗓音衣袖的喉咙。
我放弃我那即是燃烧的苹果树的心。
我放弃我那即是从未见过月亮之树的肺。
我放弃我那即是穿雨而行的石头气味的气味。
我放弃我那即是十个意愿的双手。
我放弃我那曾打算要把我留在任何地方的双臂。
我放弃我那仅仅在夜里才是恋人的双腿。
我放弃我那即是童年的月亮的屁股。
我放弃我那对我的大腿低声鼓励的阴茎。
我放弃我那即是随风飘动之墙的衣服。
我放弃那生活在它们里面的幽灵。
我放弃。我放弃。
我因为没有这一切而正在重新开始
你不会拥有这一切。

因此你说

你说，这一切都在脑海里，
与幸福无关。寒意来临，
暑热来临，脑海拥有世界上的所有时间。
你拉住我的手臂说有什么事情会发生，
那总是为我们准备好的不同寻常的事情，
如同在亚洲停留一天之后到达的太阳，
如同在与我们共度一夜之后离开的月亮。

遗物

我在自己身上腾空别人的名字。我腾空衣兜。
我腾空鞋子，把它们留在路边。
夜里，我把钟上的时间拨回去；
我翻开家庭影集看着孩提时的自己。

这样做有什么好处？时辰尽了它们的职责。
我说出我自己的名字。我说再见。
话语顺着风相互跟随。
我爱我的妻子却又把她打发走了。

我的父母从他们的王位上升起
上升到云层那乳汁般的房间里。我怎样才能歌唱？
时间告诉我说我是什么。我改变，而又相同。
我在自己身上腾空我的生活，而我的生活又留下来。

房间

这是一个古老的故事，它发生的方式
有时是在冬天，有时不是。
倾听者熟睡，
通往他忧愁的壁橱之门开启

灾祸进入他的房间——
拂晓时的死亡，黄昏时的死亡，
它们麻木的翅膀擦伤空气——
世界为再难收回它们投下的影子而伤心。

有一种对令人惊讶的结束的需要；
葱绿的田野上，奶牛如同新闻纸燃烧，
农夫坐着凝视，
虚无发生时绝不那么可怕。

【美国】查尔斯·西密克

(Charles Simic，1938-)

　　查尔斯·西密克，美国诗人，担任过美国第十五任桂冠诗人。生于塞尔维亚贝尔格莱德，1954 年随家移居美国芝加哥，后在纽约大学学习，20 世纪 60 年代末以来出版了诗集《草说什么》(1967)、《一块石头在我们中间的某处做笔记》(1969)、《给沉默揭幕》(1971)、《回到被一杯牛奶照亮的地方》(1974)、《古典舞厅舞曲》(1980)、《给乌托邦和近处的天气预报》(1983)、《不尽的布鲁斯》(1986)、《失眠旅馆》(1992)、《地狱中的婚礼》(1994)、《溜黑猫》(1996)、《抽杆游戏》(1999)、《凌晨 3 点的噪音》(2003)、《我无声的环境》(2005)、《诗 60 首》(2008)、《那小小的东西》(2008)、《伪装大师》(2010) 等多卷；另外翻译南斯拉夫、法国、俄国诗人的作品；与诗人马克·斯特兰德合编过《另一个理想国：17 位欧洲及南美作家》(1976)。他先后获得过普利策诗歌奖、华尔特·惠特曼诗歌奖、华莱士·斯蒂文斯奖。

　　西密克是 20 世纪后半叶以来美国最优秀的诗人之一。他通过万物有灵论来观察现实，以加大其诗作的超现实效果，结合了神秘性和日常性，这使他的诗常常从客观到主观，又从主观返回到客观世界，接近诗歌的本原。其诗歌语言朴素，语势平稳、从容，以缓慢的音调透露出深藏在平静的表面下可感知的而又闪忽不定的意义。因为这样的深度，有不少评论家把他的诗作认为是"深度意象诗"中较为成功的典范。

肉铺

有时我在深夜散步
在一家打烊的肉铺前驻足。
铺子里只亮着一盏灯
如同里面有囚犯挖洞的灯。

围裙挂在钩子上：
上面的斑斑血迹涂绘成
一幅血的大陆地图，
血的大河与海洋地图。

有如同在漆黑的教堂中
圣坛一样闪耀的刀子
它们在教堂里治愈残废者
和低能儿。

有一块砍碎骨头的木墩，
被刮得干净：——一条干枯到河床的河
那里，我被饲养，
那里，我在深夜听见一个嗓音。

挂毯

它从天宇垂到大地。
上面有树木、城市、河流，
小猪和月亮。在一角
雪花飘落在一队冲锋的骑兵上，

在另一角，女人们弯腰栽水稻。

你还可以看见：
一只鸡被狐狸叼走，
一对新婚之夜的赤裸夫妻，
一根烟柱，
一个眼神恶毒的女人朝牛奶桶吐痰。

它后面是什么？
——空间，很多空荡荡的空间。

现在谁在谈话？
——一个用帽子遮着脸熟睡的男人。

他醒来时会发生什么？
——他会走进理发室。
他们会刮去他的胡须、鼻子、耳朵和头发
让他的外貌与他人无异。

给我右手指头的动物寓言

1

拇指，松动的马齿。
对于母鸡的公鸡。
魔鬼的头角。我出生时
他们附在我身上的
肥胖的虫子。
压制它需要四根指头，
将它弯曲成两半，直到骨头

欧美诗歌典藏

开始啜泣。
割下它。它能照料
自己。在泥土中扎根
要不然就去捕猎狼。

2

第二根手指指明道路。
真正的道路。小径穿越大地，
月亮和一些星星。
看吧，它指得更远。
它指向自己。

3

中间一根手指背痛。
僵直，仍不习惯这种生活；
一个出生时的老人。这涉及
它一度拥有又丢失了的东西，
它在我的手里寻找的东西，
一只狗用利齿
寻找
跳蚤的方式。

4

第四根手指是神秘的东西。
有时当我的手
搁放在桌上
它就自动跃起
仿佛有人在呼唤它的名字。

这根手指跟随每根骨头
对于它，我忧虑。

5

有什么在第五根手指里面躁动
有什么在永远临近
诞生。虚弱而柔顺，
它的触感温和。
它的重量如泪珠。
它把尘埃从眼里取出。

叉子

这奇异的东西肯定是从地狱
爬出来的。
它类似一只鸟足
围绕在食人者的脖子上磨旧。

当你用手握住它，
当你用它刺进一块肉，
想象这鸟儿的其余部分就成为可能：
它的头如同你的拳头
很大，光秃，无喙而盲目。

梦幻帝国

在我的梦幻之书第一页上
天色始终都是
一个被占领的国度里的黄昏。
晚钟敲响前的时刻。
一个外省小城。

幢幢房子一片漆黑。
沿街铺面被掏空脏腑。

我去了一个
我不该去的街头。
孤独，没穿外衣
我出去寻找
一只回应我的唿哨的黑狗。
我有一种万圣节的面具
我害怕戴上它。

傍晚

蜗牛散发出沉寂。
野草充满幸福。
漫长的日子结束时
人找到快乐，水的安宁。

让万物都简单。让万物都静止
没有最终方向。
那把你带到这个世界上
又在你死去时把你带走的
是同一种东西；
那长长而锋利的影子
是它的教堂。

夜里，有些人理解草丛的话语。
草丛知道一两句话。
这并不多。它一次次重复
同一句话，但声音不太高……

回到被一杯牛奶照亮的地方

我们的手在深夜停止工作。
它们平放，张开，带有
穿越新雪的动物踪迹。
它们不需要什么人。孤独包围它们。

当它们接近，当它们触摸，
就像两条小溪
在注入一条宽阔的河流时
感到远海的吸引力。

大海是远在时间后面的空间
被一辆驰过的小车前灯照亮。
一杯牛奶在桌上闪烁。
现在只有你能为我伸手把它端起来。

中点

我一离开 A 点
就开始怀疑它的存在：
它的街道和喧闹的人群；
它那著名的通宵咖啡馆和监狱。

这是晚餐时刻。面包店正在打烊：
它们的货架空空荡荡，沾满白色面粉。
杂货店正在拉下铁栅门。
一个可爱的少妇在购买最后一只卡萨巴甜瓜。

就连我出生的小巷
也模糊、黯淡……哦，屋顶！
在风暴汹涌的深红色黄昏里
床单和衬衣的舰队……
              *
B 点是我注定要
到达又到达之处
如今不复存在。他们
为我的到来而匆忙建造它，

它将在那一天准备就绪：
它的街道和喧闹的人群……
甚至还有校舍——我在那里
初次伪造过我父亲的签名……

知道我离开的
那一天
它将正如 A 点一样
永远消失不见。

金字塔与斯芬克斯

巴黎有一条街道
叫做金字塔街。
我曾经想象它的两侧
分布着沙子和金字塔。

星期天我去看了一下，
一个瘸腿的贫穷老妇
跛脚路过装有百叶窗的房子正面。

她以前可能是埃及人，
因为她年老。

她拄着拐杖，依然匆匆而行，
仿佛某处有一场游行，
或者是去看一场行刑——
某个人血淋淋的头颅高高挂起！

这个日子寒冷。她继续前行，
而我逗留着细看一张剥落的海报，
它的下面是另一张海报
那上面写着"斯芬克斯"的字样。

巴比伦

每当我祈祷
宇宙都在扩大
我都在缩小。

我的妻子几乎踩在我身上。
我看见她的双腿
高耸入令人炫目之处。
她胯部的毛
如同神的胡须闪耀
她看起来像巴比伦人。

"我每一刻都在缩小"，
我大叫，而她，在长翅的狮子、
金字形神塔和她那描过的眼睛的
疯狂占星家中间，根本听不见我的叫喊。

路上的灾祸

天上甚至没有一丝云彩。
这日子和煦。牧草场
如此宽阔、富饶，开满
无名的小白花。

如果附近有儿童，
他们就非常微小。
如果附近有儿童在玩耍，
最年幼的那个儿童就看着侧边。

灾祸骑着你的黑马，
别想它们。
忘记你今天见过它们。
骑着你的黑马进入树林。

冠蓝鸦，树雀，
无论你们的神碰巧是谁，
都静默而隐匿吧，
或把他的名字只叫一次。

一本印满图画的书

父亲通过函授来研习神学
这是考试的时候。
母亲编织毛衣。我捧着一本印满
图画的书静坐着。夜幕降临。
我的手触及那些死去的国王

和王后的面庞，渐渐寒冷。

楼上卧室里有一件黑雨衣
在天花板上摇晃。
可它在那里干什么呢？
母亲长长的编织针迅速交织。
就在那时，它们
像我的头颅内部一样发黑。

我翻动的书页发出翅膀的声音。
"灵魂是鸟。"他曾经说。
在我那印满图画的书里
一场战役正激烈进行：长矛和利剑
升起一片冰冷的森林
我的心被钉在那树枝上流血。

反抗冬天

真理在你的眼睑下是黑暗的。
对于它，你准备干什么呢？
鸟儿沉默；没人要提问，
一整天，你都会斜着眼注视灰白的天空。
风吹时，你会像稻草一样战栗。

你在温顺的羊羔身上种植羊毛
直到他们拿着大剪刀跟随你而来。
苍蝇盘旋在张开的嘴巴上面，
然后，它们也像树叶一样飞走，
秃枝在它们后面徒劳地伸手。

冬天来临。你会像在败军之中
最后一个英雄士兵坚守自己的岗位，
裸露着头迎向第一片雪花。
直到一个邻居前来对你大叫，
查理，你比这天气还要疯狂。

失眠旅馆

我喜欢自己的小蜗居，
它的窗口面对一面砖墙。
隔壁有一台钢琴。
一个月有几天晚上
一个瘸腿老人都要弹奏
"我的蓝色天堂。"

可是，这里通常是安静的。
每个房间都自有其穿着沉重外衣的蜘蛛
用香烟散发的烟雾和幻想
编织成罗网来捕捉苍蝇。
多么黑暗，
修面镜中，我看不见自己的脸。

早晨五点，楼上赤脚行走的声音，
那沿街铺面就在转角处的
"吉卜赛"算命人，
一夜风流之后去小便。
也曾有一个孩子的啜泣。
那声音如此之近，我沉思
片刻，我想那是我自己在啜泣。

阅读你的命运

一个世界正在消失。
小街，
你太狭窄，
阴影中已经有太多的东西。

你唯有一只狗，
一个孤独的孩子。
你藏起你最大的镜子，
你的那些裸体情侣。

有人用一辆敞篷卡车
把她们运走。
她们依然赤裸着，在她们的
沙发上旅行

越过天色正在暗淡的平原，
某个酝酿着风暴的陌生的
堪萨斯或内布拉斯加①。
女人在卡车上撑开

一把红伞。男孩
和狗在追逐它们，
仿佛在追逐一只
被斩首的公鸡。

---

①堪萨斯和内布拉斯加均为美国州名。

片面性解释

自从侍者接受我点餐
似乎已经过了很长时间。
肮脏的小餐馆，
雪花飘落在外面。

自从我最后一次听见
我背后的厨房门声
自从我最后一次注意到
有人在街上经过
似乎天色就已经变得更暗。

一杯冰水
在我一进来就为自己
选择了的这张餐桌上
与我做伴。

还有一种渴望，
一种去偷听
厨师们交谈的
难以置信的
渴望。

玄学学校

当刽子手的影子在街上
遮蔽我，他就乐于解释
他的手表怎样工作。

我那样称呼他是因为他冷酷，好管闲事
还穿着黑衣。

十一点差五分
教堂塔楼上的钟停了。
晨报没有日期。
转角处的灰色建筑物
可能做过一支国家之笔，

然后他显露手表，
他想要我就在当时当地
理解手表上的
哥特式数字
和指针的空缺。

夜间的野餐

天空在那里，没有星星，辽远——
我们黑暗的思想中每个人的家园——
它的门，面向更多的黑暗。
而你，像迟到的推销员走家串户，
在你伸出的手掌中
只有你那颗跳动的心。

万物浸透了上帝的存在——
她以宁静的语调说
仿佛他的幽灵可能会偷听到我们——
我们周围的黑暗树林，
我们看不见的自己的脸，
甚至还有我们吃着的这块面包。

慢慢啜饮红酒之间
你沉思着你在宇宙中
一个个微不足道的细节。
接踵而来的寂静中，你能听见
她小小的利齿在咀嚼面包屑——
然后，她终于润湿了自己的嘴唇。

圣托马斯·阿奎那①

我到处遗忘自己的各个部分
就像那些心不在焉的人遗忘了
手套和雨伞
它们的颜色因为分发那么多不幸而灰暗。

我在公园长椅上熟睡。
这就像古代埃及艺术。
我不想唤起自己。
我迫使我长长的影子搭上晚间火车。

"当我们把玩偶给孩子，也就把死亡给了他"，
那读过迪纳·巴恩斯②作品的女人说。
我们彻夜低语。她去过最黑暗的非洲。
她有很多关于丛林的故事要讲述。

①意大利神学家和诗人（1225-1274），他将基督教的神学思想和亚里士多德的哲学成功地融合在一起，建立起了庞大的经院哲学体系。他一生著有 18 部巨著，其中包括集基督教思想之大成的《神学大全》和《哲学大全》、《论存在和本质》、《论正统信仰和真理、异教徒议论大全》等。他被天主教会认为是西方第一流的哲学家和神学家。

②美国作家（1892-1982）。

我已经在纽约城中寻找工作。
天空就像在诺亚①的日子里下着雨。
在那个城市里，我伫立在很多门前。
我曾向一个穿着晚礼服的人要香烟。
他对我露出害怕的神情，加快脚步走进雨中。

根据对上帝的存在和意图
提出了无可辩驳的证据的
圣托马斯·阿奎那的观点，既然"人类天生渴望幸福"，
我就在服装中心给卡车装货。
我和一个黑人偷了一件红色衣裙。
那件衣裙是丝绸做的，微微闪烁。

在一个阴沉的黑夜，我们可爱的热情燃烧起来，
我们两人各自拉着一只衣袖
沿着一条空寂的长街搬运这件衣裙。
暑热无法忍受，导致很多可怕的人类面庞
从躲藏处露出来。

在公共图书馆的阅读室里
只有一把几乎没转动的吊扇。
我把赫尔曼·麦尔维尔②的游记当作枕头。
我在一艘升起满帆的幽灵船上。
我到处看不见陆地。
大海和海中怪物无法让我冷静下来。

欧
美
诗
歌
典
藏

---

①《圣经·旧约》中的人物，被上帝选去建造方舟，借此方舟，诺亚、其家人以及
每种动物各一对，在大洪水中保全了性命而生存下来。

124 ②美国作家（1819–1891），著名作品有《白鲸》等。

我跟着一个外貌神圣的护士走进医生的诊所。

我们侧身挤过那些包扎着眼睛和耳朵的人。

"我是流亡的中世纪哲学家。"

那一夜我对女房东解释。

真的,我看起来不再像自己。

我戴着眼镜,一块镜片上出现了烦人的蛛丝般的裂纹。

我整天待在电影院。

一个女人在银幕上一次次穿过

一座被轰炸的城市。她穿着军靴。

她的双腿修长而赤裸。她所到之处无不寒冷。

她背对着我,可是我爱上了她。

我期待在出口处找到战时的欧洲。

天上甚至没有下雪!我遇见的每个人

都拥有我命运的一部分——我那破旧得如同狂欢节面具

的命运。

我告诉意大利侍者,"我是文书巴特比①。"

他回答说,"我也是。"

我只能看见长着人脸的苍蝇

正忙忙碌碌探查盛满弃物的烟缸。

---

① 美国作家赫尔曼·麦尔维尔的短篇小说《文书巴特比》中的主人公。

【加拿大】玛格丽特·阿特伍德

(Margaret Atwood, 1939–　)

　　玛格丽特·阿特伍德，加拿大女诗人、小说家。生于渥太华，早年曾在多伦多大学和哈佛大学学习，毕业后当过市场调查员、出纳员，后来在一些大学任教。她从 1956 年开始文学创作，迄今已出版了诗集《圆圈游戏》(1966)、《那个国家的动物》(1968)、《苏珊娜·穆迪的日记》(1970)、《强权政治》(1971)、《你是快乐的》(1974)、《两头的诗》(1978)、《真实的故事》(1981)、《无月期》(1984)、《诗选》(1986)、《诗选续集》、《焚烧过的房子中的早晨》(1995)、《门》(2007) 等多部；长篇小说有《浮升》(1972)、《贵妇人之神谕》(1976)、《肉体伤害》(1981)、《侍女的故事》(1986)、《猫眼》(1989) 等 10 多部，此外她还写过不少短篇小说、散文和文学评论，编过权威本的《牛津加拿大英语诗选》(1982)。她曾于 1981–1982 年担任加拿大作家协会主席，多次获得国际国内文学奖，其中包括 1966 年所获的总督诗歌奖和 1985 年所获的总督小说奖，还多次被提名为诺贝尔文学奖候选人。

　　阿特伍德是 20 世纪加拿大文坛上为数不多享有国际盛名的作家中的佼佼者，被誉为"加拿大文学皇后"，在欧美的影响极大。她的诗不仅表现出女性的细腻，而且还显示了对人类深刻的洞察力，意境开阔而睿智，从中描绘出一幅幅人类生存环境的图画；同时，她的诗还表现出了诗人独特的艺术感染力，语言凝重、语感犀利，对 20 世纪英语诗歌的发展产生了重要的影响。

十一月

1

这牲口跪着
身上落满雪花，它的牙齿
锉磨着，河底的
老石头发出的声音。

你把它牵向厩棚
我提着风灯，
我们在它上面俯身
仿佛它正在出生。

2

绵羊倒挂在绳索上，
一枚长长的果实，长满羊毛，腐烂。
它等待运送死亡的马车
来收获它。

哀悼的十一月
这就是你给我
创造的形象，
死羊来自你的头脑，一笔遗产：

消灭你不能拯救的东西
扔掉你不能吃掉的东西
掩埋你不能扔掉的东西

送掉你不能掩埋的东西
你必须随身携带你不能送掉的东西
它始终比你所想象的要沉重。

枭之歌

我是一个被谋杀的女人的心
她回家时走错了路
她被勒死在空地里，没有掩埋
她被小心地射杀在树下
她被一把轻快的刀肢解。
我们中间有很多人。

我长出羽毛，从她体内撕开我的出路；
我被塑造成一颗长满羽毛的心。
我的嘴巴是凿子，我的手
是手犯下的罪行。

我坐在森林中，谈论
那单调的死亡：
尽管有很多种死亡的形式
却只有一曲死亡的歌，
薄雾的色彩：
它说　为什么　为什么

我不想报仇，我不想补偿，
我只想问某个人
我是怎样丧失的，
我是怎样丧失的

我是一个谋杀者丧失的心
他尚未杀戮
他尚不知自己希望
杀戮；他仍像
其他人一样

我在寻找他，
他会有给我的答案，

他会看守自己的脚步，他会
谨慎而狂暴，我的爪
会穿过他的手长出来
变成爪，他不会被捉住。

塞壬①之歌

这是一支人人都愿意
听到的歌：那不可
抗拒的歌：

那迫使一群群人
跃出船舷的歌
即使他们看见冲上海滩的颅骨

也无人知晓这支歌
因为无论谁听见了它
谁就死去，其他人也想不起。

———————————

①塞壬为希腊神话中的女海妖，用美妙的歌声诱惑船只上的海员，从而使船只在
岛屿周围触礁沉没。

我要把秘密告诉你
如果这样，你会让我
摆脱这件鸟衣吗？

我不喜欢待在这里
蹲坐在这个外貌像
神话中风景如画的岛上

与这两个长满羽毛的疯子在一起，
我不喜欢歌唱这支
致命而珍贵的三重唱。

我会把秘密告诉你，
告诉你，只告诉你。
靠近些。这支歌

是一声呼救：救救我！
只有你，只有你才能救我，
你最终

独一无二。唉
这是一支令人厌腻的歌
可它每次都行之有效。

不能与其缺陷之心生活的女人

我并不是指爱的
符号，一个用来
装饰糕点的糖果形，

那应该成为附属物
或破碎的心；

我指的是这一团肌肉
如同起层的二头肌收缩，
呈现出紫蓝色，有板油的外皮，
它软骨的外皮，这与世隔绝
穴居的隐士，没有外壳的
乌龟，这一肺的血，
一盘令人不快的东西。

所有的心都浮在它们自己
无光的海洋深处，
湿黑，闪烁微光，
它的四个嘴巴像鱼一般吞咽。
据说心怦怦剧跳：
这应该被期待，心
反抗被淹死的规律性挣扎。

然而多数心说，我要，我要，
我要，我要。我的心
尽管没有我曾想过的
孪生兄弟，却更具两面性。
它说，我要，我不要，我
要，然后停顿。
它强迫我倾听，

在夜里，它是在另外两只
眼睛睡眠时保持睁开的
第三只红外线眼睛
但拒绝说出它看见的东西。

它是我耳朵里经久不变的
烦扰，一只被捕的蛾子，缓慢的鼓声，
一个儿童对弹簧床垫
频频击打的拳头：
我要，我不要。
一个人怎能与这样一颗心生活？

很久以前我就放弃了对它
歌唱，它永不会被满足或抚哄。
一天夜里，我会对它说：
心，安静些，
它会安静的。

你开始

你这样开始：
这是你的手，
这是你的眼，
那是一条鱼，在纸上
蔚蓝而扁平，几乎
形同眼睛。
这是你的嘴，这是一个〇
或一轮月亮，你喜爱的
一切。这是黄色。

窗外
是雨，碧绿
因为这是夏天，那之外
是树，然后是那只有

这九支蜡笔颜色的
圆圆的世界。

这是世界，它比我说过的
还要丰满，还要难以认识。
你用红色，然后用橘黄色
那样去涂抹它
是正确的：世界燃烧。

你曾经学会了这些词语
你将学会比你所能学会的
还多的词语。
"手"一词漂浮在你的手上面
就像是湖泊上空的一小片云。
"手"一词把你的手
锚碇在这张桌子上，
你的手是我在两个词语之间
握住的一块温暖的石头。

这是你的手，这些是我的手，这是世界，
世界是圆的，但并不平坦，拥有比我们所能看见的
还要多的色彩。

它开始，它有一个终结，
这是你将朝着它
而回归的东西，这是你的手。

陆栖蟹 (1)

一个谎言说我们来自水中。

事实上，我们诞生于
石头、龙、大海的
牙齿，正如你用你的硬壳
和锯齿形的双钳所证明的那样。

隐士，适合胆怯之眼的
坚硬眼窝，
你是一根在人行道上
疾奔的软肠，一个头盖骨，
潜行的圆圆的骨头。
树根之狼和充满砾石的洞孔，
高跷上的嘴巴，
小魔鬼的荚壳。

攻击，贪婪的
进食，逃逸：
这是在边缘上
保持活跃的可靠惯例。

然后有潮汐，有你在湿沙上
为月亮跳起的
那种舞蹈，爪子抬起来
挡开你的伴侣，
你的婚配是岩石发出的
迅疾而枯燥的碰撞声。
哺乳动物
有耳垂和延髓，
踌躇和温暖的乳汁，
你除了轻蔑则一无所有。

在这里，你是被锁定在

手电光中的冻结的怒容，

然后消失：一片我们

都不是的东西，

我发育不全的孩子，我在镜中

瞬息的脸，

我小小的噩梦。

给一首永不能写出的诗所作的注释

给卡罗琳·福彻①

1

这是那

你宁可不知的地方，

这是那将栖息在你体内的地方，

这是那你无法想象的地方，

这是那最终将打败你的地方

那"为何"一词萎缩又腾空自己的

地方。这是饥荒。

2

没有你能写到它的

诗，那有多少诗

被埋葬又出土的

沙坑，不可忍受的痛苦

仍在它们的皮肤上追溯。

这没有发生在去年

---

①美国女诗人（1950– ）。

或四十年前，却发生在上周。
这一直在发生：
这发生。

我们为它们制作形容词的花环，
我们像数点念珠一样数点它们，
我们把它们变成统计数字和连祷
变成与这首诗一样的诗。

一切都没起作用。
它们还是保持着原样。

3

女人躺在湿淋淋的水泥地板上
在无终的光芒下，
针，在她放在那里的手臂上刺纹
消灭智力
又惊诧她为何奄奄一息。

她奄奄一息，因为她说过。
她为话语的缘故而奄奄一息。
这是她的躯体，沉默
而没有手指，写着这首诗。

4

这像一次手术
却不是一次

尽管也不是展开的腿，咕哝
和血液，它是一次诞生。

这部分是职责
这部分是技巧展示
如同一首协奏曲。

这可以被干好
或干坏，它们告诉自己。

这部分是艺术。

5

透过泪水，可以看见这个清晰可见的
世界的事实；
那为什么要告诉我说
我的眼睛不正常？

清晰，不畏缩，
不回避地去直面，
这是极度痛苦，离太阳两英寸
被蒙住的眼睛睁开。

那你看见的是什么？
是一个噩梦，一个幻觉？
是一个景象？
你听见的是什么？

掠过眼球的剃刀
是来自一卷旧胶卷的细节。
那也是事实。
目击是你必须承受的事情。

6

在这个国度里，你可以畅所欲言
因为无论怎样也没人会听你说话，
这很安全，在这个国度里，你可以尝试写作
那永不能写出的诗，
那不创造什么
又不宽恕什么的诗，
因为你每天都在创造和宽恕自己。

在别处，这首诗不是创造发明。
在别处，这首诗获得勇气。
在别处，这首诗必须被写出
因为诗人们已经离世。

在别处，这首诗必须被写出
仿佛你已经离世，
仿佛再无更多的事情可做
或说出来拯救你。

在别处，你必须写这首诗
因为再无更多的事情要做。

秃鹰

悬在那里，在正午暑热的
乳白色天空中，烟囱
通风口里的黑灰，慢慢转动
像一根按压在靶子上的
拇指，懒惰的 V 形，飞翔到降落。

因此它们是鬣狗，在猎物
周围喧闹，拍动它们的
黑伞，长满羽毛的红眼睛寡妇
它们的罐状身躯亵渎哀悼，
对葬礼窃笑，
对守灵打嗝。

它们群集，如甲虫
在动物腐尸上产卵，
饕餮一片空间，一小块
谋杀的领地：食物
与儿童。

邋遢的老圣人，秃头
而老朽，在你那并非天宇的
炽热的空气柱子上
颈瘦如柴的
遁世者：你用什么来创造
死亡，那并非你引起的死亡
那你每日饱享的死亡？

我创造那即是祷文的生命。
我创造干净的骨头。
我创造灰锌的噪声
对于我，那噪音是一支歌。

咳，心灵，从这所有的残杀中
你能否干得漂亮些？

"睡眠"一词的变奏

我要观看你睡眠，
这也许没发生。
我要观看你
正在睡眠。我要与你
同眠，在它流畅的
黑暗波浪从我头上滑过之际
进入你的睡眠

还要与你一起穿越那片摇曳着
蓝绿色叶片的透明森林
那里有水淋淋的太阳和三个月亮
走向那你必须下去的洞穴，
走向你最糟糕的恐惧

我要给你银白色
枝条，白色小花，那个
把你庇护于
你睡梦中心的悲哀的
词语，庇护于中心的悲哀的
词语。我要跟随
你再度走上那长长的
楼梯，变成
那小心地载你归来的
船，一朵捧在
手中递给你的躯体
躺在我身边之处的
火焰，你进入它
易如呼吸空气

我要做那空气
仅仅在你的体内栖息
片刻。我要做那未被注意的
和那必需的东西。

俄耳甫斯①（1）

你走我的前面，
把我拉回到外面
那曾经长出獠牙
又将我咬死的绿光。

我顺从，然而
麻木，如一只
已经入睡的手臂；回归时间
不是我的选择。

到那时我习惯于沉默。
尽管有什么东西如一声低语
如一条绳子伸展在我们之间：
我过去的名字，
被拉紧。
你随身携带着你往昔的
束缚，你可能会称之为爱，
和你肉体的嗓音。

在你的眼前，你牢牢把握着

_____
①传说中色雷斯歌手，他的音乐的力量可以让顽石点头、猛兽俯首，他差一点将
他妻子欧律狄刻从地狱中成功救出。

你想要我成为的事物的
影响：重新生活。
正是你的这个希望让我跟随着。

我是你的幻觉，倾听
如花一般，你在歌唱我：
新的皮肤已经在我身上
在我另一个躯体的闪亮的
雾状尸衣内形成；我的手上
已经有灰尘，我充满渴意。

我只能看见你的头
和肩膀的轮廓，
在洞口显得黑黝黝的，
因此根本看不见
你的脸，这发生在你转身

向我叫喊之际，因为你已经
失去了我。我最后
看见你是一个黑暗的椭圆形。
虽然我知道这种失败
会多么伤害你，我也不得不
像一只灰色蛾子叠起，放弃。

你无法相信我不只是你的回音。

【加拿大】安妮·卡尔森

（Anne Carson，1950–　）

　　安妮·卡尔森，20世纪加拿大女诗人、散文作家、古典文学学者。生于多伦多，高中时学会了古希腊语并迷上古希腊文学。从多伦多大学毕业后，她先后在美国和加拿大多所大学任教。1987年，她因发表长诗《水的种类》而一举成名，此后陆续出版了多种著作，包括诗集、散文集和学术专著《又苦又乐的爱神》（1986）、《清晰的水》（1995）、《玻璃、反讽和上帝》（1995）、《红色的自传》（1998）、《未丧失的机体》（1999）、《闲暇时间里的男人》（1999）、《丈夫的美人》（2001）、《诺克斯》（2010）等。此外她还翻译过不少古希腊诗歌和戏剧作品。卡尔森是20世纪80年代在英语诗坛上异军突起的诗人之一，先后获得了兰南诗歌奖（1996）、普什卡特诗歌奖（1997）、古根海姆奖（1998）、麦克阿瑟奖（2000）、格里芬诗歌奖（2001）、T·S·艾略特奖（2001）等。尤其是她获得的T·S·艾略特奖最具意义，她不仅在竞争中击败了10位强有力的对手（包括诺贝尔文学奖得主西默斯·希尼），她还是第一个获得该奖的女诗人。

　　卡尔森是一位很有特色的诗人，她一方面大胆挑战传统诗歌观念，另一方面又把古典题材和一种独特的、完全现代的抒情风格融合在一起，所涉内容十分广博，从历史、神话、自然，到社会、家庭、婚姻，无所不含。她的诗歌语言非常精细，常以丰富的想象力把历史与现实交织在一起。因此，她被评论家认为是"当今最令人激动的用英语写作的诗人"。

使徒镇

你们死后
每一天风吹不息。
每一天
都像墙一样压迫我们，
我们离去，
沿路相互
横向着大喊，
这徒劳无益。
我们之间的空间
坚硬起来，
它们是空寂
然而坚硬
发黑而悲痛的空间
就像你在多年以前
认识的一个老妇的
牙齿间的缝隙，
那时她还很美，
歇斯底里像宫殿之火围绕她倾泻而下。

再度是春天之镇

"春天始终像常常说的那样。"
一个中国老人说。
雨水唑唑飘落在窗户下面。
跨越漫长距离而来的渴望
抵达我们。

李尔①镇

喧闹的钟声，沉落的钟声
领先于钟声的沉默。
就像疯狂领先于
那童年般的冬天。
领先于那进入
杀戮之洞的父亲。

沙漠镇

当圣人从沙漠
回来时，
他把信徒们像麻雀一样
重新支撑在晾衣绳上。
有些信徒掉进了绝望，这让他困惑。
在他烘烤自己的
心灵的沙漠中，
没有影子、没有起伏来提醒他
他们多么依赖他，一个男孩
死在他怀里。
他认为回来的
代价很大。
他开始确认
为了减少这个世界的道路
一片火焰正在翱翔升起。
到如今，他的骨头在他体内液化，他看见

---

①即莎士比亚名剧《李尔王》中的主人公。

美洲现代诗人读本

145

在他前面
并没等待别的什么
而等待它自己。

荷尔德林[1]镇

你疯狂地独自
哀悼枯井。
星光就像井底的
一片声音。
你搁浅了。
支持者跨过你。
熄灯之前，你可能相信的
最后一件事情
就是哀悼出了错，
于是，那希望死去的罪
像一片肺叶在你身后崩溃。
夜晚。
夜晚本身。

正午的干草垛之镇

迷地[2]。
迷地。
迷地。
迷地。

---

①德国诗人（1770–1843），古典浪漫主义诗歌代表。

②长及小腿的半长裙。

葛丽泰·嘉宝①镇

当我的偶像离去，它砸碎
砸碎我的背，它砸碎我的腿，它
砸碎天上的云，砸碎
我正在听着的
依然还听见的声音。

不平坦的爱情之镇

　　　　(然而所有爱情都不平坦)

要是他爱我，他就会看见过我
眉额敲打在楼上的窗玻璃上面。

发掘之镇

老母亲的手指穿过黑暗降临下来，
从我枯萎的小小灵魂中，从我那
在后面相遇的小小微笑中，
把我扯出来。

漫游之镇

没有上帝，然而
上帝期待上帝
在傍晚时咆哮着散步

---

①瑞典女演员（1905–1990）。

离开战栗的森林
庄稼渐渐暗淡，黄金的
心，仿佛它们会破碎。

托马斯镇

手牵手进入他的脑海，一个念头
永远没有来临，然而另一个念头
却跟随着。

一个人之镇

这是马格里特①的天气，马克斯·
恩斯特②说，把他的头撞在一块大圆石上。

宽容之镇

金杯1女人2。
金碗1女人1。
金碗1女人1。
金杯1女人1。
金杯1男人1。
金碗1男人1。
金杯1女人1。
金杯1。

①②分别为20世纪比利时和德国超现实主义画家。

欧
美
诗
歌
典
藏

一个我听说过的镇子

"在虚无之处中央。"
那会是
什么地方?
惬意而寂静。
一只兔子
在火炉上面
跃过
虚无。

罪孽的死亡之镇

什么是罪孽?
你问。
月亮尖叫着掠过我们。
我立刻就看见了你
扔下罪孽离去
在月亮后面闪忽
黑得就像森林上的一阵风。

爱情镇

她跑进来。
湿漉漉的玉米。
黄色发辫
在她背上垂下。

细枝断裂的声音之镇

我想他们的面庞是刀子
他们用来指向我而又等待的
方式。
一个猎人就是那如此专注
倾听猎物的人，那头猎物
从他手里拉扯武器，刺穿
自己。

普希金之镇

当我生活，我就生活在古代的未来。
深深的河流奔向它，天使人行道投入使用。
它有规则。
还有爱。
第一个规则就是
对机遇的爱。
在那里，你的某些话很可能是矿石。
或者，将存在于我们的眼睛成为余烬之际。

找出关于上帝之爱的镇子

在这一天之前
我犯了一个错误。
现在我的衣箱准备好了
两只煮得过老的鸡蛋。
因为旅程被储存

在我的目光
所在之处。
要不然它怎能存在?
就像一股激流
卷着一根细枝,
啜泣迫使你
听见我。

死亡镇

这一天
无论何时我都停住
镇子的噪音

运气镇

挖掘一个洞
来活埋他的孩子。
因此他不能为老母亲找到食物。
有朝一日
一个人触及金子。

九月之镇

我们的恐惧
就是蝉噪,
某个夜晚将要在那外面的黑色地带
把我的头压扁成一张纸,

然后，无论怎样我都会期待
正常的工作继续进行，仅仅因为
你的头被压扁成
一张纸，并不意味着
你能逃向工作，
修补纱窗门，对警察
隐藏你的兄弟。

狼镇

让老虎
杀死它们，让熊
杀死它们，让绦虫和蛔虫还有犬恶丝虫
杀死它们，让它们
互相残杀，让豪猪的刚毛
杀死它们，让放毒的鲑鱼
杀死它们，让它们在骨头上割掉舌头，流血
至死，让它们
冻结，让它们
饥死，让它们患上
佝偻病，让它们患上
关节炎，让它们患上
癫痫，让它们患上
白内障而失明，让它们
奔跑至死，让群鹰
抓走年幼的它们，让一粒风吹的种子
埋在它们耳朵深处，摧毁平衡，让它们拥有
很好的耳朵，是的，让它们
听见一片云在头上
驰过。

入睡之镇

有遥远的雷霆，那就是
嗓音，有击中
地面的血，那就是
融化在它的时间中的
动物的生命，有
强行流向
那个花园边沿的空气，就像
急速升向水面的
潜水者的血脉，它属于动物
就在希望在它里面转身看见之前
啊，我们躺在那里
世界的沙漠浩瀚无边，悲哀如地狱，
那就成了
动物的心投入的
地狱。

在拔士巴①的十字路口之镇

在阿姆斯特丹②的一间屋里
伦勃朗③画了一滴生命之水，在他
画的那滴水里面，伦勃朗的陌生人
打扮得就像一个赤裸
飘逸的女人，她手里

---

①在《圣经·撒母耳记11》中，大卫王曾见她在屋顶上沐浴，遂谋杀其夫而娶了她，大卫王与她生了所罗门。
②荷兰城市。
③荷兰古典画家（1606-1669）。

拿着一封信，她从
一个念头中
朝我们走来，
甚至在他画出
伦勃朗的陌生人时
尚未到达，
像伦勃朗一样，他自己
显得入迷而混乱
仿佛刚刚从
小径和侧路上
旅行归来。

错误的提问之镇

墙壁
怎样被建造，我
为什么在这里，滑轮
和皮肤是什么，壁板
何时滚回来，多么
疼痛，它们
吃什么——光芒吗？

弗洛伊德镇

魔鬼说我是我自己
未确定地点的窗户，魔鬼
说没那里有人坐下，
没有人
点灯，魔鬼

说从外面朝它
一瞥，达到目的，达到
目的，魔鬼
说闻一闻吧，魔鬼说闻一闻
这块生骨头，魔鬼说思想
是一位异化的客人，我说
魔鬼在里面比魔鬼活得更久。

新娘镇

悬垂在黑色日光上面
冷艳得就像一件没人穿的大衣。
正午这个盘问者正等待着我。

犹大镇

没有迟到的时辰，没有暗淡的行列。
没有橄榄树，没有锁没有心。
没有月亮，没有黑暗的树林。
没有美味佳肴，没有我。

【圣卢西亚】德雷克·沃尔科特

(Derek Walcott, 1930–　)

德雷克·沃尔科特，圣卢西亚诗人，1992年诺贝尔文学奖得主。生于圣卢西亚，早年在牙买加金斯敦西印度群岛大学学习，从1953年至1957年，在加勒比海岛屿的一些学校执教，然后他开始从事新闻工作，在一些加勒比海岛国的报纸上开办了戏剧评论专栏。1958年至1959年，沃尔科特在美国纽约攻读戏剧毕业后，从1959年至1971年担任戏剧编导。1981年后执教于美国波士顿大学。他从20世纪60年代初开始引起国际诗界的注意。其主要诗集有《诗二十五首》(1948)、《给年轻人的墓志铭》(1949)、《诗》(1951)、《在一个绿色的夜晚》(1962)、《诗选》(1964)、《海上遇难者及其他诗作》(1965)、《海湾及其他诗作》(1969)、《另一种生活》(长诗，1973)、《海的葡萄》(1976)、《星星苹果王国》(1979)、《幸运的旅行者》(1981)、《仲夏》(1984)、《奥梅罗斯》(史诗，1990)《赠礼》(1997)、《提埃波罗的猎狗》(2000)、《浪子》(2004)、《白鹭》(2010) 等多部；另外他在戏剧方面的成就也很大，著作颇为丰富，有20多个剧本。

沃尔科特用英语和加勒比方言写作。他在作品中集中探索了欧洲文化遗产和西印度群岛文化的冲突、从奴役到独立的漫长之路.他在两种文化之间作为流浪者的角色。他的诗作不仅相当高度概括了英美文化背景，而且还十分赋有加勒比海特色，以流畅的语言、丰富的想象、陌生的海洋环境呈现出史诗般的恢弘气度。因此，被另一位诺贝尔文学奖得主约瑟夫·布罗茨基誉为"我们面前的巨人"。

想念大海

迁移的东西在这幢房子的耳朵里咆哮，
平稳地悬挂它的帘幔，让镜子眩晕
直到映像缺乏实质。

有什么声音犹如风车地面的咬牙声
完全死寂；
震耳欲聋的空缺，打击。

现在，它把这个山谷箍住，测量这座山的体重，
疏远手势，把这支铅笔
推过浓厚的虚无，

用沉默充斥碗橱，折叠要洗涤的酸臭衣物
那如同可爱的人留下的
举止完全像死者的死者之衣，

怀疑，期待占有。

欧洲地图

如同列奥那多①的观点
风景在一滴水上展开
或者龙蹲伏在斑迹中，
在明亮的空气中，我剥落的墙

---

①即列奥纳多·达芬奇。

用纹理来绘制欧洲地图。

在它描绘的窗台上
一只啤酒罐的镀金边沿
如同沿着卡纳莱托①的湖上黄昏而闪烁，
或者如同那个岩石嶙峋的隐居处
形容枯槁的哲罗姆②在光芒的斗室中
祈祷他的王国延展到
远方的城市。

光芒创造寂静。在他的光环中
万物都存在。一只裂纹的咖啡杯，
一条瓣开的面包，一只形成凹纹的瓮
成为它们本身，如同在夏尔丹③的画作中，
或者在弗美尔④那啤酒般明亮的画作中，
不是我们怜悯的物品。

其中没有泪水的通谕，
没有艺术。只有把事物
看成其本质的礼物，被一种
它们所无法移开的黑暗分成两半。

西班牙港⑤花园中的夜

夜，我们黑色的夏天，把她的气味

①卡纳莱托（1697-1768），18世纪意大利画家，这里的湖是指他所画的风景。
②圣哲罗姆（公元347-420），早期西方教会中学识最渊博的教父。
③夏尔丹（1699-1779），18世纪法国画家。
④弗美尔（1632-1675），17世纪荷兰画家。
⑤加勒比海岛国特立尼达和多巴哥的首都。

简化成一个村庄；她接受黑人

那令人费解的麝香味，如汗水变得隐秘，
她的小巷充满剥去的牡蛎壳、

金橙之煤、西瓜的火盆的气味。
贸易和手鼓给她加热。

地狱之火或妓院：越过帕克街，
一浪水手的面庞形成浪峰，随着

大海的磷光消失：夜总会
如萤火虫在她浓密的头发中叮当作响。

盲目于车灯，聋聩于计程车喇叭，
她从廉价沥青油的闪耀中扬起脸

面对如同城市的白色星星，闪耀的霓虹，
亮成那她将成为的坏女人。

当白昼破晓，印第安人推着双轮车
掉头返家，车上载满砍去顶端的椰子。

珊瑚

这珊瑚的外形回响着
它所蛀空的手。它那

立刻产生的空缺沉重。如同浮石，
如同你那捧在我手中的乳房。

大海的寒意，它的乳头粗糙如沙，
它的毛孔就像你的毛孔，闪耀着带盐晶的汗水。

空缺的躯体转移重量，
你光滑的躯体，与众不同，

创造精确的空缺，如同这块石头
放在那放着发白的礼物架的

桌上。它让我的手敢于
索取情侣们的手从不熟悉的东西：

另一个人的躯体的本质。

鸟群

冬天的握力收紧，它的蓝翅凫
和野鸭稀疏的群体飞离，
被风拉弯的芦苇大弓，
想念我们不同天空的箭矢。
一个季节的运转砥磨它的感觉，
它的靶子是我们热带的灯盏，同时
我对着一种从大脑迁徙的
影子的暴力而唤醒这日出。
骨架似的森林，一个阴郁的骑士
沉默地驱驰在山中的黑色小湖畔，
马蹄声在这一年的
白色葬礼中轰鸣着积雪，
蚂蚁已般越过高山的额头，

迎着那些把野鸭催向南方的阵风
蹲靠在铁的抵触中。
遮护着他追寻的盲目挑衅，
它一年一度对春天的占卜。
我穿越这样的沉寂，我用这掠过积雪的
钢笔痕迹划出黑暗的符号，
用如同候鸟落在分枝的大脑上的词语
测量着冬天的占卜术，
从不询问它们来往的时间。

风格，运动的张力和黑暗，
世界那不可改变的方向
当世界旋转于其数个世纪之上
带着语言、气候、习俗、光的变化，
日复一日带着我们自己的偏见
年复一年带着飞翔的影像，
比我们的谴责和太阳欢欣的云雀
生命力更强。
　　　　　　黑暗公正的北极，
它的冰川纳藏乳齿象，
那封冻的巨人以大理石姿势
随不倦的、坚定的优美在一根
铁车轴上旋转，尽管海豹
越过它的冰发出非人类的嚎叫
那被撕碎的鸟儿的书页
如席卷而来的雪吹过发白的苔原，
直到湮灭，大脑才可能
穿过冬天和热带，反射他的稳定性，
直到那个二分点，当清澈的眼睛
如没有抵触阴云密布的镜子，
迎候那如一声祝福飞越它的黑翅

如那呼呼作响地高高飞越这一页
寒冷天空的鸟群，那时我以
黎明寒冷的闪耀开始这旅程，
为它们的需要，也为我对季节的感觉
而本能地飞向它们的秘密之地。

流亡

风一般的头发，迎着黎明
而戴上围巾，你从驾驶舱
观看迁移的畜群
响彻甲板。只有烟囱
在吼叫，从犁过的水道中
啄食废物的鸥鸟
知道你不曾来过
英格兰；你在家里。

就连她的恶劣气候
也是诗。你那伤痕累累的
皮箱装着跟她的话语
签下的最初契约，
然而，在登岸的牛群间，那演练过的平静
意味着要在她的寒意中
牛犊般颤抖的畜群中找出你。

决不要再回家，
因为这就是家！窗户
穿过历史翻阅到一首学校的
谣曲节拍，然而火车
很快就把它的诗改变成散文

那你不能进入的、收缩的、眯起眼睛的散文，
变成煤气灶，铃声响起的学生中心，
变成肮脏、冰冷的床单。

一天夜里，在眼里充满发炎产生的黏液的窗边
你的记忆与堆积而起的冬天书页
步调一致，
直到春天，它慢慢举起
闯入散文的心
和你遗忘的、从手推车上
炫耀的太阳。

大地在你想起她之际
开始注目，
苍鹭，如同海鸥，聚向
撒过盐的田垄，
吼叫的烟状小公牛
搅动它那藤蔓的大海，
在弯曲的草丛
和一个适于弯曲的
稻谷的词语之间，一个世界开始穿越
你钢笔的眼睛。

现在，某个卡在
公路的圆括号中的
措辞悄然陈述
它的标题和旗帜的
一条赭色踪迹，克拉①的棚屋
对第一章开启，

---

①钻石等的重量单位。

小公牛紧张的悠闲被映照
在一页清晰的散文中，
一片森林被压缩在蓝色的煤里，
或者燃烧在石墨之火中，
你的墨水一页接一页
无形地滋养着犁过的村庄
那里，有烟之长笛
和《罗摩衍那》①的
脆弱书页上拨旺的泥粪之火，

箭一般飞逝的金属公路
通往虚无之处，
塔布拉手鼓和西塔琴声音增强，
路径如同肮脏的绷带展开，
贮藏的电影用半个国家
不能阅读的语言斜视。

然而，当干燥的风吹得
那竹旗杆对哈奴曼②俯身的旗帜
猎猎作响，当贬低的黄铜
像裹在一个布结中的财产
颤抖着置于
剥落的庙宇门楣上，
当神祇捣槌自己的钟
当烟雾为你失落的印度
而痛苦地扭动蓝色手臂，

打谷的老人们

---

①古代印度著名史诗之一。
②《罗摩衍那》中的主人公，众神猴之王。

眼里充满发炎产生的黏液，停下来，
他们的褐色凝视粘着谷壳，
他们的丧失被生硬的
呜咽烦扰，那把乡间唤向它自己的黑色奉献
从藤蔓的深海中
召唤溺死者的电影车的
呜咽。致印度母亲的颂歌
下贱地说出谎言。
你的记忆走过它那被轻声低语的
路径，如同闪忽，破碎，
星期六如同廉价影片颠簸着推过。

空气

曾经有过传奇，但那是海盗和被放逐者的传奇。在这样
的条件下，生活的自然之美并不展现自身。在那词语的真正
感觉中，没有带着属于自己的性格和意图的人。
　　　　　　　　　　——弗罗德[1]：《尤利西斯之弓》

这片雨林的
无声的杂食性之腭
不仅吞没一切
还不允许一切都徒然；
它们从不歇息
碾磨着它们对人类痛苦的
否定。

先于我们很久很久以前，

---

[1] 即詹姆斯·安东尼·弗罗德（1818—1894），英国历史学家、小说家、传记作家。

那些灼热的腭，就像发出
蒸气的火炉，对着
种族灭绝张开；它们吞下
两个次要的黄色种族，以及
一半黑人；
在词语中创造上帝的肉体
全都进入了那个粗略的
没有鉴别力的胃；

森林没有变化，
因为那贝壳般的噪音
像沉寂咆哮，或者大海
那穿着白色法衣的唱诗班的咆哮
进入它的教堂中殿，走向散发出
袅袅烟雾的香炉，不是
祷词的沙沙声
而是虚无；碾磨的空气，
一种信仰，到处侵扰，食人者，
吃掉众神，吞没
上帝拒绝的加勒比，花瓣
接着黄金花瓣，然后被忘记，
那阿拉瓦克人①
没有留下他那
有待被黑色岩石培育的
最轻微的化石蕨迹，

却只留下一只雨鸟
生锈的叫声，如同声音沙哑的

---

①阿拉瓦克人：南美印第安族成员，早先居住在大安的列斯群岛上的大部分地区，现在主要生活在圭亚纳的某些地区。

战士从这山脊
和那迷失的珊瑚大批离去
沉没得无踪可寻的
朦胧的大海之间的
蒸雾般空气中
召唤他的民族——

这里有太多的虚无。

海的葡萄

那倚靠在光芒上的帆，
厌倦了岛屿，
一艘在加勒比海上迎风返家的

纵帆船，可能是奥德修斯，
在爱琴海上驶向家乡；
那父亲和丈夫的

渴望，在多瘤的酸葡萄下，就像
在每只鸥鸟的大声鸣叫中听见
瑙西卡①这个名字的通奸者。

这并没给人带来安宁。迷幻与
责任之间的古代战争
永不会结束，自从特洛伊

---

①奥德修斯在返家途中所遇见的淮阿喀亚国公主，曾帮助奥德修斯及其水手返回家园。

叹息它最后的火焰，
对于海上流浪者或在岸上穿着凉鞋
踽踽返家的人就毫无二致，

盲目巨人的大圆石升起水槽
从它的暴涌中，那伟大的六韵步诗行
得出疲竭的拍岸浪花的结论。

经典名著可以慰藉。然而不够。

结局

事物并不爆发
它们失败，它们隐退，

如阳光从肉体中隐退，
如泡沫在沙里迅速流逝，

就连爱的闪电
也没有雷霆的结局，

随着肉体般隐退的
花朵声音，它从淌汗的

浮石块中熄灭，
万物都塑造这种事物

直到我们被留下来
与环绕贝多芬头颅的沉寂同在。

拳头

那抓紧我的心的拳头
稍稍放松，我喘息
光明；但它再次
抓紧。我何时不曾爱过
爱的痛苦？但这已把爱

传递给狂热。这有着疯子的
强劲的抓攫，这在
嚎叫着投入深渊之前
紧紧抓着无理性的突岩。

心，那么就抓紧吧。你至少这样生活。

海藤

我的友人已死去一半。
大地说，我将给你创造新的友人。
我大声叫喊，不，把他们还给我，
让他们一如既往，有缺点和一切。

今夜，我可以透过藤蔓
从拍岸浪花微弱的嗡嗡声中
听到他们谈话，但我却不能

在月光照亮的海洋书页上
沿着那条白色路径独行，
或者随着那离开大地负荷的

猫头鹰做梦的运动而漂浮。
哦，大地，你保持的友人数量
超过那些留下来被恋爱的人。

悬崖边，海藤闪忽着绿色和银色；
它们是我信念中六翼天使的长矛，
但从遗失物之中，那拥有石头的

理性光辉的东西渐渐强劲，
承受月光，比绝望还遥远，
强劲如风，它穿过分开的藤蔓

把那些我们所爱的人带到我们面前，
他们一如既往，有缺点和一切，并不高贵，就在那里。

仲夏，多巴哥①

宽宽的太阳石海滩。

白热。
一条绿河。

一座桥梁，
烤焦的黄色棕榈

来自整个八月都在打盹的
夏天沉睡的房子。

————————
①多巴哥岛，在加勒比海。

我掌握了的日子，
我失去了的日子，

那如同女儿、生长速度超过
我形成港口的手臂的日子。

新世界的地图

1 群岛

在这个句子末尾，雨将开始。
在雨的边缘，一片帆。

这片帆将慢慢看不见岛屿；
那认为港口完全是一个种族的信仰
将进入一片雾霭。

十年战争结束了。
海伦的头发，一片灰云。
特洛伊，一个下着微雨的
海边白色灰坑。

微雨犹如竖琴的弦绷紧。
一个眼中阴云密布的人把雨拾起来
弹拨《奥德赛》的第一行诗句。

第二辑　拉丁美洲的西班牙语之光

Part II　Light of Spanish Language in Latin America

【墨西哥】奥克塔维奥·帕斯

【墨西哥】何塞·埃米利奥·帕切科

【墨西哥】奥梅罗·阿里迪斯

【智利】维森特·维多夫罗

【智利】尼卡诺尔·帕拉

【智利】冈萨洛·罗哈斯

【智利】奥斯卡·哈恩

【阿根廷】罗伯托·胡亚罗斯

【阿根廷】阿莱杭德拉·皮萨尔尼克

【厄瓜多尔】豪尔赫·卡雷拉·安德拉德

1976 年 12 月，墨西哥著名诗人，1990 年诺贝尔文学奖获得者奥克塔维奥·帕斯在美国耶鲁大学谈到拉丁美洲文学时说："……这是世界文学中罕见的奇特现象，拉丁美洲文学是一朵朵奇异的鲜花……"此言不虚。而在整个 20 世纪拉丁美洲文学中，诗歌一直占据着非常重要的地位。100 多年来，西班牙语在拉美大地上经过嫁接、繁衍，诗歌便开始在那片神奇的土地上开出了一朵朵奇葩，给人留下深刻的印象。

　　拉丁美洲，是指美国以南，从墨西哥开始一直延伸到阿根廷和智利南部火地岛的广大地区。因为这个地区的人民以讲拉丁语系中的西班牙语和葡萄牙语为主，因而被称为"拉丁美洲"。

　　拉丁美洲是一片广袤的土地，山川与河流、高原与平地之间，充满特有风物和神奇的传说。在西班牙人征服这片之前，拉丁美洲文学为当地的土著文学，然而随着西班牙人的入侵和移民，其文学和宗教也逐渐从欧洲伊比利亚半岛上渗透到拉丁美洲，与当地固有的风情、文化慢慢融合之后，形成了拉丁美洲文学中的特色。

　　近代拉丁美洲的第一位大诗人是尼加拉瓜的鲁文·达里奥（1867-1916）。他是拉丁美洲现代主义诗歌的创始人，也是现代拉丁美洲诗歌的先驱。他的作品改变了传统诗歌，对后来的好几代拉丁美洲诗人产生过巨大影响。在他之后出现的现代主义代表诗人有墨西哥的阿马多·涅沃（1870-1919）和拉蒙·洛佩斯·贝拉尔德（1888-1921），阿根廷的莱奥帕尔多·卢贡内斯（1874-1938）、乌拉圭的德尔米拉·阿古斯蒂尼（1886-1914）等人。从严格的意义上来讲，他们是第一代 20 世纪拉丁美洲诗人。而他们之后，拉丁美洲诗歌景象繁荣，创作达到了一个又一个高潮，优秀诗人层出不穷：秘鲁的塞萨尔·巴列霍（1892-1938），智利的加夫列拉·米斯特拉尔（1889-1957）、维森特·维多夫罗（1893-1948）和巴勃罗·聂鲁达（1904-1973），墨西哥的阿尔丰索·雷耶斯（1889-1959）和奥克塔维奥·帕斯（1914-1998），阿根廷的阿尔丰西娜·斯托尔尼（1892-1938）和豪尔赫·路易·博尔赫斯（1899-1986），厄瓜多尔的豪尔赫·卡雷拉·安德拉德（1902-1978）……直到今天，我们所见到的青年诗人。他们的作品所体现出来的总体特征，跟拉丁美洲小说一样，既神秘、魔幻、玄奥、旷远，同时还具有一定的历史性和社会性。

尽管拉丁美洲由多个面积不大的小国组成（巴西是面积最大的国家），但是在 20 世纪却产生了不少世界级的大诗人，如巴列霍、米斯特拉尔、博尔赫斯、安德拉德、聂鲁达、帕斯、帕拉等，这就是我们通常所说的"小国大诗人"现象。这种现象的出现，与拉丁美洲的本土文化土壤和反传统等息息相关。

拉丁美洲诗人的另一个重要特征，就是不少诗人都在（或曾在）政府中任职，其中以外交官最为突出。比如，厄瓜多尔诗人安德拉德在 20 多岁就开始担任厄瓜多尔的外交官，先后出使过很多国家；墨西哥诗人帕斯担任过墨西哥驻印度大使；智利诗人罗哈斯出使过古巴和中国……而另一些诗人，也在政府部门中担任过文化、教育之类的官员。比如博尔赫斯就曾担过任阿根廷国家图书馆馆长。

在 20 世纪，拉丁美洲的西班牙语诗歌为世界诗坛奉献了 3 位诺贝尔文学奖得主：智利诗人加夫列拉·米斯特拉尔（1945 年获奖）和巴勃罗·聂鲁达（1971 年获奖），墨西哥诗人奥克塔维奥·帕斯（1990 年获奖）。

本辑收入了拉丁美洲西班牙语国家的 10 位诗人。他们的诗风有拉美诗歌的共性，但更多的体现出了独特的个性，其中有帕斯的"明澈的影子"、安德拉德的"百科全书"、帕拉的"反诗歌"、胡亚罗斯的"绝对瞬间"……他们与众不同的声音，或宏大或邈远，为 20 世纪拉美诗歌增添了无穷魅力。

1

很多个世纪以来，墨西哥都是欧洲文化与拉美本土文化碰撞的交点，这种碰撞的悲剧和喜剧成为了墨西哥历史的特征。随着西班牙殖民者一同渗入的欧洲基督教文化，在这里与拉美本土的印第安文化发生强烈冲突后又相互融合，从而形成墨西哥文化的"边缘性"。当年的西班牙骑士和教士用利剑和十字架征服了拉美广大地区，把当地的神庙捣毁、把金字塔夷平、把文化遗产洗劫一空或付之一炬，使印第安人创造的灿烂文化遭受到了前所未有的摧残。但是，印第安文化在与欧洲基督教文化的最初对抗和冲突走向最终融合，使其在某些方面得以保存下来，并深植于拉美社会生活之中，正是这种因素形成了现代墨西哥民族和作为个体的墨西哥人的双重性格。

同时，墨西哥是一个令人神往的优美的神话之地。饮用后可以长生不老的青春泉、锡沃拉的七座黄金城、银山、亚马孙女武士、巨人、侏儒、美人鱼、双头鹰等神话传说，成为了拉美奉献给世界的一份珍贵的文化遗产。此外，墨西哥现存的大量古代文化遗迹，也是世界文化的瑰宝：阿兹特克人的太阳石、特诺奇蒂特兰古城遗迹，玛雅人的奇琴伊查、图卢姆、帕伦克等遗址，很多年来都一直散发着神秘未知的气氛。早在1938年，当法国超现实主义文学领袖安德烈·布勒东在墨西哥接触到其现实之后大声惊叹："墨西哥真是块超现实主义的风水宝地！"他发现，拉美的自然和社会现实中充满了令欧洲超现实主义者所心驰神往的东西。正是这样的文化生态，才孕育出了一批优秀诗人。

　　本辑选入了奥克塔维奥·帕斯、何塞·埃米利奥·帕切科和奥梅罗·阿里迪斯三位诗人。他们在接受欧洲现代主义诗风影响的同时，又注重呈现本国的本土文化，无论是在题材上还是在语言风格上，都有本国文化鲜明的特征。这样的差异无疑让读者感到一种新奇的陌生。

　　20世纪最伟大的墨西哥诗人，当属奥克塔维奥·帕斯（1914–1998）。他的生活与创作横跨大半个世纪，其间写出了《太阳石》那样震撼世界的大作，在国际诗坛上产生了不可估量的影响，为墨西哥诗歌赢得了极高的声誉。

　　帕斯之所以被誉为"最后一个现代主义大师"，是因为他参加过超现实主义诗歌运动，深受超现实主义手法的影响，并一直将其贯彻在自己的创作实践中。但与欧洲的超现实主义诗人不同的是，他把超现实主义手法与拉丁美洲本土文化，甚至东方文化有机地结合起来，产生出了一个奇幻的诗歌世界，其中既有超现实的梦境般的意象画面，又有万花筒般翻转的行云流水的语言，让人熟悉而陌生，感觉近在咫尺而又遥不可及。1990年，诺贝尔文学奖评选委员会终因其作品"充满激情、有着多方面、多层次的广阔视野，渗透着可感知的智慧和完美真诚的人道主义，将拉丁美洲的史前文化、西班牙文化和现代西方文化融为一体"的理由而将该奖授予帕斯，令西方评论界心悦诚服。

　　帕斯熟悉中国文化。虽然他一生未曾到过中国，却对中国文化的研究颇有独到之处。他熟悉《易经》、老庄孔孟哲学、《红楼梦》、《金瓶梅》。他在谈论到《红楼梦》时甚至这样评论："宝玉和黛玉，《红楼梦》中的恋人，是相对的一块魔幻之石和一朵魔幻之花的化身……尽管两人的人物形象不可忘记,但他们的现实却短暂即逝:他们只是一次精神历险中的两个时刻……"帕斯对其中的人物分析得如此细致入微,还具有个人见解,可见其已经超出了一般性阅读。同时,他还十分欣赏陶渊明、谢灵运、李白、杜甫、王维、南唐李后主、苏东坡等人的诗歌作品。

而对于中国读者,尤其是中国诗人,帕斯也并不陌生。据说20世纪80年代初,北京青年诗界秘密流传着一首外国诗,由于该诗在艺术手法上代表了西方现代主义诗歌的一个高度,且具有无法模拟的典型性,因而大家都把它作为自己写作参考的"秘密武器",只是私下保守地阅读,并不相互传阅,但最终消息不胫而走,不少人还是通过种种渠道弄到了这首诗,这就是帕斯的《街》。我是在90年代初译出了整整一部帕斯诗选后,才听到北京一位颇有名气的诗歌评论家说起这件趣事的。

无论是地理上,还是文化上,墨西哥都是一个神奇之地。帕斯之后,一批诗人便在这样的环境中成长了起来,何塞·埃米利奥·帕切科(1939-)便是其中之一。从20世纪60年代开始,帕切科便开始文学生涯。不过,他最初问世的作品并不是诗集,而是一本小说集,而且还受到了博尔赫斯的影响,体现出拉美魔幻色彩。此后他开始写诗,推出了一些诗集,风格上也多少沾染了一些魔幻性,这恐怕也与他的小说创作有些关系。

帕切科是一个追求永恒事物的诗人,因而他在题材处理上似乎很放得开。从他的很多诗里,我们可以感受其中既充满了魔幻的神秘性,又有深厚的历史性,或者二者合一。本辑中收入了他的一组主题涉及墨西哥文化遗址的短诗,比如《特奥蒂瓦坎》、《奥尔梅克人头颅》、《被丛林吞没的玛雅城市》、《图卢姆》等,都是这方面的代表。帕切科以奇特的手法弘扬墨西哥文化。其实,几乎所有的墨西哥诗人都写过涉及本土文化(古代的奥尔梅克人、阿兹特克人、玛雅人留下的文化遗迹……)的作品。正是这样的文化背景,为帕切科和其他诗人提供了生长的原生态土壤。

同时,帕切科是一个善于沉思的诗人,喜欢用自己的想象去挖掘诗意,把历史和一些非理性的事物有机地结合了起来。他的长诗《火焰衰落》就充满了这样的例证。在这部长诗里面,帕切科展现了墨西哥的历史、文化和民族特性,那些消逝在墨西哥地面下的东西,消逝在大火中的东西,都成为他吟咏的主题。同时,古代与现代的时间、大场景与细节的空间又不断转换，让这首长诗充满了一种神秘、魔幻的氛围，高度集中地反映了帕切科的诗歌风格和技巧。

与帕切科年纪相仿的奥梅罗·阿里迪斯，少年时代便走上了文学生涯，且显示出了极高的文学天赋，年仅19岁便获得了墨西哥作家中心颁发的奖学金，成为该中心历史上获得该项奖学金的最年轻的诗人作家。他的作品内容比较广博，从墨西哥的自然风景到文化遗产，从外部世界到内心世界，他都有所涉及。但无论是他在夜间的雨中散步，还是在日落时的窗口眺望，他的诗里都淡淡地呈现出一种隐蔽的抒情。在他层出不穷的想象中，墨西哥自然与文化元素沉浸在转折的、形而上的甚至有时近乎玄幻的语言之中，但始终透露出一种亲近感。他的那些抒写墨西哥历史文化的作品，比如涉及阿尔班山、米特拉等遗址的作品，呈现出精致细腻的历史感，同时，又在意象和语言上交织了一种神秘感。

作为当今墨西哥的代表诗人之一，阿里迪斯在国际诗坛上具有较高的地位，他的诗歌成就赢得了一些世界级诗歌大师的盛赞："在奥克塔维奥·帕斯），"奥梅罗·阿里迪斯的诗开启了一道通往光明之门。"（西默斯·希尼），"奥梅罗·阿里迪斯是一位穿越诗歌大陆的高贵旅行者。"（亨利·米修），"一片伟大的火焰穿越词语，奥梅罗·阿里迪斯的诗歌，他把现实置于意象中点燃，那些意象立即将现实照亮和吞没，让生活成为梦幻的姐妹。奥梅罗是一位伟大诗人，我们的世纪极需要他。"（伊夫·博纳富瓦），"一个抒情性极乐、水晶般浓缩和无限空间的幻想诗人。"（肯尼斯·雷克斯罗思）……从这些国际大家都赞誉中，我们便不难看见他对诗歌的贡献了。甚至有评论家认为，阿里迪斯是继帕斯之后的最重要的墨西哥诗人。

难能可贵的是，阿里迪斯还是一位非常活跃的环保活动家，在国际上很有影响。近些年来，他一直四处奔走，致力于环保事业，从濒临灭绝的帝王蝶到灰鲸，从海龟到热带雨林，他都有所关注。这位地球捍卫者还把诗歌与环境保护联系起来："生态即诗歌。自然和诗歌是紧密地联系在一起的。我保卫水、土壤、树木、动物的生命，让它们成为我的诗的中心课题。"因此，在他的诗里，读者常常能感受到他所提倡和体现的那种人类的"绿色良心"。

　　在拉丁美洲一些面积不大的国家，出现过大诗人，有些国家甚至出现了多位大诗人，智利就是其中的代表。

　　从地形上看，智利是世界上最狭长的国家，纬度跨度近 50 度，南北相距达 4200 公里，面积却不到 76 万平方公里。然而，正是在这片狭长的土地上，先后诞生过几位大诗人：维森特·维多夫罗、加夫列拉·米斯特拉尔和巴勃罗·聂鲁达。其中米斯特拉尔于 1945 年获得诺贝尔文学奖，聂鲁达于 1971 年获得诺贝尔文学奖。对于一个不大的国家，这可是了不起的文学成就。至少在拉丁美洲，还没有哪个国家先后有两位诗人获得过诺贝尔文学奖。这个文学现象，充分说明了智利诗歌的繁荣与发达。

　　不过，除了以上两位诺贝尔文学奖得主之外，智利还孕育了其他一些优秀诗人，比如，尼卡诺尔·帕拉、冈萨洛·罗哈斯、奥斯卡·哈恩……尽管他们不曾获得诺贝尔文学奖，但其文学成就亦蜚声国际诗坛，诗风颇具特色，代表着米斯特拉尔和聂鲁达之后的智利诗歌成就。

　　从严格意义上来讲，维森特·维多夫罗（1893-1948）应该是智利的第一位大诗人，也是 20 世纪拉丁美洲现代主义诗歌先驱之一。他早年向往法兰西轰轰烈烈的文学运动，便前往巴黎，投身于那里的现代主义诗歌潮流，并接受其影响。但后来他却自成一家，创造出了"创造主义"。作为现代主义的一个成员，维多夫罗的诗歌主张和实践都比较极端，这也是当年现代主义诗歌发轫时，为了对传统诗歌形成巨大的冲击力而采用的一种极端手段，未来主义如此，超现实主义如此，创造主义亦如此。因此，在维多夫罗的诗里，我们不难看到一些很长的句子，且其中没有标点符号。诗人的目的是以此来推动其"现代"语势的不断向前递进，造成一气呵成的感觉。而另一些句子，则大量使用随意的、无连贯的、反逻辑的词语和意象，在矛盾和冲突中造就出一系列惊人的诗意。"磨得锋利的雨开始缝缀夜晚"、"我的骨架正在穿上树皮"、"春天骑着燕子进来"、"迷失在鸟儿体内的天空"……这样的例子，在他的诗里俯拾即是，有些虽然略显晦涩，却充满了新意。

　　维多夫罗是一个既具有破坏性，又有创造性的人物。其破坏性就在于他对传统诗歌的反动与颠覆，其创造性在于他对新的诗风的探索、实验与构建，不管其是否成功，他的诗歌实践都表现了诗人的一种不愿墨守成规、努力创新的愿望，值得后人赞赏。

其实，维多夫罗最大的创造性还在于他的长诗《阿尔塔索尔》。这部作品充满了幻想和探索精神，是 20 世纪拉丁美洲诗歌史上的一部重要作品。墨西哥大诗人奥·帕斯在论述这部作品时说："维多夫罗最好的诗集是一首鸿篇巨制的诗《阿尔塔索尔》。他的英雄是一个魔术师、反诗人、飞行员、彗星，反叛坠落的天使的魔王撒旦式的传统。运动推翻自身，又在静止中结束：现代性是一道深渊，《阿尔塔索尔》使维多夫罗把自己抛入其中。这里有一种双重诱惑：在时间的矛尖上，或者在那就是所有空间、所有世界的空间里。一个特殊的国际都市。"

20 世纪世界诗坛上还有一个奇怪的现象：有一些优秀诗人的职业本来与诗歌毫无关系，甚至有些还相去甚远，但他们却在诗歌领域中取得了令人瞩目的成就。这些诗人中，既有为我们所熟悉的美国大诗人华莱士·斯蒂文斯（职业是保险公司经理）和威廉·卡洛斯·威廉斯（职业是医生），也有我们不太熟悉的捷克著名诗人米罗斯拉夫·霍卢伯（一位著名的病理学家和遗传学家），还有我们有一定了解但知之不多的诗人，如曾经长期担任物理和数学教师的智利大诗人尼卡诺尔·帕拉。

在国际诗坛上，帕拉被称为"反诗人"，他的诗被称为"反诗歌"，且因此而闻名于 20 世纪的国际诗坛。所谓"反诗歌"，其实就是对 20 世纪 50 年代拉丁美洲诗坛上盛行的西班牙抒情传统的一种反动：风格上，帕拉摒弃了传统的抒情、隐喻、象征之类的现代主义诗歌技巧，大胆地采用明晰、直接的日常口语进行叙述；内容上，帕拉的"反诗歌"涉及甚广，相比其他拉美诗人，他更接近于社会，对社会弊端进行冷嘲热讽，反讽性很强，类似于黑色幽默。拉美各国普遍存在的政治腐败、独裁统治、落后体制、环境污染、贫富不均、冷漠的人际关系、知识分子的际遇等各种社会问题，都被他用非常客观的口风一览无余地和盘托出。

因为"反诗歌"，帕拉被称为"西班牙诗歌抒情传统的强有力的终结者"。而关于"反诗歌"，他自己是这样诠释的："反诗歌，最终与富于超现实主义体液的传统诗歌并没有什么不同，本土的超现实主义或者你所希望的无论什么，依然应该是源于一种对我们所属的国家和大陆的心理学和社学观点的结果，以便被认作是真正的诗歌理想。应该显示的是昼与夜联姻的孩子，在反诗歌的范围内受到颂扬，并非薄暮的一种新的形式，相反，却是一种正在破晓的新的诗歌类型。"

尽管如此，帕拉的诗歌作品还是具有一定的象征性，但是这种象征性已经远远超越的个体，相反，成为帕拉对社会问题的独特反映和认识。只是他所使用的象征与众不同，其中交织着大量无情反讽成分。而到了20世纪60年代末，他又开始写作实验性短诗，甚至印制在明信片上出版，以最丰富的内涵和最简单的语言出现。他在写美国时只写了一句话："自由在那里是一尊塑像。"

20世纪90年代以来，帕拉推出的作品依然充满"反诗歌"精神，他采用一系列"演讲"的方式来对读者说话。当然，这种演讲的内容是反讽性的，对各种社会弊端进行了直接的抨击。不久前，帕拉还出版了《作品全集》，并在2011年以97岁的高龄获得了西班牙文化部颁发的"塞万提斯奖"。

在智利诗坛上，与尼卡诺尔·帕拉几乎齐名的诗人，要算冈萨洛·罗哈斯（1917-2011）。这位诗人的经历颇有些类似法国诗人圣-琼·佩斯，因为他们都担任过外交官，而且又都流亡异国他乡。佩斯的流亡是因为纳粹军队入侵自己的祖国，而罗哈斯则是因为国内发生了军事政变。

1973年，智利发生的那场军事政变中，民选的阿连德政府被推翻，以皮诺切特为首的军人独裁政府上台后，许多知识分子遭到迫害，被迫流亡他乡，罗哈斯也在其中。好在当时的民主德国政府邀请他去罗斯托克大学任教，后来他又辗转欧美其他一些国家，以执教为生。正是流亡让罗哈斯的作品被译成多种文字，出现在欧美各国，让国际诗坛认识到了一位优秀的智利诗人，为他带来了一定的国际影响。不过，诗人的声誉是与自己的实力始终分不开的。

罗哈斯的诗歌作品主要有两大类型。一类是具有可感知的思想和语言，带着普通人日常情感的作品。这类作品中，他通过缠绵、深邃的思绪，婉转的叙述和抒情去回忆自己的家庭与父母。比如，在《煤》一诗中，他就描写到了自己故去的父亲在一个雨夜归来，尽管那只是他的一场幻觉，但他却把父亲写得栩栩如生，甚至催人泪下："——进来吧，不要站在那里／淋雨，没有看见我而看着我。"而他写故去的母亲的诗也如此，在《八月十三日》一诗中，读者不难感受到那种深情与厚爱。

罗哈斯的另一类诗作，则相对显得神秘，这跟他早年参加由智利诗人布劳利奥·阿伦那斯等人创建的智利超现实主义诗歌团体息息相关，他在一定程度上受到了超现实主义诗歌手法的影响。这类诗作多半采用了寓意深刻的隐喻和象征等手法，结合了拉丁美洲本地的文化元素，因此在感觉上非常幻化，如本辑选入的《美丽的黑暗》《致沉默》等篇，便是这样的例证。

2011 年 4 月，罗哈斯不幸中风去世，智利政府不仅发布了官方讣告，而且还专门为其举行了两天哀悼。有智利媒体头版头条刊出了这样的标题为《智利痛失大师》，可见罗哈斯在智利国民心目中的地位。

智利是一个诗歌的国度，诗人层出不穷。而在 20 世纪 70 年代正式登上文坛的那一代诗人中，奥斯卡·哈恩（1938- ）算得上是一个非常突出的人物。其实，他早在 60 年代的那些岁月里，便在智利文学界崭露头角，频频获得诗歌奖。他后来前往美国艾奥瓦大学作家班学习，开拓了国际视野，为日后在国际诗坛上的声名鹊起奠定了一定的基础。不过，一个诗人的国际名声始终是要靠自己的实力来造就的，他用作品证明了自己实力。

总的说来，哈恩的诗作内容比较广博，既有对社会和政治的关心，也有个人的生活经历，还有在自然、哲学、宗教等方面进行的形而上的探索。

首先，哈恩是一个具有一定政治倾向的诗人。他关心社会，也对社会弊端进行讽刺，我们可以从《最后的晚餐》读到这一点；他关心人类和平，对战争尤其是对核战争充满忧虑，这样例子可以在他的《和平鸽》《广岛景象》等诗里找到。在社会与政治方面，他有点追随聂鲁达，不过表现方式则大相径庭。他没有聂鲁达的宏大，却显得细腻，擅长于将描述与抒情融为一体。

哈恩的诗歌也涉及个人生活，尤其是自己对爱情的感受。在他的诗集《爱情中的灰烬》中，就有很多对爱情的描写，其中情爱与性爱交织，他擅长于用日常的语言、个人独特的想象来呈现出生活细节。

哈恩还有一部分诗作则具有神秘性质，这也是许多拉丁美洲诗人所拥有的共性。在这些相对神秘的诗里，哈恩对自然、哲学和宗教等进行了深层次的探索：或与自己似曾相识的昆虫，或死去夜晚，或应对死亡来访……本辑选入的《昆虫的智慧》《照片》《熟悉的犬》等，都是这样的例证。

让中国读者想起 20 世纪阿根廷诗歌的人，无疑就是豪尔赫·路易·博尔赫斯了。这位文学大师确实是 20 世纪阿根廷文学、拉丁美洲文学和世界文学上的一座丰碑。但他对世界产生的影响已经远远超越了文学，扩展到了整个文化界、知识界甚至思想界。博尔赫斯的出现，大大推动了 20 世纪阿根廷诗坛的发展，使其人才辈出。但由于种种原因，一些优秀的阿根廷诗人未被介绍到中国来，罗伯托·胡亚罗斯（1925–1995）就是其中之一。可以毫不夸张地说，罗伯托·胡亚罗斯是继博尔赫斯之后最有成就、最有特色的阿根廷诗人之一。

我第一次接触到胡亚罗斯的诗，是 1993 年在美国依阿华大学国际作家班做访问作家时。其间与来访的美国著名诗人 W·S.默温畅谈拉丁美洲诗歌，他向我推荐了罗伯托·胡亚罗斯的诗。在阅读胡亚罗斯的作品时，我受到过很多令人震撼的、持久的启示，其独特的诗风延展了我的视野，但愿他的诗同样能为中国诗歌读者带来连绵不绝的阅读快感。

胡亚罗斯的诗歌作品，主要是从 1958 年开始陆续出版的 11 部《垂直的诗》。他给自己的每一部《垂直的诗》都编上号码，把其中的每一首也编号，实际上每一首诗都是无题诗（读者所看到的题目均由编选者所加），这样有了一种流动感，把他的诗歌主题向前递进，又后退，然后又前进，如此曲折地推动着延续着。他的诗歌主题并不过多涉及个人生活、特定的地方和时间，而多半涉及到思想的深处、语言的悖论、意识的界限、死亡的插曲等。尽管这些诗没有韵律，句子结尾也不押韵，但其形式感很强。这种形式就是诗人自己对存在的神秘可能性和感情的探索和反映，也是他的语言和思想中的一种连贯的、非常个人化的内部运动的习惯。

对于《垂直的诗》，胡亚罗斯自己是这样认为的："诗歌是对世界的沉思，甚至是对世界的沉思也创造诗歌本身。此外，它是一个参照点，经验围绕它来组织自己。我喜欢这个概念，它似乎说出更多的宇宙幻象和幻象。不仅是观察，而且是生活、实验、苦难、喜爱：去体验世界。"他的诗作构思巧妙，倾向于一种有力的循环和对称结构，而恰恰是这种对称结构在语言推进的过程中，产生出貌似荒诞、然而深远的意义来，但绝对与文字游戏无关。

胡亚罗斯深得帕斯、夏尔、科塔萨尔等众多国际诗人、作家的赞誉。阿根廷著名作家、诗人胡里奥·科塔萨尔说："在我看来，他的诗是近年来西班牙语诗歌创作中最有高度和最有深度的。"法国著名诗人勒内·夏尔说："罗伯托·胡亚罗斯是一位真实而伟大的诗人。"而1990年诺贝尔文学奖得主、墨西哥大诗人奥克塔维奥·帕斯则说得更具体和直接："垂直的诗，向上或者向下，精神的饮水升起之处的喷泉，思想的自由空气降临之处的塔楼。罗伯托·胡亚罗斯的每一首诗都是一颗另人惊奇的词语结晶：语言缩小成一滴光芒。一位绝对瞬间的伟大诗人。"

在英语诗人中，还找不到可与胡亚罗斯的诗风比较的诗人，胡亚罗斯的诗风属于阿根廷的一种特定的传统，他的老师应该说是安东尼奥·波契亚（1886-1969）。而波契亚本人一生只出版了一本书——《声音》，并且一直用那个声音说话。在20世纪20-40年代，波契亚与当时活跃的阿根廷超现实主义诗歌圈子有紧密的关系，而胡亚罗斯在一定程度上也是超现实主义的继承者。在其他国家，可与胡亚罗斯的诗风比较的诗人，可能只有前南斯拉夫诗人瓦斯科·波帕，这位诗人也把自己的作品基于重复的结构之上。

在20世纪世界诗歌史上，仿佛有个奇怪的魔咒，那就是一些非常优秀的女诗人都"红颜薄命"，她们由于种种原因而青春夭折，大多没活过40岁：芬兰的索德格朗如此，波兰的哈琳娜·波斯维亚托夫斯卡如此，而在20世纪的阿根廷诗人中，也有一位生命短暂而才华横溢的女诗人、画家阿莱杭德拉·皮萨尔尼克（1936-1972）。

20世纪60年代初，具有俄罗斯犹太人血统的皮萨尔尼克前往巴黎，他一边读书，一边写作、翻译、评论，还一边活跃于巴黎的文学圈子，结识了许多诗人、作家，如阿根廷大作家胡里奥·科塔萨尔、墨西哥大诗人奥克塔维奥·帕斯等人，都是她的朋友。1962年，她的第四部诗文集《狄安娜之树》问世时，即是由帕斯亲自为其作序，可见帕斯对其作品的赏识。

皮萨尔尼克不仅写诗，还绘画，常常为自己的诗集插画，有时她把诗作与画作交织在一起，展现了一种独特的个性和无穷之美。尽管她去世较早，但留下了8部诗文集，让世人能看到这位女诗人并不太长的情感与思想轨迹。对哲学与宗教的沉思冥想，对诗意的深入挖掘，对语言本身的不懈探索，对人与人之间关系和对爱情独到的剖析，都一一呈现在她的字里行间。她的诗一般都很短小，往往能在几行之间用一个空灵而杳远的声音呈现出极富诗意的境界，让人回味无穷。由于她对诗歌的贡献，她的名字至今不曾被人遗忘，许多拉丁美洲诗选一般都要选入她的作品。

前面说过，20世纪拉丁美洲的一个非常奇特的现象，就是许多诗人都担任过本国政府的外交官，这与其说是一种谋生的手段，还不如说是因为诗人们本身向往世界各地多彩的文化所致。其中，厄瓜多尔著名诗人豪尔赫·卡雷拉·安德拉德（1902-1978）从20多岁开始，便几乎把一生都用在了外交事业上，其职位不是领事就是大使。在拉丁美洲的著名外交官诗人中，恐怕要数他出使的国家最多，时间也最长，曾出使过秘鲁、法国、日本、委内瑞拉、美国、尼加拉瓜、比利时、荷兰等国。

在拉丁美洲诗坛，豪尔赫·卡雷拉·安德拉德与巴列霍、维多夫罗、聂鲁达、帕斯等大诗人齐名。他创作颇丰，一生出版过45部诗集，也算得上是一座丰碑。由于他出使的国家很多，又与所出使国的诗人交流甚多，比如跟美国大诗人斯蒂文斯、威廉斯等人的友谊，使得他受到的各国文化，尤其是诗歌风格的影响比较广博。因此，他的诗作内容比较博杂，从拉美比较盛行的魔幻神秘性作品，到关心社会时局的作品，再到对人类本身进行探索的作品，无一不有。诗风上，他早年深受现代主义的影响，后来逐渐转向极端主义，这种创作手法强调以隐喻作为创作的原始工具，他加以发展，结合拉美当地元素，形成了自己的风格。在他的作品中，城市与乡村、玄幻与历史、人与自然均成为主题，总的来说，豪尔赫·卡雷拉·安德拉德的整体作品，有些类似"诗歌百科全书"，这样的情况在20世纪拉丁美洲诗坛上并不多见。

【墨西哥】奥克塔维奥·帕斯

(Octavio Paz, 1914–1998)

奥克塔维奥·帕斯，20 世纪墨西哥著名诗人、散文作家，拉丁美洲三大诗人之一。生于墨西哥城的一个知识分子家庭，早年就读于墨西哥大学，30 年代开始文学创作。1938年，在巴黎参加了超现实主义文学运动。40 年代进入墨西哥外交界，后来作为外交官出使法国、日本和印度等国。1968年，为抗议墨西哥政府镇压学生运动愤而辞去墨西哥驻印度大使，然后到英美一些大学讲授文学。1971 年，回到墨西哥继续从事文学活动，先后创办文学刊物《复数》和《回归》，直到 1998 年去世。他一生著述颇丰，诗集有《在你明澈的影子下》、《灾难与奇迹》、《一首圣歌的种子》、《鹰还是太阳?》、《狂暴的季节》、《法定日》、《火蛇》、《东坡》、《朝向开端》、《布兰科》、《回归》、《影子草图》、《内部的树》等多部，散文集和文论集主要有《孤独的迷宫》、《变之潮流》、《淤泥的孩子》、《汽笛与贝壳》等。他于 1990 年获得了诺贝尔文学奖。

帕斯的诗歌创作融合了拉丁美洲本土文化及西班牙语系的文学传统，继承欧洲现代主义的形而上追索以及用语言创造自由境界的信念。在他的诗歌世界里，强烈的瞬间经验和复杂的历史意识。个人的生命直觉和人类的文化传统达到了强烈合一。他的后期诗作更自觉地将东西方文化熔于一炉，其诗作由繁复回到具体明澈，可以说受到东方古典诗歌的启示。他曾翻译过王维、李白、杜甫等中国古代诗歌大师的作品。

街

一条沉寂的长街。
我在黑暗中行走，跌倒
又站起，我盲目而行，双脚
踏上静默的石头和枯叶。
在我身后，有人也踏上石头、树叶：
如果我减速，他也减速；
如果我奔跑，他也奔跑。我转身：无人。
一切都黑暗而无门。
在这些角落中间转折又转折
它们永远通向那无人
等待、无人跟着我的街道，
我在那条街上追逐一个人，他跌倒
又站起，在看见我时说：无人

天然石

给罗热·穆尼埃①

光芒蹂躏着天宇
疆土的畜群惊逃
下陷的眼睛被镜子包围

风景庞大如失眠
硬石般的骨头地面

无限度的秋天

①法国作家和翻译家（1923-2010）。

欧美诗歌典藏

渴意升起它无形的喷泉
最后一株胡椒树在沙漠中布道

闭上你的眼，听见光芒在歌唱：
正午巢居于你内心的耳朵

闭上又睁开你的眼：
没有人甚至没有你自己
那即是石头的一切都是光

物体课

1. 动画片

在一位唐代音乐家
与一只瓦哈卡①水罐之间的书橱上面
白热，充满生气，
用锡纸闪闪发光的眼睛
观察着我们来来往往
那糖制的小颅骨。

2. 刻在透明石英上的特拉洛克②面具

石化的水。
老特拉洛克在里面睡觉，
做梦的雷雨。

美洲现代诗人读本

---

①墨西哥一州及其首府的名字。
②阿兹特克人所崇拜的雨神。

3. 相同的

被光芒触摸
石英变成了小瀑布。
它的水上漂浮着儿童，神祇。

4. 从一朵陶制兰花涌现出来的神

陶土的花瓣中间
微笑着，诞生了
那人类的花朵。

5. 奥尔梅克①女神

四个基本方位
聚集在你的肚脐里。
白日在你的子宫中剧跳，全副武装。

6. 日历

面对着水，火的日子。
面对着火，水的日子。

7. 索奇皮利②

白日之树上
悬垂着玉果，
夜间的火与血。

8. 画有日月的十字架

在这十字架的手臂之间
两只鸟儿筑巢：

---

①公元前的墨西哥民族，今仍有遗迹存留。
②阿兹特克人所崇拜的花神和灵魂之主。

亚当，太阳；而夏娃，月亮。

9. 男孩与陀螺

他每次抽动陀螺，
它都落地，恰好
落在世界的中心。

10. 物体

它们生活在我们身边，
我们不认识它们，它们也不认识我们。
而有时它们却与我们说话。

黎明

寒冷而迅速的手
一层又一层拉回
黑暗的绷带
我睁开眼
      我
仍然活在
       一个
犹新的伤口中心

这里

我那沿行这条街的脚步
回响
   在另一条街上
那条街上

　　　　我听见我的脚步
沿这条街走过
这条街上

只有雾是真实的

友谊

这是被等待的时刻
灯盏松开的头发
漫无止境地
飘落在桌子上面
夜晚把窗口变成无垠空间
这里无人
无名的存在包围我

触

我的手
拉开你存在的帷幕
用一种更远的裸覆盖你
揭开你躯体的躯体
我的手
为你的躯体创造另一个躯体

恒

"雷风，恒"①
——《易经》

1

天空发黑
　　　　黄色泥土
公鸡撕开夜晚
水醒来询问这是何时
风醒来向你请求
一匹白马走过

2

如同森林在它叶片的床上
你在你雨的床上睡觉
你在你风的床上歌唱
你在你火花的床上亲吻

3

复活的浓烈气味
多手的躯体
一根无形之茎上唯一的
洁白

4

说话倾听回答我
雷霆说些

---

①见《易经》第三十二卦"恒"。

什么，树木
理解

5

我通过你的眼睛进入
你通过我的嘴唇出现
你睡在我的血液中
我醒在你的脑海里

6

我要用石头的语言对你说话
（用一个绿色音节作答）
我要用雪的语言对你说话
（用一把蜜蜂之扇作答）
我要用水的语言对你说话
（用一只闪电的独木舟作答）
我要用血的语言对你说话
（用一座雀鸟之塔作答）

奇数与偶数

一句没有分量的话
向白日致意
一句说给落下的帆片的话
　　　　　啊！

　　　　*

鸣响在你的眼睛下面
你的脸上仍是夜晚

*

一条扫视的无形项链
紧紧系在你的喉咙上

*

当一页页报纸
主持弥撒
你就用鸟儿包围自己

*

我们像水中之水
像那保守秘密的水

*

一次扫视系住你
另一次扫视又解开你
被透明撒布

*

你的乳房在我的双手之间
水再次奔流而下

*

从一个阳台
　　　　（扇子）
到另一阳台
　　　　（展开）
太阳跳跃
　　　　（又合拢）

乌斯蒂卡①

夏季的一连串太阳，
太阳及其数个夏季的连续，
所有的太阳，
那唯一的，太阳中的太阳
如今变成
顽固的黄褐色骨头，
物质在雷雨前的黑暗
冷却了。

石头的拳头，
熔岩的松果，
纳藏遗骨的瓮，
不是泥土
也不是岛屿，
脱离岩面的岩石，
坚硬的桃子，
太阳之滴石化了。

一个人透过夜晚听见
水塘的呼吸，
被大海烦扰的
淡水的喘息。
时刻迟来，光芒变绿。
沉睡在坛子中的酒的
模糊躯体
是一轮更暗更凉的太阳。

欧美诗歌典藏

_____

①意大利西西里岛以北 52 公里处的火山岛，中古撒拉逊人的墓地。

深处的玫瑰在这里
是微微粉红的脉管烛台
在海床上点燃。
岸上，太阳把它熄灭，
苍白的白垩花边
仿佛欲望被死亡操作。

硫磺色的山崖，
高高的严峻的石头。
你在我身边。
你的思想是黑色和金色的。
伸展一只手
是去采摘一簇完好的真理。
下面，在火星迸发的岩石之间
一片挤满手臂的大海
来来往往。
晕眩。光芒向前猛掷自己。
我注视你的脸，
我俯看深渊：
死亡是透明的。

纳藏遗骨的瓮：乐园：
我们的根，纠缠打结于
男女之中，于被埋葬的母亲
未开启的嘴里。
那在死者的领地上
维持
一个花园的乱伦之树。

破晓

风的手与唇
水的心
　　　桉树
云的宿营地
那每日诞生的生命
那诞生每个生命的死亡

我揉揉眼：
天空走过大地

在翼上 (1)

橘子

小小的太阳
沉默于桌上，
永恒的正午。
它缺乏什么：
　　　　夜晚。

黎明

沙滩上
鸟的笔迹：
风的回忆录。

星星与蟋蟀

天空辽阔。

星球撒落在那上面。
持久，
被这么多夜色所静息，
一只蟋蟀：手摇曲柄钻。

非景象

荒凉时刻，我的
思想本身
吸饮的水库。

因为一个庞大的时刻
我忘却了我的名字。
我有待一点点诞生，
轻妙的来临。

平静

沙漏之月：
夜晚流空，
时刻燃起。

失眠者

镜子的守夜：
月亮陪伴它。
反影上的反影，
蜘蛛编织阴谋。

几乎未眨一眼，
思想戒备着：
既无幽灵也无概念，

我的死亡是哨兵。

没有活着，也没死去：
我醒着，醒在
一只眼睛的沙漠中。

风，水，石

给罗热·凯洛瓦[①]

水蚀空石头，
风吹水散，
石头挡住风。
水，风，石。

风雕刻石头，
石头是一杯水，
水流离成风。
石，风，水。

风转动而歌，
水流喃喃，
静石悄然。
风，水，石。

一物即他物而又非他物：
在它们空洞的名字间
它们经过又消失。
水，石，风。

①法国文化学者（1913–1978）。

这一边

给唐纳德·萨瑟兰①

有光。我们既未看见也未触及它。
我们所触所见之物
歇息在它空寂的清澈中。
我用我的指尖看见
我的眼睛所触之物：

影子，世界。

我用影子描绘世界，
我用影子撒播世界。
我听见光芒在另一边脉动。

兄弟情谊

向克罗狄斯·托勒密②致意

我是人：我最终做得很少
夜晚硕大无朋。
但我仰望：
群星在写作。
我无意中明白了：
我也被写下，
就在这个非常时刻
有人费力地拼读我。

---

①加拿大著名电影演员（1935－　）。
②古希腊天文学家、数学家（90–168）。

内部的树

一棵树在我的头脑内成长。
一棵树长入。
它的根须是血管,
它的枝条是神经,
思想是它纠缠的叶簇。
你的扫视把它点燃,
它阴影的果实
是血液的橘子
是火焰的石榴。
　　　　　　白昼破晓
在躯体的夜里。
在那里,在内部,在我的头脑内
这棵树说话。
　　　　　　靠近些——你能听见它吗?

开始之前

声音的混乱,不确切的清晰。
又一天开始。
这是一个房间,半明半暗,
两个躯体伸展。
我迷失在我脑海中
空无一人的平原上。
钟点磨快它们的刀片。
你在我身边,呼吸着;
被掩埋得深远,
你没有移动就流动。

欧美诗歌典藏

在我念及你之际不可企及，
用我的双眼触摸你，
用我的双手观察你。
梦幻分隔我们
血液又连接我们：
我们是一条脉动之河。
太阳的种子在你的
眼睑下成熟。
　　　　　　世界
仍不真实；
时间惊叹：
　　　　　　那确切的一切
都是你皮肤的热量。
我在你的气息中听见
存在的潮汐，
开始的被遗忘的音节。

【墨西哥】何塞·埃米利奥·帕切科

(Jose Emilio Pacheco, 1939-　)

何塞·埃米利奥·帕切科，墨西哥诗人、小说家。生于墨西哥城。早年就读于墨西哥自治大学。50 年代担任过报纸文学副刊编辑。1977 年以后，他在墨西哥城国家人类学与历史研究所工作，并为墨西哥电影公司编写脚本，然后在美国、加拿大和英国的多所大学任教。他的诗集主要有《夜晚的元素》(1963)、《火焰的睡眠》(1966)、《漂流岛》(1976)、《不要问我时间怎样流逝》(1978)、《从那时：1975-1978 年的诗》(1980)、《大海的劳动者》(1983)、《记忆之城：1986-1989 年的诗》(1989)、《驶向下一个千年的方舟》(1993)、《流沙：1992-1998 年的诗》(1999)、《过去的那个世纪：1999-2000 年的诗》(2000) 等。他的小说主要有《女妖墨杜萨之血》(1958)、《欢乐的真谛》(1972)、《你将遥远地死去》(1967) 等。他先后获得过帕斯奖 (2003)、聂鲁达奖 (2004)、洛尔迦奖 (2005)、塞万提斯奖 (2009) 等重要的西班牙语诗歌奖和文学奖。

作为 20 世纪后半期墨西哥诗坛上的主要诗人之一，帕切科各个时期的诗作风格有所不同。在诗集《火焰的睡眠》中，他对一个分崩离析的世界做出了沉思、诘问和设想；在《不要问我时间怎样流逝》中，他注入了一种重新体验往昔时光的欲望，还略带一丝讽刺感；在《漂流岛》中，他用一种新的角度重新阐释了墨西哥和的历史和神话。总体上，帕切科的诗具有比较浓重的神秘性和历史性，其语言独特，意象鲜明，在一定程度上展现了拉丁美洲的魔幻色彩。

特奥蒂瓦坎①

特奥蒂瓦坎在下雨。
只有雨
才破译了这座死亡之城。

奥尔梅克人②头颅

土丘或山峦。
纯粹的面容，从深不可测的
僻静处陨落的星球。

   热带雨林的静止，
石头的祖先，
是何方神圣被斩首的遗体？

被丛林吞没的玛雅城市

伟大的玛雅城市中，残存着
拱门，残缺不全的建筑，被密林的
凶猛暴行战胜。
上面，是淹死它们的众神的天空。
废墟的颜色
是沙的颜色。它们似乎是洞穴

---

①墨西哥中部前哥伦布时期最大的重要城市遗址，在今墨西哥城东北。
②公元前的墨西哥民族。

那被掘入不复存在的群山的洞穴。
那里曾经有过的生命中，那么多
毁灭的辉煌中，存留的一切
就是那没有改变而倏忽即逝的花朵。

图卢姆①

这沉默可以说话
它的话语会成为石头。
这石头可以移动
它会成为大海。
这些波浪不是囚徒
它们会成为
天文台的石头，
它们会成为
变成环形火焰的树叶。

　　光芒，从位于黑暗中某处的太阳
降临一个死去的星球的这块碎片上。
所有生命都不属于此处
所有崇敬都是亵渎，
所有评论都是亵渎。

永恒的大海

让我们说它像天空一样没有起源
无论你最初在哪里发现大海，它都开始
它都出来，无处不遇见你

①墨西哥玛雅遗址，在尤卡坦半岛濒临大西洋处。

严重叛国罪

我不爱我的国家。我无法把握
它那抽象的光辉。
然而（尽管听起来很糟）我将献身——
为了这个国家的十个地方，为了某些人，
海港，松林，要塞，
一座灰白而古怪的颓败城市，
源于它的历史上的不同人物
群山
（和三四条河流）。

夜晚的元素

在这个干枯的小小帝国下面，夏天削弱了。
信念摇摇欲坠——所有高大的有远见的日子。
在最后的山谷中
毁灭满足于
那面对灰烬冒犯的被征服的城市上。

雨水淋熄
闪电点燃的林地。
夜晚传递它的恶意
话语迎着空气裂开。

一切都没被复原，一切都不曾把
生机勃勃的绿意归还给烧焦的田野。

那从喷泉中流亡的水

不会继承自己美好的上升，
鹰的骨头也不会穿过鹰翅
而再度飞翔。

赫拉克利特①的礼物

然而，水像青苔一样铺展在
窗户下面：
它并不知道万物
一旦离开梦幻就被改变。

火焰的歇息意味着从它十足的
转化力量中呈现出一种形式。
空气的火焰，火焰的孤独，
点燃火焰构成的空气。
火焰就是那熄灭又为了永远持续
（它始终如此）而再度燃烧的世界。

那今天被消散的东西聚拢，
那附近的东西离去：
它既是又不是一天早晨
在荒凉的公园里等你的我；
我站在不断变化的河边
就像它被十月的阳光进入一样
（这永不会再度发生），透过浓荫
被过滤在碎片中。
有海洋的气息：一只鸽子
像盐的弧拱在空气中着火。

①古希腊唯物主义哲学家。

你不在那里，你不会在那里，
然而，来自遥远的泡沫的波浪
在我的言行中聚拢
(从不属于他人，从不属于我)：
那对于鱼类是净水的大海
永不会给人类解渴。

有变数的一元一次方程

在城市的最后一条河里，因为错误
或不和谐的幻觉效应，我突然
看见一条几乎死去的鱼。它喘息
被那像我们的空气一样肮脏的致命的水
所毒害。多么躁狂
　　　　它圆圆的唇
　　　　它那在运动中的嘴巴的零。
　　　　也许是虚无
　　　　或无法表达的话语，
　　　　山谷中
　　　　自然的最后嗓音。
对它唯一的救助
就是在两种形式的窒息之间做选择。
双重死亡的阵阵剧痛困扰我。
水波及其生灵的折磨。
　　　　　它对我的痛苦扫视，
　　　　　它想被听见的愿望，
　　　　　它那无法取消的判决。
我永不会知道它试图把什么告诉我，
这条无声的鱼仅仅讲着
我们母亲的万能语言，
死亡。

&

在小教堂的颓墙上
青苔繁盛，却繁盛得不如
铭文：随时间流30逝，
在那吞咽并混淆它们的
石头上，刀锋雕刻的
大写字母的丛林。

模糊的字母，泥泞，弯曲。
有时是忏悔和侮辱的言语。
然而神秘的
大写字母恒定地
连接着连接符号"&"：
那接近的手，
那纠缠的腿，那交媾的
结合，也许是一处发生过
或没发生过的交配的残迹。

因为相遇的"&"也象征着
分裂的道路：E.G.
遇见 F.D.。它们相爱。
它们"从此幸福地"生活吗？
当然不是。那并不很重要。

我重复：它们相爱
一周，一年，或半个世纪，
最终
生与死分开它们
（一个或另一个，别无选择）。

这持续一夜还是七个五年的时间，我们知道
爱情没有幸福的结局。
但与它们分享的东西相比
即使分离也不会占据优势：

尽管 M.A.丧失了 T.H.
以及 P.不再与 N.在一起，
爱情也存在，燃烧一瞬，把
它谦逊的记号留在这里
留在生长于这本石头之书里的青苔上。

为匿名而辩护

（拒绝接受乔治·B·莫尔采访）

亲爱的乔治，我不知道我们为何写作。
我时常想知道我们为何后来发表
　　我们写了的那些东西。
我的意思是，我们把
　　一只瓶子扔进充满垃圾的
大海，瓶子里装着消息。
　　我们永不会知道
大海将把它投递给谁，也不知道把它投往何处。
　　最有可能的是
它将死在风暴和深渊里，
　　死在那下面即是死亡的沙里，
　　然而
一个人的这张漂浮的鬼脸并非那么无用。
　　因为在一个星期天
你从科罗拉多的埃斯特斯公园给我打电话。
　　你说你读了瓶子中的一切
（越过海洋：我们的两种语言）

并且想采访我。
我怎样才能解释我从未
　　接受过采访，
我的愿望就是被阅读而不是"著名"，
　　重要的是文本而不是它的作者，
我不相信文学的马戏团？

　　然后，我收到一封长长的电报
(发送这封电报肯定花了很多钱)。
　　我不能回答，又不能不回答。
这些句子朝我而来。它不是一首诗。
　　它并不向往诗歌的特权
(它并非自愿)。
　　我要像古人那样把这些诗句
用作乐器，为那一切
　　　(逸事，信件，戏剧，故事，农业指南)
今天我们在散文中所说的一切。

　　为了开始不回答你，我将说：
对我的诗里的东西，我没有什么
　　可增加的，
　　我没有兴趣谈论它们，我在
"历史中的地位" (如果我有的话) 与我没有关系
　　(灾难迟早等着我们大家)。
我写作，就是那样。我写作。我给予
　　半首诗。
　　诗歌不是白纸上的黑色符号。
我把诗歌称为与另一个人的经验
　　相遇的东西，读者
将会或者不会创造那种我仅仅速写的诗。

我们并不阅读他人：在他们中，我们阅读自己。
在我看来像奇迹的就是
　　某个我不认识的人能在我的镜子中看见
　　他自己。
"这里面如果有好处"，佩索亚①说，
　　"它就符合句子，不符合它们的作者"。
如果他碰巧是一位大诗人
　　他就会留下四五首有价值的诗
被失败和草稿所包围。
　　他的个人观点
真的没有多少兴趣。

　　奇怪，我们这个世界：每一天
它都对诗人是兴趣更多
　　而对诗的兴趣更少。
诗人停止了成为他的部落的嗓音，
　　那为无言者说话的人。
他成为又一个供人娱乐者。
　　他喝醉酒后的发作，私通，他的医疗史，
他与马戏团里的其他小丑，或荡秋千者
　　或驯象者的团结或打架，
为他保证了无数不再需要
　　阅读诗歌的狂热爱好者。

我不断认为
诗歌是别的东西：
　　一种仅仅存在于沉默中的爱的形式，
在两个人之间的密约中，
　　几乎始终在两个陌生人之间。

---

①葡萄牙现代诗人（1888–1935）。

也许你读过胡安·拉蒙·希梅内斯①

在五十年前计划出版一本杂志。

就准备要取名为《匿名》。

他要发表文本，而非签名，

那杂志会由诗歌构成，而非诗人。

就像这西班牙大师，既然

诗歌是集体的，我就想要它匿名

（那就是我的诗句和译文存在的方式）。

你可能会说我是正确的。

那阅读过我而又不认识我的你。

我们永不会相见，但我们是朋友。

如果你喜爱我的诗

如果它们是我的/别人的/不是任何人的，那又有什么区别呢。

现实中，你阅读的诗属于你自己：

你，它们的作者，在阅读它们时就创造了它们。

火焰衰落

（第三部分片断）

1

刺激的硫磺气味。地面下

水的骤然出现的

绿色。

洪水形成的水域依然

在墨西哥地面下腐烂。

湖泊陷入沼泽。

它的流沙阻止我们

①西班牙现代诗人（1881-1958）。

可能的逃逸。
死去的湖泊在一口石棺里，
矛盾的太阳。
（曾经有两片水域
中央有一个岛屿
阻止盐去毒害
我们的神话依然展翅的
美妙的潟湖，
吞没那诞生在鹰的
废墟间的金属蛇。
它的躯体属于一个人自己
并且永远重新开始。）

地面下，密集地躺着
荡涤那因为征服之血
而腐败的绿色水域。
我们的矛盾：水和油
停留在那犹如第二个上帝
分开万物的
海岸上：
我们想成为的事物和我们成为的事物。
（你自己试试吧。如果你拾起
一块泥土，你就会找到湖泊，
群山的渴意，那吞咽
岁月的硝石。
这泥淖，
莫特克祖马①高贵的毁灭之城
躺在它里面；
而你也会品尝我们险恶的

———————
①古代阿兹特克皇帝。

倒影的宫殿，非常的忠诚，
忠实于那让你
活着的毁灭。）

美西螈①是我们的标志：它体现
成为虚无之人的恐惧，退回到
众神腐烂在湖泊下面的
永恒之夜的恐惧，他们的沉默
是金——如同被议会发明的
考乌特莫克②的黄金。

打开那道门

开灯，靠近些，已经晚了
但绝不是时间还没有到来
我们正在离开，已经很晚了
今天或明天依然有时间
抓住手，你看不见，这里很暗
请把你的手如此长久地伸给我

2

我彻夜看见火焰生长

3

这些年，这座城市如此变化
它不再是我的城市
它那在回音中的
拱顶的共鸣
和那永不会
归来的脚步。

欧美诗歌典藏

---

①美西螈，又名墨西哥钝口螈，俗称六角恐龙，是墨西哥特有的两栖类物种。
②阿兹特克第八代即末代皇帝。

回音，脚步，记忆，毁灭

那里，脚步不复存在。你的存在，
一种徒劳地回响的空洞记忆。
一个地方不复存在，那里，你曾经过，
那里，我最后看见你在
那些在早晨等待我的昨天的夜里
那已退入历史的未来的夜里
那我正在丧失你的这个连续不断的今天的夜里。

4

阴沉的西方群山上，墨西哥
迟迟的下午……
（在那里。日落
如此凄凉，一个人可能说：
这样诞生的夜晚将是永恒的。）

5

我了解疯狂，不了解
神圣：
死亡可怕的完美。
然而节奏，迫切的节奏，
树液秘密的节拍
燃遍那种温顺
墨西哥在那里面是夜晚。
　　　　　　　　　　柳树，
饥饿的玫瑰和棕榈，
持久葬礼的柏树
是长满蓟草的路径，未耕之地
适合居于泥泞地带的

毫无生气的蛇；那些洞穴
有一只皇家的鹰在拱起的
混乱中拍动翅膀，穿过
墨西哥之夜而爬行。

                      眼睛，眼睛，
那么多愤怒的目光压倒我们
俯视墨西哥之夜，植物的
狂怒为一堆篝火而焦虑：
黑色的熊熊大火在夜里蹂躏着
城市
           第二天
只留下残迹，
           没有爱，也没有任何东西
——只有那些愤怒的目光压倒我们。

6

直到何时
在什么摆脱了凶兆的荒凉小岛上
我们才会为水域找到安宁
那如此血腥，如此肮脏，如此偏远的水域，
如今，那水域在本质上如此隐蔽，
我们可怜的湖泊和火山
泥泞的眼睛，那没人亲眼见过
而且古人使其名字沉默的
山谷的上帝。
            那么多花园，
满载着花朵的船只
去了哪里——它们在哪里？
河流，城市的激流，它的波浪，
它的喃喃低语去了哪里？

他们用粪土充满它们，为了给新的
君主，墨西哥最近的贵族阶层的马车
平整道路，而把它们
遮盖起来。
        那曾经
装饰平原的森林，松树
和柳树，这容纳移动的
城市的新月形火山口，
那摇曳的东西，已经没有面庞的
都城去了哪里？
          他们出售这些东西
是为了给老板建造宫殿，
是为了给老板建造宫殿，
是为了给老板、将军、领导人、
文书建造宫殿。
总督说："这片土地上的人们
是被命运判决给永恒的
暗淡和凄惨的动物。"
总督的侮辱漂浮在水域里。
当然过去的时代
不会更糟或更好。
没有时间，它并不存在，
没有时间：在这颗
古老行星越过之际，用空气
测量它，难以缓和，令人伤心。

7

地面下的墨西哥……有权势的
总督，皇帝，属地统治者，
让整个沙漠为自己而建立。
我们创造了沙漠；

群山
——因为玄武岩和影子还有尘埃而坚硬——
就是静止。
哦，多么喧嚣
死去的水域在凸出的
沉默中回响。

        它具有修辞，
华丽的邪恶，这叫喊。

8

只有石头做梦，它们的血统
就是静止，这个世界只是
这些静止的石头？

为了消耗自己，为了找到平静
悬崖啃吃空气。安逸安抚，
眩晕的降临：成千上万的
空中地带摔碎的潮汐。

9

今天，这个下午，我独自遇见
那被丢失了的一切，不过
还遇见未来。

        时间流逝之际
在我身边
     天色渐渐暗淡：
融合在虚无之人的火焰中的，是
光芒与黑夜，一个尚未死去的往昔，
或那个被蜘蛛、苍蝇及其
蹂躏的口鼻带着黏滞的懒散
所经历的个人瞬间。

天空在鸟儿及其歌声之间流动。
是的，它流动，它在流动，万物都流动：
早晨显出了道路，
流浪的行星，被煅烧，
在它们不停穿透黑暗之际
凭借磨损自己而度过自己的判决。

10

风带来雨。
花园中
植物战栗。

对蝙蝠的调查

蝙蝠不知道自己的文学声望。
对于血，它们喜欢牛群中毫无抵御能力的那种：
那些高大有用的女士，无法制作
大蒜串成的项链，银子弹，
乳房上的树枝，十字架。
她们仅仅回应血腥的玩笑：肮脏的亲吻
　　（它传播愤怒和憎恨，可以消灭
　　母系氏族制度）
消极地甩动那甚至恐吓不了马蝇的
　　尾巴。

对报复进行报复，牛群的主人开玩笑
　　把这吮吸者像一只过于孤单的蝴蝶钉住。
这蝙蝠接受殉道，把吸烟行为神圣化
　　他们可憎地把香烟悬在它的口鼻中
　　它徒劳地尝试让那些用醋沾湿其嘴唇的

折磨者相信。

我经常听人说蝙蝠是长着翅膀的老鼠，
　　一个小怪物，一只畸变的蚊子——
　　就像那些下雨时骤然逃离的
　　稍微有些异常的蚂蚁。
尽管我对蝙蝠完全无知，但我对吸血鬼有点了解
　　（因为懒散，我没有在词典中去确认它们的名声）。

显然是哺乳动物，我偏爱把它想象成入迷的
　　新石器时代的爬行动物
在从鳞片到羽毛的转变过程中受阻，
在它要变成鸟的已经无助的愿望中受阻。

它自然是坠落的天使，把翅膀
　　和（狂欢的）外衣借给了所有魔鬼。
它近视，拒绝太阳，忧郁就是那界定
　　它的精神的东西。
乱挤成一团，它居住在洞穴里，很久就知道了
　　群集的快乐与地狱。

也许它受苦于神学家称为懒惰的那种恶心
那么多懒惰甚至产生出虚无论；它应该度过早晨
沉思世界深奥的空寂，制造它愤怒的泡沫，
　　它因为我们对蝙蝠所干的事情产生的愤怒，
　　这好像不符合逻辑。

我读到过：它离开洞穴时发出一种在洞壁上振动的
　　尤为尖锐的声音（我们听不见），
这回音，这雷达给予它在黑暗中的方向感
　　让它在夜里色迷迷地造访

无数重要首脑的消极的闺房后
　　毫无恐惧地归来。

永恒的隐士，它直立着生活，死去，把每个洞穴
　　变成荒凉之处。

人类把它归于邪恶，厌恶它，因为人类分享
　　贪婪的丑陋，自私心，人类的吸血性；
它追忆我们在洞穴中的起源，它对血液有可怕的渴望

它憎恨光芒
　　　　那有朝一日
　　　　　　　却会把洞穴烧成灰烬的光芒。

【墨西哥】奥梅罗·阿里迪斯

(Homero Aridjis，1940-)

奥梅罗·阿里迪斯，墨西哥诗人、小说家、环保活动家。生于康特佩克的一个小村，父亲是希腊人。他在 11 岁时经历了一场意外之后开始写作，19 岁时获得墨西哥作家中心的奖学金。1969 年，他开始在美国多所大学讲授文学及写作，后来出任过墨西哥驻荷兰、瑞士及联合国教科文组织（巴黎）的大使。1997-2003 年担任过 6 年的墨西哥国际笔会主席，著有 40 多部诗歌、散文、小说和儿童文学作品，诗集主要有《不同的庆典》(1963)、《珀尔塞福涅》(1967)、《蓝色空间》(1969)、《为观察而活着》(1977)、《建造死亡》(1982)、《濒临灭绝危险的诗人》(1992)、《天使的时间》(1995)、《鲸鱼的眼睛》(2001)、《太阳的诗》(2005)、《睡眠日记》(2011) 等多部。其作品被翻译成多种文字。先后获得过"夏维尔·维劳鲁蒂亚奖"、"国际小说奖"、"罗热·凯洛瓦奖"等多种文学奖。此外他还编纂过一些拉丁美洲诗选。他发起建立了环境保护组织"一百人的群体"，并担任其主席。

奥梅罗·阿里迪斯是当今拉丁美洲最重要诗人之一。他的诗以拉丁美洲历史文化为背景，具有十分鲜明的拉丁美洲特色，语言细腻，想象深远，有些作品还表现出魔幻性。他擅长于对墨西哥本土那些令人着迷的独特生活元素进行描写，并将其放进暗示性的语境之中，散发出一种古代墨西哥印第安民歌的神秘气息。同时，他的诗里还表现出对环境的关注，体现了一种他称之为"绿色良心"的情感。

相遇

我们穿过死者的大街
走向金字塔

一个少女
从那被太阳焚烧的
相反方向走下来

骨与肉的女神
几乎没去过别的金字塔

她迷失在废墟里
永远回归虚无

你和我穿过死者的大街
走向金字塔

我爱你的困惑

我爱你的困惑
你舌头的不安之鸟
你同时发生的话语
你的通天塔　你的德尔斐①
敌对嗓音的女巫

我爱你的困惑

①古希腊城市。

美洲现代诗人读本

223

当你说夜晚，而这是黎明
当你说我存在，而这是风

你受伤的巴比伦
那把你变成寓言性沉默的模糊

夜晚死在压碎的苹果上

夜晚死在压碎的苹果上

造物重新开始

黎明渐渐难以逾越
坚实于它的烦扰中

人类接收记忆的脉搏
用透明的手
开启新的瞬间

到处都是时辰之间
存在的幻想
杰出才能　叫喊　复活

从神秘事件的
湿润泥土中
也诞生出运动
存在
永恒的一秒

一个词语把你的唇分割成两半

有时我们触摸一个躯体

有时我们触摸一个躯体，并唤醒它
它是一条穿越夜晚的路，对我们的感官
张开它那犹如大海怀抱的脉动

我们热爱它，犹如热爱大海
犹如热爱一支赤裸的歌
犹如热爱唯一的夏天

正如现在一个人所说，我们说它是光芒，
我们说它是昨天和别的地方

我们用躯体和躯体充满它
用鸥鸟——我们自己的鸥鸟充满它

我们攀登它的一座座山峰
用耳朵和屋顶还有门闩

用旅馆和水沟还有记忆
用风景和时间还有小行星

我们用自身和灵魂充满到它的边沿
用岛屿的衣领和灵魂充满它

我们感到自己活着，我们每一天
都感到自己美丽，却不过是影子

这是你的名字，这也是十月

这是你的名字，这也是十月
这是床和你的药膏
这是她，你这头颅旋动的少妇
它们是秘密飞翔的鸽子
和塔楼的最后一步阶梯
这是从城垛上窥视爱情的可爱的人
这是对每个运动和物体的赞同
它们是亭子
和万物在一次行为中的不存在
这是《雅歌》①
这是那爱你的爱情
这是在夜晚边缘上
在梦者和那些不眠者身边
独自警醒着观察的总和
这也是四月和十一月
以及八月的内部骚动
这是镜子的光芒
所吸入的你的赤裸
这是你和麦子拥有的
在事物中展示自己的方式
你就是你而我就是我
这是在一个圈子中环行
给予那你在一张弓的范围内所干的事情
并且独自随着你的冲动，把那句话告诉你

---

① 《雅歌》是《圣经》中很独特的一卷书，全书中心是讲男女间爱情的欢悦和相思之忧苦。全书很短，只有117节，体裁奇特，文字秀丽，富含东方色彩。

歌德说建筑

歌德说建筑
是凝固的音乐，
然而我相信它是石化的音乐
和城市，时间构筑成的交响曲，
看得见的忘却的音乐会。

是锻造成铁、木头和空气的
声音和沉默，他没有说什么，
也许他说到了我们生活之处的
动词地位，也说到了那种对我们
暗示着语言工厂的方式。

音乐的街道也没有涉及他，
尽管人类通过这些事物可以走上去的河流
悄悄逝入老年、爱情、夜晚，
走向桌子，上床，
就像一首肉体和骨头的奏鸣曲。

夜间的雨

夜里，雨下在
旧屋顶和湿漉漉的街上

下在黑色山冈上
和死城的神庙上

黑暗中，我听见雨的古代音乐

它那古代的脚步声　它那消融的嗓音

雨，比人们的梦幻还要迅疾
穿过空气开辟道路

穿过尘埃开辟小径
比人们的脚步还长。

明天我们会死去
死去两次

一次作为个体
第二次作为物种

在一道道闪电和穿过影子而撒落的
白色种子之间

有完全检验良心的时间
讲述人类故事的时间

下雨
夜里会下雨

然而在湿漉漉的街上和黑色山冈上
没有人会听见雨飘落

一个天使说

用话语，用色彩，他们
默默接近，赐予我头发和翅膀

把我锁进人类的形态。

现在，就像任何具有
黑色轮廓和影子的凡人
我在我的里面。

石匠、画家和诗人
为了把我从他们的梦中塑造出来
而日夜劳作。

我想逃出躯体的囚笼，
收回我原来的存在：那
纯粹的无形。

十三岁时的自画像

理发师对我显示他的杰作：
完美的碗状发型。

手镜中
我看见太阳落在山冈上。

我对自己说："我将歌唱光芒"，
感到自己已经成了诗人。

五十四岁时的自画像

我是奥梅罗·阿里迪斯，
我生于米却肯州的康特佩克，

我五十四岁，
有一妻和两女。

在我房子的餐厅里
我有过我最初的爱好：
狄更斯，塞万提斯，莎士比亚
而另一个是荷马。

一个星期天下午
弗兰肯斯坦①从乡村电影院显身
他在一条溪流的岸上
把手伸向一个男孩，那个男孩就是我。

人类的碎屑构成的普罗米修斯
继续走自己的路，可自从那时起，
由于那次与怪物的相遇，
动词和恐惧就属于我。

永恒

当你的躯体
明天从街道上消失
就连街道也变成了
空气，你将穿着
同一条红衣裙继续前行
如今我看见你
走在石头之间

①英国作家玛丽·雪莱于1818年所著的小说中的主人公，他是一个年轻的医学研究者，他创造了一个毁灭了他自己的怪物。

你的样子你的步行
将在我眼里继续下去
犹如你在这个晚上
继续走在白房子中间

风景

平原上的黑马。
橡树几乎枯死，只剩躯干。
白光洒在温暖的石头上。
白光洒在野兔受惊的眼里。
山丘充斥着红光。
绿光的黑眼睛。
我，灼热的石头上的一个影子。
我，无穷的沉寂中的一丝气息。

日落

日落
穿过窗口，我看见
对夜晚屈服的那种灰白
还有那在黑色音域
歌唱的影子

一座阴沉的喷泉
暗淡，用说话的
大缕的湿淋淋的光线
沐浴我
黑色中，我眼花缭乱

黑色的音域

伟大的父亲倒下了

从他的头脑中传来
冷漠的布鲁斯歌曲

从他的手上发源出
日子的白色河流

他的目光抛向
陆地和海洋
群鹰、美洲虎和夜晚

他所有的心
留在空中

伟大的父亲倒下了

（伟大的父亲倒下了）

这首诗

给奥克塔维奥·帕斯

这首诗在一个人的头上绕圈
旋转　忽近　忽远

这个人发现它　试图占有它
可这首诗却消失了

这个人就用他能抓住的一切
来创作自己的诗

那逃走的一切
将属于未来的人

她是我的夜晚

她是我的夜晚
我的雨
我的第一只鞋

她是我终年开放的花朵

她是我的火焰
我的乳汁
我的血液之树

她的眼睛是我最初的太阳

为了她我建造了城市

几乎没有颜色

模糊的颜色中
一只鸟儿从岩石上跳跃
海岸上的女人等待着
黎明从空中降临
可是光芒/犹如那并非从树上结出的果实
已经成熟在所有的路上。

查普特佩克①

强劲的微风　高大的树
摇荡绿油油的大地
抽动火焰陀螺的太阳
投入云朵之间
黑暗的下午。一个男人
倚在一个女人的乳房上
红衣裙。一只鸭子飞翔
在白杨上，嘎嘎鸣叫于远方
这男人这女人赤身裸体
躺在植物之间。强劲的微风
他们身上最后的红光。

人类博物馆

阿兹特克颅骨的银河状态

光芒头盖骨中的宇宙

水泡，面纱，生与死的
距离

被一束阳光旋转的
无限时空

①墨西哥城西端小山，有众多的历史遗迹。

阿尔班山[1]

光芒落在这里。
在这里，记忆被放进
石头、泥土和灰烬，
被放进头盖骨与骨头。
在这里，空气变成鸟，
飞翔，树，
饥饿，人类，
山谷，宽慰
还有山冈，绿色的雨。
在这里，人类被还原成泥土，
把家园再度带给沉默，
塞进夜晚。

维齐洛波奇特利[2]

心被串起
和跳动之灯的神祇
他的眼睛是死亡的太阳
他的牙齿是黑曜岩刀子

布满条纹的脸，蓝色大腿
他们日日夜夜崇拜他
在最高塔楼上
在天空的中心

---

①古萨波特克及米斯特克文化中心遗址，在今墨西哥瓦哈卡州。
②阿兹特克人所崇奉的神，司掌太阳和战争。

如今处于
聚光灯下的博物馆之神

石头的风

当风在平原上面逃逸
人就来把它变成石头
当太阳把光线滚落下来
人就来把它变成石头
当蛇蜿蜒爬过时间
人就来把它变成石头
用他的眼睛诱捕死亡
把无形事物捧在手里
把短暂冻结成一个形态
把神祇塞进每个形态

　然而
陷入石头的风
落进尘埃和草丛
正午的太阳溜进夜晚
蛇飞走
死亡逃离自己的塑像
在道路上和村庄里潜行
自从那时起就拥有一个人头
他自己的人类幽灵
被他自己的众神摧毁
所有留在那里开始的是：

　　　　　　几块石头。

【智利】维森特·维多夫罗

(Vicente Huidobro, 1893–1948)

维森特·维多夫罗，智利诗人、"创造主义"诗歌的代表人物。生于圣地亚哥的一个贵族家庭，少年时在教会学校读书时便显露出叛逆精神。他于1912开始写诗，在拉丁美洲现代主义诗歌创始人鲁文·达里奥的影响下，他积极投身于诗歌活动，1913年与人合办《青年诗神》杂志，传播现代主义诗歌理论。1916年，他离开智利去欧洲，在巴黎与毕加索、阿波利奈、勒韦迪等先锋派诗人、艺术家过从甚密，共研诗艺，同时为著名文刊《从北到南》撰稿。在此期间，他大力倡导"创造主义"诗歌理论。1925年返回智利，曾参加总统竞选，失败后再赴欧洲，经历了西班牙内战和第二次世界大战，1945年归国。3年后在圣地亚哥郊外的卡塔赫纳病逝。他的重要诗集有《水镜》(1916)、《北极的诗》(1918)、《逆风》(1926)、《阿尔塔索尔》(1931，长诗)、《最后的诗》(1949) 等多部，此外，还著有长篇小说《勇士熙德》(1929)、剧本《在月亮面前》(1934) 和文集《宣言集》(1925) 等。

维森特·维多夫罗是拉丁美洲现代主义诗歌的先驱，与聂鲁达、米斯特拉尔一起被认为是20世纪智利诗坛上的三大诗人。他一生追求创新的诗歌创作手法，把惊人的意象以及随意的、似乎不合情理的词语和一连串字母予以不恰当的排列，为创造主义理论进行示范。尽管没有成功，但后来却成为巴西"具体派"诗歌的前身，对20世纪后半期的拉丁美洲诗歌产生了重要影响。

夜

你听见夜在雪上滑过

歌声从树上坠落
嗓音穿过雾霭发出声响

我用一瞥就点燃我的雪茄

每当我张开嘴唇
我就用云朵来充斥虚空

              港口中
桅杆上筑满了鸟巢

风
  在鸟翅中呻吟

波浪摇荡死去的船

我在岸上吹唿哨
    看着在我手指之间闪烁的星星

田园诗

        太阳即将死去

小车抛锚

泉水的气味
在空气掠过之际留下

　　　　　某处
　　　　　　一支歌

你在何处

一个更像这样的下午

　　　　　　我徒劳地寻找你

在笼罩道路的雾霭中
我不断找到自己

在我雪茄的烟雾中
一只迷失的鸟

没人回应

　　　　　最后的牧师淹死

迷途的羊群
吃掉花朵却没酿出蜜

那路过的风
堆积起它们的羊毛

　　　　　　在饱含我泪水的
　　　　　　云朵之间

为什么再次哭泣
　　　　　那我已经为之哭泣过的东西

因为羊群吃花朵
那你经过的标志

时辰

一个小镇
一列火车停在平原上

聋聩的星星睡在
            每个水洼里
水颤抖
遮挡风的帘子

        夜晚悬挂在小树丛中

一场活泼的微雨
从花朵覆盖的尖塔上
         分泌出星星

    此时此地
    成熟的时辰

        滴落在生命上面

诗艺

让诗句像一把钥匙
开启一千道门。

一片树叶飘落；有什么飞过；
让你眼睛凝视的一切都被创造，
让倾听者的灵魂不停地颤抖。

创造新世界，当心你的词语；
当形容词没赋予生命，它就进行毁灭。

我们在神经的循环周期里。
肌肉如记忆，
陈列在博物馆里；
然而，我们拥有的力量并不少：
真实的活力
居住在脑海里。

哦，诗人，你们为何歌唱玫瑰！
让它在诗里开花；

所有事物
仅仅为我们而生活在太阳下。

诗人是小小的上帝。

风景

黑暗中，我们穿过平行的道路
月亮就在你看见它的地方
树木比山峦还高
然而，山峦宽阔得超越了大地的极限
河水流淌，却并没运送鱼
小心嬉戏在最近才画下的草丛中
一支把羊群赶到羊圈的歌

影子

影子是撤离其他海滨小径的
一块碎片

我的记忆中，一只夜莺在呻吟
那在枪林弹雨上面
歌唱的战斗夜莺

生命何时才会停止流血

同一个受伤的月亮
只有一片翅膀

心灵在空寂中心
筑巢

然而
橡树在世界边沿开花

春天骑着燕子进来

这首诗是神圣之罪

我仅仅空缺在这空缺的深处
那里有对我的等待
这种等待是出现的另一种形式
等待我归来
我在其他物体里面
我在把我的一点生命赋予某些树木

和某些石头的旅程中间
这些树木和石头等了我很多年
它们厌倦了等我，因此坐了下来

我存在而又不存在
我空缺而又出现在一种等待状态中
它们需要我的语言来表达自己
我需要它们的语言来表达它们
这里有含糊，凶险残忍的含糊

受尽折磨，可怜不幸
我朝这些植物的内部转移
我放弃我的衣服
我的肉体从我身上剥落
我的骨架正在穿上树皮
我正在变成一棵树
我多么频繁变成别的东西
这很痛苦又充满温柔

我可以大声叫喊，然而会吓走变体
沉默一定要保持在沉默中来等待
风是黑色的，我的嗓音中有钟乳石
圭勒莫，告诉我
你丢失了无限的钥匙

一颗急躁的星星即将说天气寒冷

磨得锋利的雨开始缝缀夜晚

葬礼的诗

奢侈的乌儿熔化了他的星星
在泪水的暴雨下
装上你棺材的帆
迷人的器械在那里撤退。

在回忆的植被中
我们周围的时辰启程远航

它疾速行驶
它受到叹息的鼓励而疾速行驶
大海载满失事的船骸
我为了他经过而给大海铺上地毯

这是最初的航程，不用船票
在风的走廊中
启发性的秘密航程

云朵为了让他经过而撤退
群星被点燃去照亮路径

你在你的夹克衣兜里面搜寻什么
你丢失了钥匙

在这神圣哼唱的中央
你回来发现你的那些正在老化的时辰包围你

水镜

我的镜子，夜间的急流，
变成小溪，离开我的房间。

我的镜子，比星球还要深邃
所有天鹅都淹死在里面。

它是壁垒中的绿色水潭
你那固定的裸就睡在它的中央。

在它的波浪上面，在梦游的天空下面，
我的梦幻犹如船只启程离开。

站在船尾，你总会看见我在歌唱。
一朵秘密的玫瑰在我胸膛上膨胀
一只沉醉的夜莺在我手指上拍动翅膀。

暴风雨

暴风雨之夜
黑暗咬伤我的头颅

那些

驱动雷霆的魔鬼
正在享受假期

街上没人经过

她不曾来临

什么东西
在角落倒下
钟

停了

黑暗的箴言

话语我的话语你的话语
那砸碎你的喉咙的喧闹
日日夜夜装上又卸下的话语
我是痛苦你是痛苦
希望吗啡和太阳
声音和微小的太阳骤雨中的自由

形容词是水的沉默中的一个音符
船的声音
和它衰减在四面八方的过剩
然而航程就是航程而且走得那么远

船在它的海洋中布置岛屿
它如同新娘的眼睛用距离来隆起它们
波浪继续古代的驰骋
驰向那希望死去的岸
诗坐等了很多个世纪的岸

一条陌生的河把你的记忆拖向我的胸膛
你可以睡在我掩埋的眼睑下面

被波浪的记忆归还
预先指定的星星改变方向
离开路径转身回来

让那对感情的呼吁死去吧
让那在夜里尖叫的激情死去吧

为了行走和观察

道路存在
它有自己的生命，它寻求饮水

一只鸟在它朦胧的角落一滴滴歌唱
像一片波浪死在它的歌声末尾
它把自己的歌声种植在它的灵魂深处
和那把它们带走的天空上
它们将像泥土在另一边非常活跃地发芽
它们将创造日子和早晨的时刻
夜空闪耀着露出它所有的牙齿

那上面的一条路上有一声雷霆
那在一颗星星前面经过的雷霆
那挤满人的雷霆
有光芒的入口和令人悲伤的面包味道
那显出致意形态的雷霆
它表示某种甚于死亡的东西
和那与盲人并肩疾行的生命

道路存在，就像一只手
就像那照亮它的痛苦的明日愿望

它行走又沉思你在树木与天空之间的欲望
在死亡扩大棺材的夜里
道路有一把锁
带着歌声的踪迹和从一只蜜蜂上落下的泪水
如此美好的诺言如此燃烧着
因此血液塑造火焰
话语唤醒它最初本能的实质

夜晚进入我的躯体停留

夜晚进入我的躯体停留
星系为了生活在绿色存在那边
为了在被遗忘的眼里相遇
而揭开它们深渊的面纱
尽管确信它们的雨
就像确信即将变成雪的空寂

夜晚把我选为它的附属物
它对我低语那关于水的事情
低语我们所能犯下所有罪行
就像能施予最大的善行和宏大的牺牲

高处的召唤

一个人背着耻辱穿越耻辱无济于事
一个人扛着天空穿越天空无济于事
成为那长着夜晚般巨翅的海洋无济于事
如此高大的悠扬的孤独的绿色羽毛
永不会平息自己的欲望和行星的狂暴岩石

吹拂的风穿过骨架
它让象牙在时间之底和我的孤独之底鸣响
它击败摔碎的高处和遥远之境的哭泣
它有那么多极度受伤的天空的味道
因此嗓音就像死于痛苦的船影拥抱自己

树木并不在它们那受到渴望的岸上歌唱
然而夜晚却有那温和的水
有那就像蜡烛中间的死者的纯洁
有那就像窗户和葡萄藤中的镇子的美好
有那就像阅读过一个名字的某座坟墓之灯的悲伤

吹拂的风穿过人们
传送它们的行星气味

淹死的魔法者

淹死的魔法者，这是什么时候？
告诉我那可以变成革命的梦幻
怎么能同意

和平长满浓密的羊毛
我一无所知

在那彻底击败生活的悲伤里
白色衣服日日夜夜晾干
在地平线的绳索上
（我们不能走得很远）

淹死的魔法者
二分点的可爱音乐把情侣拉到一起
唯有重力的法则
才能拉倒客厅的墙壁

淹死的魔法者
要是现在你能看见
驯服的波浪对你的双脚
鞠躬该多好

淹死的魔法者
我们的圣母马利亚告诉你什么

她在她透明的手指里
依然掌握着升起的风
其他圣人用飞机的语言
谈论着什么？

她

她向前迈出两步
向后退回两步
第一步说先生早安
第二步说太太早安
其他人问你的家人好吗
今天美丽得就像天上的鸽子

她穿着一件闪耀的无袖衬衣
她长着一双带来海一般睡眠的眼睛
她把一个梦藏在黑暗的橱柜里

她在自己的头颅中央遇见了一个死人
当她来临她就留下更可爱的一部分
当她把某种形成于地平线上的东西留下来等她
她的目光就受伤并且在山冈上流血
她的乳房丰满而且她还歌唱她那个时代的黑暗
她可爱得就像鸽子下的天空

她有一张钢嘴
和一面在双唇间形成轮廓的致命旗帜
她就像在腹中摸索到煤的海洋那样大笑
就像月亮看见自己淹死时的海洋那样大笑
就像那轻轻轻啃着所有海岸的海洋那样大笑
那在丰富的时间里满溢又在虚空中回落的海洋
当群星在我们头上喃喃低语
在北风睁开眼睛之前
她就可爱于她骨头的地平线上
穿着她闪耀的无袖衬衣而且她的目光就像一棵倦树
就像骑在鸽子身上的天空

目光与礼物

　　大海
抬起旅行者的视线
在它那被风扫掠的波浪后面涌进来
无限为了高高举起一个支撑点
而寻找鸥鸟，光滑而富于逻辑。

正如我们将做的那样
天空充满它热爱的啪嗒拍动的翅膀
　　　而我

赤足寻找自己的诗
一颗星星就像那载走
最后礼物的小车轮子
吱嘎吱嘎碾过。

      不会遇到什么
丧失的事物之井永不会，永不会
充满目光和回声
      它们在雾霭
        及其巨兽上面
          移走。

在里面

鸟儿的心
在鸟儿体内闪耀的心中
夜晚的心
鸟儿的夜晚
夜晚的心之鸟
如果夜晚在鸟儿体内歌唱
在被遗忘在天上的鸟儿体内歌唱
在迷失在夜里的天上歌唱
我就会告诉你在鸟儿体内闪耀的心中是什么

迷失在天上的夜晚
迷失在鸟儿体内的天空
迷失在鸟儿的湮灭中的鸟儿
迷失在夜里的夜晚
迷失在天上的天空

然而心就是心的心
通过心的嘴巴说话

欢乐生活的回旋曲（选）

三百六十五棵树汇成一片森林
三百六十五片森林汇成一年
有多少片森林构成一个世纪？
一个孩子可以在那里几乎迷失一个世纪
可以学会所有鸟儿的歌
树木在孩子们抛掷石头之际俯首
石头在半空中问候鸟儿并且请求一支歌
一支有蓝眼睛的歌
一支有长发的歌
一支如橘子由各部分组成的歌
一只手上有充满笑容的故事而另一只手上有充满泪水的
故事
泪水在淹死之前扭动它们的手
笑容如石头从远处向人们挥手
早安和再见是成为那准备好恋爱的嘴巴的子孙后代
太阳在树木展翅时说早安
在山峦闭眼时说再见
在覆盖着油的海浪中再见
我自己会这样说因为天空在某处举着一面开满花朵的旗帜
因此生命是一杯具有那在小女孩牙齿之间的小男孩的故
事的甜橙汁
因此它是欢乐的并且可以像狗一样在没有约束的色彩之
间奔跑
或者像那流向我祖父的河
花朵在路边致谢

树木在我们眼前如此清晰地喃喃低语因此不可能不会理
解它们
　　树木十五岁而花朵正在学走路
　　树木说早安并且恳求太阳解下它的领带和戴上它的帽子
　　因此生命是欢乐的
　　带着可怕速度的生命
　　带着三百六十五棵树而幸福地疾驰上来的生命
　　带着如同领带的花朵的生命
　　带着攀上傍晚的吼叫的生命
　　缓慢得如同傍晚的眼睛
　　太阳说晚安又转身离开直到树木宗教般地重获自己的位置
　　因此生命应该是欢乐的
　　然而人们过于努力地用篝火的眼睛凝视
　　他们用如刀的手指在角落里摸索
　　他们为了奴役沉睡的树木而追捕它们
　　于是我们诅咒生活并握紧自己的拳头
　　于是我们每天夜里都对着山峦尖叫
　　速度可怕的死亡万岁
　　永不会停止运转的可怕速度万岁

【智利】尼卡诺尔·帕拉

(Nicanor Parra, 1914–)

尼卡诺尔·帕拉,智利诗人、"反诗歌"的创始人。生于智利南方奇廉市的一个教师家庭,早年在智利大学攻读数学和物理,40年代留学国外,回国后在智利大学担任物理学和数学教师。1973年智利发生军事政变后,他拒绝流亡而坚持留在智利,并坚持写作。他的诗集主要有《星云》(1950)、《诗与反诗》(1954)、《长奎卡》(1958)、《沙龙的诗》(1962)、《呼吸练习》(1966)、《俄罗斯的歌》(1967)、《给疯子穿的束缚衣》(1968)、《粗壮的作品》(1969)、《机械》(1972)、《手工艺品》(1972)、《误导警察的玩笑》(1983)、《帕拉的诗页》(1985)、《搏击枯燥的诗》(1993)、《白色的诗页》(2001)、《李尔王与乞丐》(2004)、《晚餐后的宣告》(2009)等。他获得过智利国家文学奖(1969)、西班牙的塞万提斯奖(2011)等多项文学奖。他还多次被提名为诺贝尔文学奖候选人。

帕拉以其"反诗歌"而著称于20世纪国际诗坛。1954年他出版的诗集《诗与反诗》,是为解放诗歌而做出的一种尝试。1967年起,他开始创作实验性短诗,后来以明信片的方式成套出版,其中的作品把语言压缩到了最简单的形式,但仍未失去其哲学和社会影响。他的诗以很强的反讽性的口语、明晰直接的语言、黑色幽默和嘲弄的幻象,描写了一个怪异荒诞的世界上的普遍问题,比如政治腐败、独裁统治、环境污染、贫富不均等。他对诗歌的创新,使他成为拉丁美洲最有影响的诗人之一。

创世纪

起初上帝创造了贫民窟
和垃圾堆
他从阳台上往外看
看见它们华丽灿烂
就说:

   让那里有更多吧

仿佛凭借着魔幻艺术
其他垃圾堆比以前的
垃圾堆显得更加可怕
无数新贫民窟
当然没有卫生设备
只有漫天飞舞的苍蝇
在公益的粪便上面竞争

这多么令人开心啊
上帝感叹

于是就有了晚上和早晨,一天又继续开始

判决

让我们别愚弄自己
汽车是一辆轮椅
狮子由羊羔构成
诗人没有传记

死亡是集体习惯
儿童生来就快乐
现实是逐渐衰弱的倾向
性交是恶魔行为
上帝是穷人的好朋友

短歌

某个夜晚我要成为百万富翁
用一件小玩意儿把影像固定
在凹镜中。或凸镜中。

当我完善了一口双层底部的棺材
让尸体可以观看另一个世界
我就认为这件工作是了不起的成就。

在这场荒诞的赛马上
职业骑师们从马鞍上
被甩在观众中间
我燃烧了足够的午夜的油。

于是，试图相信那将让我舒适生活
或至少死去的事情
是公平合理的。

我知道我的双腿在颤抖
我梦见我的牙齿正在掉出来
还梦见我姗姗来到一场葬礼。

旅行记录

我离开工作已有多年。
我投身于旅行和改变我对周围的印象，
我投身于睡眠；
可是我往昔的生活场景却不断回到脑海。
当我跳舞，我就不断想起荒诞的事物：
我会想起我在走过厨房之前的那一天
所见到的某种芹菜，
我会想起无数涉及我的家庭的稀奇古怪的事物。
同时，小船在河里溯流而上，
穿过美杜萨①的河岸前进。
那些照片般的风景影响了我的精神
迫使我把自己锁在舱室中：
我强迫自己吃饭，我反叛自己，
我是甲板上的一种持续的危险
因为我随时都可能发出某种奇谈怪论。

流浪者

女士们先生们，请注意，请注意一会儿：
暂时把头转向共和国的这一边吧，
把你们的私事忘掉一夜吧，
愉快和痛苦可能在门前等候：
有一个嗓音从共和国的这一边传来。
女士们先生们！请注意，请注意一会儿！

①希腊神话中的蛇发女妖，传说谁看见她的脸，谁就会变成石头。

在一种肉体和理智的深渊里
一个灵魂被囚禁了很多年，
仅仅通过鼻子来滋养自己，
渴望你们听到它的话语。
我要找出某些事物，
我需要一点光芒，苍蝇在花园漫飞，
我的精神状态是灾难，
我以我的特殊方式来判断事物，
当我说这些话，我就看见一辆靠在墙边的自行车，
我就看见一座桥
和一辆消失在楼房之间的小车。

你们梳头，真的，你们在花园中散步，
你们在自己的皮肤下面长着别的皮肤，
你们拥有第七感
它让你们自动地进进出出。
然而我是一个从岩石后面呼唤母亲的孩子，
我是一个让石头跳得高及鼻子的流浪者，
一棵放声大哭，恳求叶片覆盖自己的树。

钢琴独奏

既然人类的生活不过是远处的一点行为，
闪耀在玻璃杯里的一点泡沫；
既然树木不过是移动的树木；
不过是永远运动的桌椅；
既然我们自己不过是存在的生命
（就像上帝本身不过是上帝）；
既然我们说话并不仅仅是为了被听见
而是为了让别人可能说话

回声先于产生它的噪音出现；
既然我们在打呵欠和充满空气的花园中
甚至得不到混乱的安慰，
我们死前必须解答的难题
因此后来当我们把女人引向了放纵
可能若无其事地复活；
既然地狱中也有天堂，
那就允许我提出一些事情吧：

我希望用我的脚发出噪音
我想让我的灵魂找到它适当的躯体。

圈套

那段时间我避开充满太多神秘的环境
就像胃口失调的人们避开大餐，
我宁愿待在家里深入了解
某些涉及蜘蛛繁殖的问题，
到最后我会把自己关在花园里
直到深夜才在公共场合露面；
要不然我会挑衅地穿着衬衣衣袖，
对月亮投去愤怒的扫视，
试图清除那些息肉一般依附在
人类灵魂上的坏脾气的幻想。
我在独处时完全冷静沉着，
我来回走动，完全意识到我的行为，
或者我会直挺挺地躺在地窖的木板中间，
做梦，思考方式方法，解决紧急的小问题。
我就是在那个时刻把我著名的释梦方法付诸实践
它表现为对自己施暴，然后随心所欲地想象，凭借来自别的世界的力量，唤起那我预先让其出现的场景。

通过这种方式，我可以获得有关折磨

我们的存在的一连串焦虑的宝贵信息：

国外旅行，声色无度，宗教情结。

但所有预防措施都不恰当，

因为，为了难以阐明的原因，

我开始从一种偏斜的飞机上自动滑下来。

我的灵魂像一只被针刺破的气球失去了高度，

自我保护的本能失去了功效

并且，我被剥夺了最基本的偏见，

不可避免地坠入那电话的陷阱里

它如同真空一样吮吸周围的一切，

我用颤抖的手拨动那个该死的号码

我甚至现在还在睡梦中自动重拨它。

无常和苦难充满接踵而来的每一秒钟，

同时，我像骷髅一样站在来自地狱的桌子前面

那桌上铺着黄色印花桌布，

我等着来自世界另一端的回应，

我的另一半身体，被囚禁在一个深坑里。

那些时断时续的电话杂音

像一把牙科钻在我身上工作，

它们就像从天上射来的针，陷入我的灵魂

直到那个时刻到来的时候

我开始冒汗，结巴着兴奋地说话，

我的舌头像一块小牛肉烹制的牛排

在我的身体和那倾听的她之间挤出来，

就像那些把我们从死者分开的黑帘。

我从不想操纵那些我自己煽动的

过于亲密的对话，都一样，以我愚蠢的方式，

我的嗓音因为欲望而浓重，而且被充电。

听见自己的名字被呼喊于

那个具有一种被迫的熟悉的音调中，
它用一种模糊的不适
用我设法阻止的痛苦的本土化的打扰
用一系列匆忙的问答注满我
这些问答在她内心激起虚假的色情欲望
那种状态最终也对我产生了影响
让我早期勃起和感到末日来临。
然后我让自己大笑，结果却陷入精神疲劳的状态。
那些荒唐可笑的闲谈持续了很多个小时
直到那管理养老金的女人出现在屏风后面
唐突地打断我们愚蠢的田园诗。
天堂大门前的请愿者的那些曲解
和因此压垮我的精神的那些悲惨结局
在我挂断电话时并没有完全停止
因为我们通常都同意
第二天在一座汽水喷泉里
或者在一座我宁愿忘掉其名字的教堂门前约会。

毒蛇

很多年我注定要崇拜一个卑鄙的女人
为了她牺牲自己，忍受无休止的屈辱和讥笑，
为了她的衣食而日夜操劳，
犯了一些罪行，犯下一些不端行为，
借着月光练习那价值不大的夜盗，
伪造妥协的文件，
因为害怕她迷人的眼睛投来轻蔑的扫视。
在短暂的理解阶段，我们常常在公园约会
一起驾驶着摩托艇照相，
或者去夜总会

投身于狂舞之中
持续到黎明以后。

很多年我都处于那个女人的魔咒之下。
她曾经一丝不挂地出现在我的办公室
表演那挑战想象的扭曲形态，
就是要把我可怜的灵魂拖入她的轨道
首先是要榨干我的每一分钱。
她绝对禁止我跟我的家庭往来。
为了清除我的朋友，这条毒蛇在她拥有的报纸上
随意发表中伤性的诽谤。
她的激情简直到达了虚妄，从不会放松一瞬，
命令我亲吻她的嘴
还要我立即回答她那些傻乎乎的提问
尤其涉及永恒和来世
让我非常烦乱的主题的提问，
在我耳朵里发出嗡嗡声，周期性恶心，突然晕厥的咒语
那她利用让自己著名的思想的实际转折的咒语，
她不浪费一点时间就穿上衣服
离开我的房间，离开我的公寓。

这种情形拖延了五年多。
一段段时间，我们同住在一个圆圆的房间里
在公墓附近的一个舒适区域，分摊房租。
（某些夜晚我们不得不中断我们的蜜月
去应付川流不息地穿过窗户涌进来的老鼠。）
这条毒蛇保存着一本过细的账本
她在上面记录了我向她借的每一分钱，
她不会让我使用我给她的牙刷，
她指责我毁坏了她的牙齿：
她两眼喷火，威胁要把我告上法庭

迫使我在一段合理的时间里付清部分债务

因为她需要钱去继续她的学业。

于是我不得不逃到街上靠公众救济为生，

睡在公园的长椅上

警察在那里三番五次发现我，奄奄一息地

躺在秋天最初的落叶中间。

幸好那种事态没有发展多久，

我在公园里三番五次

为一个摄影师摆好姿态——

一双令人愉快的女性的手突然蒙住我的眼睛

同时一个我钟爱的嗓音问我：我是谁。

你是我的爱人，我平静地回答。

我的天使！她神经质地说。

让我再次坐在你的膝上！

在那时，我才能仔细思考她现在穿着短短的紧身衣裤的

真相。

尽管那次相会充满不和谐的音符，却令人难忘。

她惊叫着说，我在离屠场不远的地方买了一小块土地。

我计划在那里建造一种金字塔

我们可以在那里度过余生。

我完成了我的学业，我获准当律师，

我拥有自己可以支配的可观资本，

让我们进入某些赚钱的生意，我们俩，我的爱，她还补

充说，

让我们建造我们远离尘世的爱巢。

我回答说，你真够愚蠢，我对你的计划毫无信心。

记住我真实的妻子

随时都可以让我们俩处于可怕的贫穷中。

我的孩子们长大了，时间流逝，

我感到彻底精疲力竭，让我休息一分钟，

女人，给我弄点水来，

从什么地方给我弄些吃的来，
我饿得要死，
我再不能为你工作了，
我们之间的事情完全结束了。

过山车

半个世纪以来
对于严肃的傻瓜
诗歌都是天堂。
直到我出现
安装我的过山车。
如果你想上去，就上去吧。
如果你从上面跌下来
摔得血流满面，那可不是我的错。

测验

什么是反诗人
做棺材和骨灰盒生意的人？
对自己没把握的将军？
毫无信仰的牧师？
发现甚至包括衰老和死亡在内的一切
都滑稽可笑的流浪者？
你无法信任的说话者？
悬崖边的舞蹈者？
热爱每个人的自恋者？
努力去找致命弱点
只是为了恶作剧而平庸的开玩笑者？

睡在椅子上的诗人？

当代炼金术士？

脱离实际的革命者？

小布尔乔亚？

冒牌者？

神？

天真的人？

智利圣地亚哥的农民？

请在正确答案下面划一道线。

什么是反诗歌

茶壶里的暴风雨？

岩石上的一点积雪？

高高堆积着人粪的托盘

就像萨尔瓦蒂埃拉神甫①认为的那样？

不撒谎的镜子？

一记扇在

作家协会主席脸上的耳光？

（上帝拯救他的灵魂）

对年轻诗人的警告？

喷气推进的棺材？

离心轨道上的棺材？

以煤油做燃料的棺材？

没有尸体的殡仪馆？

请在

正确答案旁边划一个"×"。

①帕拉作品的早期批评者，他抨击帕拉的诗歌"不洁"、"不符合道德规范"。

我收回我说过的一切

我离去之前
我应该表达最后的意愿：
高尚的读者
　　　　　烧掉这本书吧
里面都不是我想说的话
尽管它事实上是用血写成的
但并不是我想说的话。

我的命运比任何命运都悲惨
我被自己的影子击败：
我的话语对我报复。

如果我不能以诚实的手势
离开你们，读者，
善良的读者，请原谅我吧。我带着
一副被迫而悲哀的笑容离开你们。

也许那就是我存在的一切
可是听听我最后的话吧：
我收回我说过的一切。
以世界上最大的痛苦
我收回我说过的一切

未发表的手工艺品

最后通牒

上帝无处不在
又绝对处处不在。

讨论会

古巴，是的，
还有美国佬。

蝴蝶

为了看见它怎样飞翔
你必须拉出它的翅膀。

美国

自由在那里是一尊塑像。

一个人死于悲伤

从每一千个智利人中
就有一个人死于悲伤。

切·格瓦拉①

上帝
上帝
你为何遗弃了我。

---

①极富传奇色彩的拉丁美洲革命家（1928–1967）。他参加菲德尔·卡斯特罗领导的古巴革命，推翻了巴蒂斯塔独裁政权。后来他前往南美，试图发动革命，但在 1967 年 10 月 8 日，他及其及游击队队在玻利维亚遭该国政府军伏击，格瓦拉受伤被捕，次日被杀害。

十二个音节

让我知道我哭泣是否打扰你。

10 月 31 日

那么我们将在明天相见。
相约地点：
31 号亭阁——339 号壁龛。
维奥莱塔·帕拉①的地下墓室。

他想象的人

他想象的人
生活在他想象的河岸上
他想象的树林中央
他想象的宅邸里

在他想象的墙上
挂着他想象的绘画
他想象的不可修复的裂纹
他想象的世界的图画
在他想象的时代和地方

每天下午——他想象的下午
他都要爬上他想象的楼梯
走到外面他想象的阳台上
去看他想象的风景
他想象的山谷

---

① 20 世纪智利著名民间音乐家。

被他想象的山丘环抱

他想象的幽灵
沿着他想象的道路走来
对着他想象的落日
歌唱着他想象的歌

在挂着他想象的月亮的晚上
他梦见他想象的女人
把他想象的爱情给予他
他感到古老痛苦
他想象的相同的愉快
他的心再次开始跳动
他想象的人的心

【智利】冈萨洛·罗哈斯

（Gonzalo Rojas，1917–2011）

冈萨洛·罗哈斯，智利诗人.生于莱布，父亲是矿工。他在 30 年代开始文学创作，曾经担任过智利大学的刊物《南极》的编辑和瓦尔帕莱索的大学讲师。1938–1941 年间，他参加了几位智利诗人发起的超现实主义诗歌团体的活动，1948 年在圣地亚哥出版第一部诗集。后来他还当过政府外交官，游历广泛，出使过古巴和中国。1973 年,智利军事政变以后，他被军政府剥夺了外交官身份，并被禁止在智利教书。他被迫流亡德国、美国、西班牙和墨西哥，在一些大学任教。1979 年，他回到智利，却依然无法执教。1980–1994 年，他再赴美国，先后在一些大学执教。他出版的诗集主要有《来自绿色马蹄铁的诗》、《反对死亡》、《从闪电雷鸣中》等。他获得过智利国家文学奖（1992）、西班牙的索菲娅王后伊比利亚美洲诗歌奖（1992）、墨西哥的奥克塔维奥·帕斯奖、阿根廷的何塞·埃尔南德斯奖和西班牙的塞万提斯奖（2003）。

冈萨洛·罗哈斯与尼康诺·帕拉一起，被认为是继聂鲁达之后智利最伟大的诗人。他的诗典型地体现了拉丁美洲现代主义诗歌的特色，既具有魔幻性的深度，又不失抒情韵味；他从一个高度把诗人个人的冥思转化成为大众化的生活哲学，其中涉及了诗人对普遍事物的特殊理解和升华性的提炼。他的诗歌作品先后被翻译成欧美各种主要语言，不仅对拉丁美洲青年诗人产生了重要影响，而且在 20 世纪的国际诗坛上也占有一席之地。

情书

我用没有赞美的打字机敬仰你
在这有着从 A 到 Z 的
劣质键盘那边，我告诉你
我多么爱你，从脚跟
爱到头发，成为那可能
存在之处的头发，在你的顶峰
或者在你芳香的街道的隐秘深处，我等你
等着你，在七点伫立于这里
伫立在钟的烟雾
下面。还有

其他什么：留意云吧
但在那上面不曾叫喊
就几乎写着一切的云
这一页写着诗句的纸的
倏忽即逝的白色本质，给我
来电话，请拨号
000-0000

迷失的港口

一切都狭窄而深沉
在这无重的大地上，花朵
在刀子上生长，面朝下的沙子
一个人听得见火山；当雨水
把它淋湿，神秘事物

就变得清晰起来，一把虚幻的
椅子就出现在天上，
闪电的上帝像一堆年代久远的
积雪，就坐在那里。

一切都狭窄而深沉，人们
没有留下踪迹，因为风
把他们投向他们的北方和虚无，
因此
我突然
走到我的阳台上，再也看不见任何人，
既看不见房子也看不见金发女人，
公园消失了，
万物都是不会受伤的沙子，一切
都是幻觉，在风之前
这颗星球的这片岸上
没有人。

于是我奔向大海，沉没在
它的亲吻中，群鸟
在我头上形成一轮太阳，
于是我以风的名义
占有空气和短暂的岩石，
蓝色星星，瓦尔帕莱索①，风。

笑剧

死亡驾驶着它辉煌的马车

---

①智利重要海港城市。

经过时给我欢乐，悲伤驾驶
豪华汽车紧随其后：
一个谈论天气，那死者
　　　　　　被分发玫瑰。
　　　　　　　每个死亡的亲戚
都发现自己在午餐时品尝的酒更美味。

星期天的恶魔

在耶路撒冷的《圣经》和在那里漫飞的这些苍蝇之间，我
　　更喜欢这些苍蝇。我因为三个理由而喜欢它们：
1)因为它们腐败，带着蓝眼睛发白，它们仿佛大笑着
　　在空气中生殖一切，
2)因而从它们的环境中特别迅疾，它们的环境自创世纪
　　之前很久，就已经了解一切，
3)为了（此外）阅读世界，如一个人必须读那样：从腐败
　　到幻觉。

客座教授

鸽子与衰老相对，血腥的
技能，那他丧失血液的
一学期的古老技能
是一种，不是这些
身高一米八的高傲的
白皮肤美人，在这个
报酬很高的盎格鲁世界，我教她们，
得到了那片刻也不会斜视这些臀部的
苏格拉底原谅：烟草

和腋窝，铁杉
和威士忌的火花：

聚会

在你到达时开始，成为阿波罗
对于天国最高裁判所的
所有疯狂的商人
但是，通过朱庇特①，仔细听吧，
伪造者不是可疑之光的
罗马的
这个电影面具，而是你自己：那为了
三个德拉克马②而如此草率地
签署了合同的腓尼基人。

金色的闺女，

赤足。

1983 年 10 月 2 日

煤

我看见一条迅疾的河流如刀闪耀，把
我的莱布③分成芳香的两半，我倾听它，
嗅闻它，爱抚它，然后我用幼稚得如同后背的吻来重温它，
风雨曾经经经常摇动我时，我就感到它
就像我的太阳穴和我的枕头之间的又一条动脉。

这是他。天在下雨。

---

① 罗马神话中的主神。
② 希腊货币名。
③ 智利地名。

这是他。我的父亲正全身湿透走来。这是一种淋湿的
马散发的气味。这是胡安·安东尼奥·
罗哈斯骑在马上渡河。
没有什么新奇的事情。奔流之夜正在崩溃
如同注满水的矿井，一次雷电就让它摇晃。

母亲，他不久就会到达：让我们打开大门，
让灯光给他照明，我想先于我的
兄弟去迎接他。让我给他斟上一大杯酒
因此他才能恢复过来，紧紧搂着我亲吻，
用大胡子的扎我。

那个人走来，他在那里走来
一身泥泞，对着厄运发怒，
对着
剥削狂怒，几乎饿死，他在那里
裹着卡斯提耳①毯状斗篷走来。

啊，不朽的矿工，这是你亲手
为自己建起的橡树房子。上前来吧：
我已经来等待你了，我是你的
第七个儿子。那么多星星
穿越了这些岁月的天空并不要紧，
在一个可怕的八月，我们掩埋了你的女人，
因为你与她都被繁殖。夜晚
对于我们俩同样漆黑
并不要紧。
　　　　——进来吧，不要站在那里
淋雨，没有看见我而看着我。

---

　①西班牙中北部地区和古国名。

反对死亡

每一个逝去的日子，我都遮蔽我的视野，扯掉我的眼睛。
我不想看见。我不能每天看见人们死去！
我宁可是石头，昏暗，
而不愿为了我的事业繁荣而容忍那内心软弱
且左右微笑的憎恶之物。

除了在这街道的中央迎着四面八方的风
讲述真理，我没有别的事情：
生存着的，仅仅生存着的真理，
我的双脚踏在地面，我的骨架自由于这个世界上。

如果我们没有生活在
黑暗时代外面的希望而继续死亡
那么我们随着我们的机器，以思想的速度摆脱
这跃向太阳的是什么，魔鬼：我们摆脱
比无限飞得还远的是什么？

上帝对我无用。没人因为任何事而对我有用。
但我呼吸，吃饭，甚至睡觉
认为我像每个人一样，缺乏大约一二十年的时光
俯冲下去，深入下面两米深的水泥中去睡觉。

我没有叫喊，我没有对自己叫喊。一切都必须保持原样，
然而我看不见棺材，而棺材
每分钟都走过，走过，走过，走过
充满了什么，塞满了什么，我看不见
棺材中，血液依然温暖。

我触摸这朵玫瑰，我亲吻它的花瓣。我崇拜
生命，我不倦地喜欢女人：我通过在她们里面
开启世界来滋养自己。然而这一切都无用，
因为我自己是一个无用的头颅
为了不理解从这个世界期盼另一个世界的
这件东西是什么，而做好被割掉的准备。

她们对我谈起上帝，或者谈起历史。
我嘲笑
为了寻找对饥饿的解释而走得那么远——
那吞噬我的饥饿，像太阳一样永远生活在
空气的优美中的饥饿。

美丽的黑暗

昨夜我触摸你，感觉你
无需我的手的逃逸，那逃逸比我的手更远，
无需我身体的逃逸，也无需我的听觉：
我以几乎属于人类的方式
感觉到了你。

我颤动着，
不知像血液还是像流浪的
云朵，
穿过我的房子，踮着脚尖，那上升的黑暗，
那降临的黑暗，你奔跑，闪耀。

你穿过我的房子奔跑，
你打开它的窗户
我感到你彻夜都在悸动，

深渊的女儿，沉默者，
战士，多么可怕，多么美丽
因而万物——尽可能存在——
对于我，没有你的火焰，就可能不会存在。

致沉默

哦，嗓音，无敌的嗓音：大海所有的空洞，
大海所有的空洞还不够，
天空所有的空洞，
孤独所有的空洞
都不会足以容纳你，
即使人类倒下，这个世界沉没
哦，无上的主，你也永不会，
你也永不会停止无处不在，
因为你拥有时间与存在，去省下那唯一的嗓音，
因为你在这里又不在这里，当我更模糊
你几乎就是我的上帝，几乎就是我的父亲。

日子过得如此之快

日子在黑暗的激流中过得如此之快，因此所有拯救
都为我而恰好缩小成深呼吸，因此空气将在我的肺里
再持续一周，日子过得如此之快
走向无形的海洋，那我已没有血液安全地游入
且我带着脊骨正被转变成又一条鱼的海洋。

我回到我的起源，走向我的起源。没有人
在那里等待我，我奔向那骨头结束的

母性深处，我回归我的种子，
因为据记载，这被完成于群星之中
完成于那就是我的可怜的虫子，带着我
依然等待的我的很多个星期和欢乐的月份。

一个人在这里，不知自己已不在这里，一个人
产生那种嘲笑进入了这虚妄游戏的想法，
然而有一天，残酷的镜子为你破译它
你变得苍白，行为举止仿佛就像你不相信它那样，
仿佛你并没倾听它，我的兄弟，那里的背景中有你自己
的啜泣。

如果你是女人，就戴上染过的更加美丽的睫毛
去愚弄自己，如果你是男人，就更加坚固地
安置你的骨架，但它里面是别的东西，
这里面没有东西，没有人，只有你自己；
因此最好洞悉危险。

让我们准备。让我们与我们成为的事物
一起保持着赤裸，但让我们燃烧，别让我们使我们
成为的事物腐败。让我们不断燃烧。让我们
毫不畏惧地呼吸。现在，还有在最后的时辰
让我们对着正被诞生的宏大现实而醒来。

给巴列霍①

当巴列霍说"甚至迄今"时，一切
都已经被写下。

① 20 世纪秘鲁著名诗人（1892—1938），拉丁美洲现代主义诗歌先驱之一。

他从显著的老秃鹰身上扯下了
这片羽毛。时间依然存在，
玫瑰依然存在，尽管夏天逝去，所有夏天的星星
逝去，人依然存在。

没有什么发生。但有人用秘鲁语称自己为"塞萨尔"
在多于石头的石头中，到达美丽的
氧气的顶点。根须
流着血跟随他，他每天更透明。他们正在
让他干透，即使巴黎也不能挽救他的骨头。即使殉道也
不能。

没有人深沉得如同那在开端活着的骨髓中
也不在我们命名为"美利坚"的音乐中对我们说话
因为当命运在手掌上的洼地的波浪下面
看见我们，唯有这个人才把音乐
从最黑暗的岩石中取出。

每个人都是自己悲伤和欢乐的巴列霍。
　　　　　　不是在巴黎
我为他的灵魂而哭泣的巴黎，不是在那狂暴的云中——
从万米高空，那片云把面庞上人世间的必然给予我
他那在自由之雪上的面庞，而是在这
致命的刺藜的呼吸中，我确信
他，那个走下来告诉我"甚至迄今"的人。

蝴蝶安魂曲

肮脏的是死蝴蝶的日子。
　　　　　　让我们靠近

亲吻它曾经自由飞翔的叶瓣，那被压碎的
神圣的可爱之处，而这里在说着它的一切，当
皱纹飘动，只有虚无
只有那骤然的悬崖峭壁，
只有虚无。

如果含盐的人行道能保存它，但愿它
把它保存起来吧，保存在油和致命车轮的
嚎叫声中。
　　　　　　或者这是一场游戏
当他们向我身上堆积泥土时，看起来就像另一场游戏。
因为皱纹也……

或者任何人都不保存它。或者不为我们
保存幼虫，让我们最终从恐惧中逃离那里：
让我们看见发生的事情，可爱的人。
　　　　　　依然睡在那里的
那么多美的奢侈中的你，告诉我们怎样
或者至少，何时。

八月十三日

1

泪水的虚无；他们今天密封在她的
透明中的这个女人，他们今天贮存
在水泥墙上的墓穴中的
这个女人，就像一个发疯的人
被链条拴在没有空气，没有船夫或船的卧室里的
残酷的吊床上，在没有脸的陌生人中间，这个女人

欧美诗歌典藏

是
独一无二的
唯一的人
她让我们都处于
她怀孕的天宇中。
　　　　　　　　被赞美的
是她的子宫。

2

没有什么，再也没有什么；她生了我，创造了我
把一个男人创造成她的
象牙与火焰的形象的
第七部分，
　　　　　　在贫穷
和悲伤的严酷中，
　　　　　　　　知道怎样
在我童年的沉默中听见预兆，
秘密
从来
没有告诉我
任何事情的
预兆。
　　　　　被赞美的
是她的分娩。

3

因为我不能去，现在让
其他人为我去把康乃馨
放在那里，那些花朵具有
我的罗哈斯家族和你的颜色，
　　　　　今天

你殉道的悲哀的第十三日，
                              我的
那些对灵魂诞生又再生的
子孙；如果他们更喜欢，
就让他们去或不去，
                          或者黑暗让他们独自
留下你，
独自与那就是
                    你的复活的
美的骨灰在一起，塞莉亚·皮萨罗，
            皮萨罗和死去的皮萨罗的
女儿，孙女，母亲；
                        你前来
与我们一起流亡，像从前一样，与我们安居在
相互迷恋的优美中。
                        被赞美的
始终是你的名字。

【智利】奥斯卡·哈恩

(Oscar Hahn，1938-)

奥斯卡·哈恩，20世纪智利著名诗人、作家。青年时代在圣地亚哥师范学院学习时便显示出文学天赋，1959年即获得智利联邦学生诗歌奖。1961年，出版第一部诗集《这朵黑玫瑰》。又获得智利作家协会颁发的阿勒采奖。1967年，在智利大学举办的诗歌竞赛中又获得了唯一奖。他曾在美国艾奥瓦大学作家班学习，回国后成为智利大学副教授。在1973年智利军事政变中，他因不同政见而被军政府扣留。1974年，离开智利前往美国访问、学习，现为智利语言学院院士。他的诗集主要有《最后的水》(1967)、《死亡的艺术》(1977)、《爱的疾病》(1981)、《核影像》(1983)、《文本上的文本》(1984)、《倾心者之花》(1987)、《白色天空上的恒星》(1989)、《巫术条约》(1992)、《失窃的诗句》(1995)、《情诗》(2001)、《爱情中的灰烬》(2009) 等。他还获得过阿尔塔索尔奖(2003) 和巴勃罗·聂鲁达奖(2011)。

哈恩是20世纪70年代在智利文坛上崭露头角的那一代诗人中的代表。他的诗作内容角度很广，但具有典型的个人色彩，尤其是一些短诗，内涵空间很大，张力很强，视觉感很深，用语和比喻都非常独特。同时，他的诗还涉及到20世纪以来所出现的一些重大社会问题，反映出诗人对人类的生存空间和环境的关注。其作品被译成了欧美各大语言，产生了国际影响，被不少评论家认为是当今在世的最重要的智利诗人之一。

昆虫的智慧

栖息在那块岩石上的昆虫
自我孩提时代就认识我

在黎明和黄昏，它的翅鞘向我敬礼

另一只昆虫栖息在树叶上
摇摆着它的脚

另一只昆虫仰卧着漂浮在小溪上
就像置身于一桶白兰地中的主教，感到满足

那块岩石上的昆虫
没有翅膀，可是蝇类无眼却能看见

无手却能给
其他昆虫写信

那将是一切

就在这里，我为你注定一种命运。
我把它画在一只鸟儿的翅膀上。
我把它画在我房间的墙上。

如今，这只鸟儿愤怒地飞走，
如今，它发出它战争的呼喊
飞撞在墙上。

一支支笔漂浮在空间里。
它的笔浸透在它的血里。

它拿起一支笔，对你写下东方的诗。

你为何写作？

因为幽灵因为昨天因为今天：
因为明天因为是因为否
因为原则因为野兽因为目标：
因为水泵因为手段因为花园

因为贡果拉①因为地球因为太阳：
因为圣胡安②因为月亮因为兰波③
因为清楚的人因为血因为纸：
因为肉因为红色因为皮肤

因为夜晚因为我恨自己因为光芒：
因为地狱因为天空因为你
因为几乎因为虚无因为渴意

因为爱情因为叫喊因为我不知道
因为死亡因为几乎没有那么多
因为有一天因为一切因为也许

---

①西班牙古典诗人。
②波多黎各首府；秘鲁也有一地叫圣胡安。
③19世纪法国象征主义诗人。

照片

……有人冲洗
他的存在的底片。

——布劳利奥·阿伦那斯①

在隔壁屋里
有人冲洗你死亡的底片。
酸，渗过锁眼。
有人从隔壁进入你的房间。
你再也不在床上：
你从湿影中细看自己静止的身躯。
有人关上门。

彗星

我身侧的伤口
我身侧的伤口
谁见过我身侧的伤口？

它跳下山丘
它穿越城市的街道
在你的门前呻吟着经过

邻居全都出来看它
哑巴全都想对它说话
孩子们追逐它

①智利超现实主义诗人、作家（1913-1988）。

我身侧的伤口
我身侧的伤口

它到达夜间的城市边界
又默默消失在地平线上。

顶部的床单

我小心折叠，把自己置于
壁橱中的白色衣物之间

你拿出你的床单
把我放在顶部

你在遮盖物下面溜走
我一点点覆盖你

然后，我们被飓风卷走
我们喘不过气来，坠入暴风雨之眼

现在，你大汗淋漓地躺着
你的凝视迷失在开阔的天空
顶部的床单依然纠缠着你的双腿。

和平鸽

突然，玫瑰色的薄雾，浓稠的
肥胖的雾霭，从它们的爪子中释放

白鸽：那长着翅膀的牙齿，在空中形成
天宇的假牙。然后，我们看见核子
牙医奉承他们的铀钳，把牙齿的
鸽子放飞并撒落在子予和蓝宝石的
闪光牧草场上。天宇振颤的嚎叫
让处女分娩，我们的脸触及
坠落的天空的血和战争果实。

最后的晚餐

腐败穿着
干净的躯体
拿着餐巾和刀叉就座。

视觉风景

夜里，如果你的目光
到外面去到处流浪
黑蝶就惊骇地逃逸：
恐惧就是这样
你的美展开在它们的翅膀上。

熟悉的犬

它将来临。它总是来临。死亡之犬
不停的吠叫，总是准时来临。
它进入窗口，用尖棍般的声音

充满你的躯体。

它是一台长长的打字机，用狗头
做按键。那只恶棍狗的
犬一般的打字让你无法入睡。
死亡之犬不停的吠叫
将来临。它总是来临。它总是准时来临。

广岛景象

"……投掷在三重城市上，一个弹体
装填着宇宙的强力。"
　　　　——马姆萨拉·普尔瓦：《千年的梵文文本》

无数眼睛警戒那炸弹，
在燃烧的蘑菇云下被释放出来。
当心那视而不见的人的强光吧，当心。

老人们逃逸，被火焰斩首，
天使们把自己钉在硫磺质的角上，
被火焰斩首，
处女们在放射性的光环中奔跑于地面，
被火焰斩首。
所有儿童都迁移，被火焰斩首。
那不是残废的眼睛，也不是皱缩的皮肤，也不是
我们看见的溅洒在街上的血：
那是正在结合的情侣被惊愕攫住，
被地狱之火变成石头，
静止在通道上的情侣，

罗得①的妻子
变成一根铀棒。

烧焦的医院在排水沟里奔逃，
你冻结的心逃进公厕，
人们在床下爬行着奔逃，
完全就像被焚烧过的小猫
咪咪叫的灰烬。
乌鸦在战栗的雨中变白
你永不能忘记那粘在墙上的皮肤，
因为你将汲饮废墟，变成瓦砾的乳汁。
我们注视炽热的圆顶，吃草的
橘黄色河流，在沉默的中央
分娩的怀孕的桥。
刺耳的色彩本身
撕扯出事物的心脏：
血红，白血病的粉红，
溃疡的深红，都被裂变逼疯。
油打根底撕开我们的脚趾，
椅子猛然抨击窗户
颠簸在眼睛的激浪中，
我们注视溶化的建筑物
围绕没有头颅的树干而流动，
在银河与空弹壳之间，
一个个太阳或发光的猪
溅落在天体的池塘中。

脚步走上放射性的楼梯，
破碎的鱼升上葬礼的空气。
我们将用这所有的尸灰干什么？

欧
美
诗
歌
典
藏

①《圣经》中的亚伯拉罕的侄子。

生活着的人

有生活着的人，还有转动的
磨轮。
血，汗，还有泪水
从面粉袋子中迸裂而出。
黑色牧师提着装满面包的
篮子离开，又带着
银币回来，吟唱
光荣的颂歌。
在发红的烈日
焚烧麦地之际
那个人从具有风之刃的十字架顶端
悲哀地注视他们。

死亡坐在我的床脚

我的床尚未整理：床单在地板上
毯子准备要飞翔。
现在，死亡告诉我说她想整理我的床。

我乞求她不要整理，就让它乱作一团。
她坚持，说今夜被注定，
让她感到亲切如家，还说今夜她会爱我。

我回答说我真的不想与生活
发生奸情。她告诉我说下地狱吧。
死亡坐在我的床脚。

这死亡，下了决心，现在真的很愤怒
要让我像一枚无花果被吮吸干。
我试图用一根巨大的枝条来吓唬她。

现在，她说她想在我身边躺下，
仅仅是睡觉，我不该担心。出于对
女人的尊重，我未说出我对她的名声一清二楚。

死亡坐在我的床脚。

夜的寓言

看吧，夜死了，看吧，
瓦片试图飞翔，看吧，
然而落在小径上，看吧，
像一只黑色死猫，看吧。

他们用黑色报纸覆盖她，看吧，
用涂满沥青的天使羽毛覆盖她，看吧，
用煤矿工的黑血覆盖她，看吧，
用挤满影子的眼睛的雾覆盖她，看吧。

然后，一些黑袍牧师到来
表示要埋葬她，
然后，一些食人者也到来，
表示要埋葬她：
黑袍牧师无处不在，
食人者勇气十足。

看吧，夜死了，看吧，

像一个哑巴倒下，看吧，
他们不能埋葬她，看吧，
因为没有适合她的棺材，看吧。

然后，牧师们带着一群
常做礼拜的人们回来。
把整个夜晚置于
我的嘴里，深及我的灵魂
像一块被黑袍的黑色
染黑的圣饼。

看吧，他们找到了，看吧，
一口适合夜的棺材，看吧，
他们把它放进了我的灵魂，看吧。
看吧，夜死了，看吧，
他们把它放进我的灵魂，看吧。

反对自然

花园中，有一些很奇异的木兰花——嗨！——
一些很特别的玫瑰——呵！——
还有一股乱伦的雄性紫罗兰的强烈气味，
以及一股从蜂鸟射到蜂鸟的精子。
然后女孩们，充满雨水
和白色甲虫，走进花园，
蛋黄酱在厨房里错位
她们的玩偶开始来月经。
当你从你的衬裙中清除花粉
从你的乳房上清除花蜜时，我们捉了你的现行，你看见
了吗？

有人正踮着脚尖来临，一种长袜的声音
爱抚，一具诞生于透薄的硬纱里的骨架，
有人在嬉笑和草莓的中心
靠得更近，
她的头发充满池塘中的
绿灰色细线而招摇。
告诉我，当你死于笑声，你在何处
得到了这挤满了对性发疯的蜜蜂的蜂巢？
天竺葵开始明灿地开放
栀子花轻佻地射精，我可以死去了，
随着你坚硬、柔软的爪
和黄色的血——猝！
别站起来，别坐下，别用
你充满血的嘴
说话，让血与大丽花一起做梦吧
大丽花开始流血
野鸽子流产乌鸦
康乃馨怀孕
一些很奇异的木兰花——嗨！——
一些很特别的玫瑰——呵！——

我的幸运敲一点，你的钟敲两点

我整夜都待在你的门前
等待你的梦离开

一点，一个镜子大厅离开
两点，一个充满水的房间离开
三点，一个着火的旅馆离开
四点，你与我依然做着爱离开

五点，一个拿着枪的人离开
六点，传来一声枪响，让你醒来

七点，你从自己的房子中匆匆出发
八点，我们在瓦尔迪维亚旅馆相遇
九点，我们被镜子繁殖
十点，我们在水床上展开
十一点，我们用愉快摧毁自己

现在是中午十二点
我的怀里抱着犯罪事实

地方不在这里或那里

地方不在这里或那里
每个地方都从内部被投射
每个地方都被强加在空间上

现在我正把一个地方推出来
我正试图把它放在那里
放在那你不该被看见的
你在那么多那么多努力之后
是否再度微笑着出现在那里的地方

出现在那里，别害怕出现在那里
从外面走向这个地方
努力地，非常努力地
看看我是否再度出现，再度出现
我们两人是否手牵手重新出现
在这个空间

               我们所有的地方都巧遇的

                                 地方

精神生态学

现在，我们慢慢陷入泥淖

惊诧于我们能够呼吸

触及底部，现在触及碎裂的底部

打碎底部，穿过空旷的虚空而坠落

穿过天空行驶很久

陷入空间，深深地陷入空间

惊诧于我们能够呼吸

触及底部，现在触及坚硬的底部

总是用你的脚探测底部

打击那里的底部，又弹回来

朝上面空旷的虚空推进

在天上行驶很久

因为现在我在泥淖中陷得更深

同时我在鱼箱的围栏中无翼而飞

幽灵的诞生

我裹着我顶部的床单

进入浴室

我在一面笼罩着喷浴蒸气的

镜子上写下你的名字

我离开浴室

看着我们空空的床

然后，一阵可怕的风吹拂
我手掌上的线条飞走
手飞离我的身躯
我的全身依然温暖于你的身躯

现在，我是漫游的床单
是新生的幽灵
从一个卧室到另一个卧室寻找你

枕套形状的幽灵

昨夜，我变成了你的枕套
以便感受你面颊的温暖
以便在你的耳朵里低语
我的爱我的爱

我的话离开你的嘴
犹豫地回到我的躯体
我的爱我的爱

我怜悯我自己
又最后一次默默看着她
然后，她的唇开始独自
完全独自移动
听见的声音
　　　　　纯洁而清晰：

　　　　　　沉默

【阿根廷】罗伯托·胡亚罗斯

（Roberto Juarroz，1925–1995）

　　罗伯托·胡亚罗斯，阿根廷诗人。生于布谊诺斯艾利斯省的科罗涅尔多雷哥镇，父亲是小火车站站长。他在中学时期迷恋上了文学，开始创作。他在十七八岁的时候当上了图书管理员，25 岁之后开始广泛游历。30 岁时进入布谊诺斯艾利斯大学攻读图书馆学，然后获得奖学金赴法国巴黎大学深造一年。归国后，他在布谊诺斯艾利斯大学图书馆学系任教，后来一直升任到系主任。1958 年到 1965 年间，他担任过诗歌刊物《诗歌=诗歌》的编辑，还担任过联合国教科文组织以及美洲国家组织的顾问等要职。他的诗歌作品主要是从 1958 年以来陆续推出的近 10 部《垂直的诗》，被翻译成了英、法、德、意、葡、希腊、丹麦、荷兰、罗马尼亚、印地、阿拉伯等多种语言，先后获得过阿根廷诗歌基金会大奖和拉丁美洲的很多重要诗歌奖。另外还出版过一部对话录《诗歌与创造》（1980）和大量电影评论。

　　罗伯托·胡亚罗斯是 20 世纪拉丁美洲重要诗人之一。其诗多涉及哲学和人生的"绝对瞬间"，以及人类境遇的经验，时时以魔幻性的空间和时间来拓展诗歌的内部张力，使各种事物在这种扩张中不断得到意义上的裂变、分解又重新组合，因而产生出多维的诗歌内涵和不定的语义，体现出文化悖论的独特魅力。他的诗在总体上具有对现实的超越感和强大的渗透力，对宗教、死亡、社会、文化、人类思想等各方面的现象进行了高度概括。

上行

上行只比
下行短一点
或长一点

我想此刻

我想此刻
宇宙中也许没有人想着我，
我是唯一想着我的人，
如果现在我要死去
就没有人，甚至没有我，会想我。

这就像当我走向睡眠时
深渊开始之处。
我是自己的支撑物，我把它从自己拿走。
我有助于用空缺来遮挡万物。

也许那就是
当你想起某些人时
就像在拯救他们的原因。

一场伟大的活雨

一场伟大的活雨
在这里落在我的额头上

要我进入我不知的地方。

一场伟大的死雨
在这里落在我的额头上
要我离开我不知的地方。

而我等待另一场雨，
第三场雨，
那在这里击中我的额头的雨
仅仅要同我在一起。

我甚至不必问它
活着还是死去。

死亡是另一种观看的方式

死亡是另一种观看的方式。
死者的月亮渐渐衰老
再也引不起潮汐。

你自己的死亡是另一种观看的方式。
生命的月亮渐渐年轻
她本身就是潮汐。

在两个月亮之间，
在死前和生后，
我们是一根观看的骨头
躺在一片从未开始的海边。

生命是必需的预防措施

生命是必需的预防措施，
如同树木的影子。
然而有过多的东西，
仿佛生命要回避自己的跳跃
或者影子向后而不是向前投射自己。

赤裸存在于躯体之前。
躯体时时把它想起。

生命画一棵树

生命画一棵树
死亡就画另一棵树。
生命画一个巢
死亡就复制它。
生命画一只鸟
生活在巢里
死亡就立即
画另一只鸟。

一只什么也没画的手
在一幅幅绘画中间流浪
不时移动其中一幅。
例如：
一只生命之鸟
占据生命所画之树上的
死亡之巢。

别的时候
那只什么也没画的手
玷污这一系列绘画当中的一幅。
例如：
死亡之树
承受着死亡之巢
然而巢里并没有鸟。

别的时候
那只什么也没画的手
本身变成
一个额外的形象
有鸟的形态，
有树的形态，
有巢的形态，
那时，只有在那时，
一切才没失踪，一切也没留下。
例如：
两只鸟
占据死亡之树上的
生命之巢。

或者生命之树
承受着里面
只有一只鸟的两个巢。

或者唯一的一只鸟
生活在生命之树
和死亡之树上的
一个巢里。

我醒着

我醒着。
我熟睡。
我梦见我醒着。
我梦见我熟睡。
我梦见我在做梦。

我梦见我在梦见
我醒着。
我梦见我在梦见
我熟睡。
我梦见我在梦见
我在做梦。

我醒着。

孤独用每一个名字呼唤我

孤独用每一个名字呼唤我
除了我的名字。

孤独有时甚至用你的名字呼唤我。

然而别的时候
孤独用它自己的名字呼唤我。

也许有一天
我将能用我的名字呼唤孤独

而到那时
它当然得回应我。

把你自己的手当作枕头

把你自己的手当作枕头。
天空把它的云当作枕头，
大地把它的土块当作枕头
倒下的树把自己的叶簇
当作枕头。

这是听见
没有距离的歌的唯一方式，
那没有进入耳朵的歌
是因为它在耳朵里面，
那唯一绝不重复的歌。

每个人都需要
一支无法翻译的歌。

移植记忆

把记忆从一个人
移植给其他人，
如同把一根藤蔓
从一处移到另一处。
也许那样你就可以开始
用另一种问候和认识
来代替我们制造的这些可笑面孔

它们把空气变得稀薄。

如果有人能将自己的记忆
移植到人类之外
或把它们嫁接在树木或岩石上
或许嫁接在那埋伏在
特殊圆柱之间的相关沉默上
那么它们也许就能开始用一种新的情感方式
来代替这些失事遇难的托词
我们并不用它们来解释什么
甚至不解释空缺。

如果一个人能移植其记忆，
死亡就不会存在
梦幻和疯狂
都不必要。
即使爱情也不必要。

从万物之底

从万物之底
迸发出一口钟的噪音。
它不是神庙的召唤
也不是宣告春天
更不是陪伴尸体。
它仅仅是要鸣响
就像一个人
如果他是钟
他就会睁眼鸣响。
它仅仅是要在更响亮的空气中

网罗迷途的鸟。
只有这样
歌声才无需到任何地方流浪
就可以继续下去。

一口朴质的钟
像自然运动
从那下面鸣响
没人摇动它
没人听见它
仿佛万物之底
都只有一口钟
公正无私的鸣响。

时间是永恒

时间是永恒
拥有的一种看守我们的方式。
我们是这两者的混血儿。
尽管永恒有照看我们的其他方式，
时间也许是它最仁慈的方式。
例如，另一种方式就是死亡。
然而还有一种是睡眠。

应该还有其他方式：
永恒的想象无边无际。
因此，不会令人惊讶的是，
为了加倍照看好我们，
永恒有时会呈现出自己的形态。

光芒的清白

光芒的清白
无效于普通地区
甚至对于
虚空的基础与指法
效用更小。

光芒不能浇铸时间，
却只能搅乱时间的痕迹
和冗长地划分它的岸。

光芒无效于看见你，
却仅仅有效于让我自己炫目
和拼写你错误的名字。

光芒无效于看见我自己
却仅仅有效于让我的眼睛
陷入另一种盲目的形式。

只有在光芒像神祇
完全丧失它的清白的
时候
它才会仅仅有效于我们。

无法预测的悲哀时代

无法预测的悲哀时代
解释那它用来

发现其生物的洞察力。
它如同一种写在
最精美和最有吸收力的纸上的文本，
一种吞没纸张和它本身的
文本。

悲哀的洞察力
让它发现了它更喜欢的实质：
人，那轻率对待抵抗的人，
那唯一延缓
自己的痛苦之花的生物。

有缓慢保持成形的手势

有缓慢保持成形的手势，
如同其空间
要随之老化的安宁的有机体。
偶尔如此，例如自杀的手势。
它的旅程试验出了
无数其他手势，
检查光芒的不同角度
仿佛它们是在朝阴影旅行时
想象中的中途停留。
它的形态以前饱受
爱抚和打击，
冬天的战栗
和奉献的厌倦。
它在幼体阶段的练习
已经抵达源头
并且使用了整整一生的运动的

最隐蔽的线条。

是的。有缓慢成形又突然
爆发的手势，
也许这样，破裂就能
加倍爆发
而且可能竭尽全力发现
那不相似的法则，
那放弃的法则。

无论如何，
每个手势都是一个圆圈。
总有人在那里面死去。

词语拥挤

词语拥挤
如同磨损的钟表传动装置。
孤独慢慢泄漏。
除了未来，
死亡的时间如今也成为过去。

我应该开始密切注视某些地区
那些地区既不是生也不是死，
也不是高涨的温度，也不是下跪的地区。
我应该开始密切注视我自己的整齐方式。

真的，我至少让自己摆脱了
那毫无支撑的行为的幻觉。
即使玫瑰也需要梗茎

即使空气也需要影子。

也许我将得再度谦逊地灰尘般
扫除某些被遗忘的帮助
或者允许眼睛与手指之间的
最亲密的空间
再度聚集：
一滴泪水完美而出自内心的触及。

每一次沉默都是魔幻空间

每一次沉默都是魔幻空间，
有一场隐蔽的仪式，
一个召唤的词语的子宫
和一个反沉默的根本细节。

例如，隐蔽的仪式可以是
冬天的一次死亡，
胚胎中的词语
就可以是"湮灭"一词。
而反沉默的细节
可以是一些泥块击中大地的声音。

或者仪式是夜里温柔的振颤，
词语是一个让自己窒息的专有名字，
而反沉默的基本细节
是川流世界之梦的涓涓细流。

或者仪式可以是一首诗的孤独，
词语是每首诗隐藏的预兆，

而反沉默的边缘
是手从诗里呼唤的声音。

沉默是一座
不需要神祇的庙宇。

我没有抱住上帝

我的双手没有抱住上帝。
我也没有抱住人。
但我抱住一种空缺
它既可成为上帝
也可成为人。

问题不在于
不知道选择谁
而在于不想让
我的空缺成为这两者。

有很多存在的东西
为了创造那适应
一个人双手之间的空缺
而必须溶化。

你没有名字

你没有名字。
也许万物都没有名字。
然而投掷在世界上的有那么多烟，

那么多静止不动的雨，
那么多无法诞生的人，
那么多地平线的哭泣，
那么多被忽略的公墓，
那么多死去的衣物
孤寂占据了那么多人，
以至于你缺乏的名字陪伴我
那万物都没有的名字
创造那孤寂过度出现之处。

一个数字为了其余数字而安慰我

一个数字为了其余数字而安慰我。
一个人为了其他人而安慰我。
一个生命为了所有其他生命而安慰我，
可能又不可能。

曾经见过光芒
仿佛就像是我永远见过它。
只见过光芒一次
为了始终再也没有见过它而安慰我。

一种爱为了我曾经有过和不曾有过的
所有的爱而安慰我。
一只手为了所有的手而安慰我
即使一只狗也为了所有的狗而安慰我。

然而我有一种恐惧：
明天为了安慰我
那可能到来的事物

是零而不是一。

有时我们

有时我们
好像是在聚会的中心。
尽管如此
那场聚会的中心没有人。
那场聚会的中心是空寂。

然而，那空际的中心有另一场聚会。

【阿根廷】阿莱杭德拉·皮萨尔尼克

(Alejandra Pizarnik，1936–1972)

阿莱杭德拉·皮萨尔尼克，阿根廷女诗人、画家。生于布宜诺斯艾利斯的一个俄罗斯犹太移民家庭。她早年在布宜诺斯艾利斯大学攻读哲学及文学，后来迷上了绘画。1960 年至 1964 年，她生活在法国巴黎，曾在索邦大学攻读宗教史和当代法国文学，同时活跃于巴黎文学界，为一些杂志写作、翻译和对拉丁美洲、西班牙和法国文学进行评论，还与大作家胡里奥·科塔萨尔、奥克塔维奥·帕斯等交往甚深。回到阿根廷后，她继续活跃于阿根廷文学界和艺术界。1972 年因服食速可眠过量而去世。她一生出版了 8 部诗文集，包括《更远处的土地》(1955)、《最后的天真》(1956)、《失落的冒险》(1958)、《狄安娜之树》(1962)、《作品与夜晚》(1965)、《疯狂、石头、摘要》(1968)、《音乐地狱》(1971)、《血腥女伯爵》(1971)。她去世后，朋友编纂出版了她的《诗全集》和《散文及日记全集》。此外，她还把法国诗人和作家安德列·布勒东、保罗·艾吕雅、安托南·阿尔托、亨利·米修、伊夫·博纳富瓦、玛格丽特·杜拉等人的作品翻译成西班牙文。

皮萨尔尼克是 20 世纪拉丁美洲很有才气的一位女诗人，她的过早离世，让人感觉有些"天妒红颜"。她的作品非常个人化，多为短小的精致、典雅之作，既富于哲学和宗教性的沉思冥想，又具有深邃、浓郁的诗意；既体现了女性细腻，又超越了女性的视野，深得科塔萨尔、帕斯等名家的好评。

黎明

我赤裸着
躺在野兽般的日子里。
风和雨把我擦去
就像擦掉一片火焰，一首
写在墙上的诗。

失事的船只

失事的船只在阴影后面
用它血液的沉默
拥抱自杀者

夜晚饮着酒
在雾霭的骨头之间脱衣跳舞。

缺陷

我不熟悉鸟儿，
我不熟悉历史的火焰。
我却相信我的孤独肯定有翅膀。

朝圣

给伊丽莎白·阿斯科娜·克兰威尔

我呼唤,我像幸福的失事船只
呼唤鞭笞的波浪
它们熟悉
死亡的真名。

我呼唤过风,
我把欲望托付给存在的人。

然而,当女巫和花朵
切割了雾霭的手
一只死鸟
在音乐中央
飞向无助。
一只被呼唤的蓝鸟。

它不是长着翅膀的孤独,
它是囚徒的沉默,
它是鸟儿和风的缄默,
它是那愤怒于我笑语的世界
或者是那撕开我的信件的
地狱守卫者。

我呼唤过,我呼唤过。
我对虚无呼唤过。

灰烬

夜晚剁碎了星星
观察我产生幻觉
空气扔下憎恨
用音乐修饰它的面庞。

我们即将离去

神秘的梦幻
我的笑容的祖先
世界瘦弱、憔悴
有锁，却没有钥匙
有恐惧，却没有泪水。

我讲对自己干什么？

因为你，我对你欠下那现在的我

然而我没有明天

因为我对你……

夜晚蒙受苦难。

唯一的伤口

是什么令人惊奇的野兽倒下
凭借我的血液爬行

想得到拯救？

在这里，我是不同之物：
沿街而行
指示天空和大地。

笼子

外面有太阳。
那只不过是太阳
人们却观察它
然后歌唱。

我不了解太阳。
我了解天使的旋律
和最后的风
热情洋溢的布道。
我哭泣到黎明
那时死亡赤身裸体
歇息在我的阴影中。

我以我的名义哭泣。
我在夜里挥舞手巾
渴望的小船
与我共舞。
我为了嘲笑
我病态的梦幻而隐藏指甲。

外面有太阳。
我穿着灰烬的衣裳。

诗

你选择了我们说起
自己沉默的伤口之地
你选择了我的生活
这也是纯洁的庆典仪式。

名字

不是你空缺的诗，
而是一幅画，墙上的一条裂缝，
风中的什么东西，一种苦味。

之前

给埃娃·杜蕾尔

充满音乐的森林

鸟儿在我眼里拉开
小笼子

你的嗓音

潜伏在我的文字中
你在我的诗里歌唱。
你那美妙歌喉的俘虏
石化在我的记忆里。
飞翔受到抑制的鸟儿。

被缺席者文身的空气。
那与我一起吠叫
因此永不醒来的钟。

狄安娜之树①

1

我从自身跃向黎明。
我让我的躯体与光芒同在
从它诞生的事物中歌唱悲哀。

2

这些是对我们提出的解释：
一个洞孔，一堵颤抖的墙……

3

只有渴意
沉默
没有相遇

当心我的爱
当心沙漠中沉默的人
拿着空杯子的旅行者
你的影子的影子

欧美诗歌典藏

①狄安娜之树，又称"哲学家之树"，是一种树枝状的汞合金，最初由炼金术师获得。

4

给奥罗拉和胡里奥·科塔萨尔

无论怎样：
谁将放下她的手来寻找
那送给被遗忘的小孩的礼物。寒意将偿还。
风将偿还。雨将偿还。雷霆将
偿还。

5

这短暂生命的片刻
睁开眼睛
看见小小的花朵
在大脑中
像哑巴嘴里的话语舞蹈

6

她在她回忆的
天堂里脱衣
她不知道她幻想的
邪恶命运。
她害怕不知怎样给
不存在的事物命名

7

她穿着燃烧的衬衣
从星星跃到星星
从影子跃到影子
死于一种遥远的死
她，这个热爱风的人。

8

被照亮的记忆，我心愿的影子
徘徊的走廊。它不是那将来临的
真理。它不会来临也不是真的。

9

这些骨头闪耀在夜里，
这些话语犹如宝石
在石化之鸟生动的喉咙里，
这被钟爱的绿，
这温暖的丁香，
这孤独神秘的心。

10

一阵虚弱的风
许多被复制的面庞
我以爱的物体形态来修饰它们

11

如今
    在这个清白的时刻
我与我曾经做过的人一起
坐在我的凝视的门槛上

12

一个丝绸女孩美好的变形
如今不再是雾霭檐口里的梦游者

醒于一只呼吸的手
被风催开的花

13

用这个世界的话语去解释
一艘从我体内载着我驶出的船

14

那首我没说出的诗，
那个我不应该得到的人
成为镜子的
双重恐惧：
某个在我内心昏然欲睡的人
吃着我也喝着我。

15

在我诞生的这个时辰
我不习惯的陌生人。
那没有行使更多职责的
刚刚到达的陌生人。

16

你建起了你的房子
你给你的鸟儿插上了羽毛
你用自己的骨头
击中了风

你独自完成了
那没人开始做的事

17

一个遥远的词语攫住我的
日子。我梦游着走过的那些日子，透明的

日子。美丽的机器人歌唱自己，迷惑自己，
一个人举例，述说事情：我自己跳舞的
坚硬的线巢，我在自己的无数次葬礼中呼唤自己。（这是
它燃烧的镜子，它的篝火漠然地耽搁你，夜里

独自渐渐苍白。）

18

你像一首被埋葬了的
事物的沉默的诗
为了不看见我而说话

19

那时，我看见我在
我的眼睛里面文身的眼睛

20

给劳雷·巴泰隆

他说他不知爱情的死亡之恐惧
他说他害怕爱情的死亡
他说爱情就是死亡就是恐惧
他说死亡就是恐惧就是爱情
他说他不知

21

在到处的记忆中
我这样诞生
备受苦难

22

夜里

一面给予小小死者的镜子

一面灰烬的镜子

23

对涵洞的一瞥
可以是世界的景象

反叛是对玫瑰的观察构成的
直到彻底摧毁眼睛

24
　(沃尔斯的一幅画)

这些线被囚禁在阴影中
迫使它们默默就范
这些线把目光连接到啜泣

25
　(戈雅画展)

夜里的一个洞孔
突然被天使入侵

26
　(克利的一幅画)

当宫殿在夜里
点燃它的美
　　　　　　我们就会贴在镜子上
直到我们的脸如偶像一般歌唱

27

花朵中，黎明的一次吹拂
留给我沉醉的一切和轻盈的丁香
留下静止和必然的醉意

28

你移走那些名字
它们编织事物的沉寂

29

给安德列·皮埃雷·德·曼迪亚格斯

我们生活在这里，一只手插进喉咙。那
不可能的一切，已经获悉那些人为他发明了
雨，用空缺的急流编织
话语。因为那个原因，他的祈祷中
发出那迷恋着雾霭的手的声音。

30

在虚构的冬天
雨中翅膀的挽歌
在水雾的手指的记忆里

31

闭上眼睛，发誓不要睁开。在外面
眼睛以那么多天生聪明的钟
和花朵为食。然而我们闭着眼
带着在那过于伟大的真理中的苦难
贴在镜子上面，直到被遗忘的话语
发出魔术般的声音。

32

那沉睡的人慢慢吃掉她子夜之心的
瘟疫地带

33

　给埃斯特·辛格

有时
有时我也许
会一言不发就离去
像某个离去的人离去

34

小小的旅行者
她解释着他的死而死去

怀旧的聪明的动物
拜访他灼热的躯体

35

生命，我的生命，注定要衰落，注定要伤害，我的生命，
注定要联系到火焰，机智的沉默，
夜间房子里的绿色石头，注定要
衰落和伤害，我的生命。

36

　给阿兰·格拉斯

时间之笼里
沉睡的人独自看见她的眼睛

风给她带来

树叶柔和的回应

37

在所有被禁止的地带那边
都有一面镜子反映我们透明的悲伤

38

这首遗憾的歌，在我的诗后面观察：

这首歌否定我，堵住我的嘴。

【厄瓜多尔】豪尔赫·卡雷拉·安德拉德
(Jorge Carrera Andrade, 1902–1978)

豪尔赫·卡雷拉·安德拉德，20世纪厄瓜多尔著名诗人。生于厄瓜多尔首都基多，父亲是最高法院的法官，母亲是一位将军的女儿，他在基多郊外的庄园中长大，自幼受到良好的教育。他从少年时代就开始阅读波德莱尔和雨果等人的作品，1922年出版第一部诗集。大学毕业后即投身于国内政治，20多岁就开始担任厄瓜多尔政府的外交官，先后出使过法国、秘鲁、英国、巴西、美国、日本、荷兰、英国等国和联合国。退休后，曾在美国纽约州立大学执教。最后的岁月里，他还被任命为厄瓜多尔国立图书馆馆长。他一生出版过70部书籍，其中包括45部诗集，主要有《星际人》(1936)、《终极的诗》(1968)等。1972年出版《诗全集》。他曾被提名为1975年诺贝尔文学奖候选人。

安德拉德被认为是20世纪拉丁美洲最重要诗人之一。像很多拉丁美洲诗人一样，他尝试过多种"现代主义"创作手法，以摆脱达里奥和法国象征主义的影响。由于外交官的身份，他接触过各种现代主义诗歌，从中受到启发，但对他影响最大的还是强调以隐喻作为创作的原始工具的极端主义，因而他的很多重要作品就是以这种手法写成的。20世纪40年代，在担任驻美国旧金山总领事期间，他又跟美国诗人麦克利许、斯蒂文斯、威廉斯等人均有交往，所以他的诗融合了西班牙极端主义、英美意象派甚至还有日本俳句，形成自己的风格，对后来的拉丁美洲青年诗人产生过较大影响。

钟

——给海梅·托雷斯·波戴特

钟：
时间的石匠。

钟摆，冷酷的凿子，
敲击夜晚最坚硬的墙，

香子兰醒来，组成
衣橱中的阵阵香气。

沉寂，钟的工作的监督者，
穿着安静的拖鞋四处走动。

苹果之歌

微型画里的下午的天空：
黄色，绿色，肉色
有砂糖的亮星
缎子般的微云。

苹果坚硬的胸膛
有迟钝于触觉的积雪，
甘甜于味觉的河流，
微弱芳香的天空。

认识的象征。
更高消息的信使：

万有引力的法则
或可爱的性。

我们手中的苹果
是对乐园的记忆。
微型画的天空：你的曲线中
一个芳香的天使正在飞翔。

星期天

水果贩子的教堂
坐落在生命的角落：
橘黄的水晶窗户，
甘蔗的风琴。

天使：圣母
马利亚的小鸡。

蓝眼睛的钟声
赤脚流浪而去
传遍乡间。

太阳之钟：
性别清白的天使之驴；
风，穿着节日盛装，
从群山带来消息。

印第安女人头上顶着
遮住额头的蔬菜。

天空在看见教堂钟声
从教堂赤脚逃逸时
让自己的眼睛向上翻转。

锯齿形山岭

玉米穗，长着金丝雀翅膀，
从屋梁上被扯下来。

豚鼠
发出鸟儿的尖叫和鸽子般的咕咕声
欺骗不识字的沉默。

风在推门之际
小屋里就有沉寂的沙沙声。

凶猛的山峦
用闪电的肋骨
撑开了它乌云的伞。

弗朗西斯科，马丁，胡安：
经营着山上的种植园
惊讶于一场倾盆大雨。

一阵鸟儿的骤雨
尖叫着掉进耕作过的土地。

蚱蜢的生活

它始终是病人
拄着绿色拐杖
穿过田野流浪。

自从五点钟
源于一颗星星的溪流
就注满了蚱蜢那细小的水罐。

它，一个劳动者，
每天用它的触须
在空气的河里钓鱼。

它，一个厌恶人类者，
在夜间把它那啁啾的闪忽
悬挂在草丛的房子里。

树叶卷起，充满活力，
蚱蜢维持那写在内部的
世界的音乐！

尘埃，时间的尸体

你是大地的精灵：感触不到的尘埃。
无处不在，满盈，驾驭在空气上，
你带着模糊的面孔和幼虫的货物
走完海洋和大地的距离。

哦，生者的房子微妙的来客；
我们锁住的壁橱认识你。
时间的尸体那无法估量的遗余，
你的废墟环绕，然后像狗一样崩溃。

宇宙的守财奴，你在洞孔和地窖中
不停地聚藏你那细微而无用的金子。
残迹和形态的愚蠢的收藏者，
你获取树叶的指纹。

在家具、被判决的门和角落、
钢琴、空帽子上，还有餐具上，
你的影子或必死的波浪
延伸它阴沉的得胜的旗帜。

大地上，你像国王一样标出
一个离散的帝国的暗淡区域。
哦，啮齿动物，你无限的牙齿
轻轻啃着色彩，事物那真实的存在

甚至光芒，那对着镜子的裁缝，
也身披沉寂，裹着你灰色的襁褓。
死去的东西最后的继承者，
你在你移动的坟墓中贮藏着万物而旅行。

十月

十月；月份中的坚果和苹果，
镀金建筑的废墟，
你的成熟闪烁在

最后的麦束里。

你缥缈的肉体，展开的翅膀，
拍动着寒冷的羽衣，
一只大鸟，在一个
三十一天的节日里被捕猎和供应。

最后的账目中，有一条
人间数字的相等水平线：
枯叶，落下的百叶窗，
坚果，脆弱的骨头。

那么多浪费的果实留在地面，
一堆熄灭的篝火，
隐秘的余烬那聚集的核心
几乎没留下什么东西。

正义和沉默的十月，
穿着便装的月份，
跟随着那彩色愉悦的月份
哦，一年中的日落！

一年的光辉得胜，
你，薄暮的商人，
带着你的重量和尺度
旅行了九个月到来。

匿名演说

同志们：世界建筑在我们的死者上面

我们的脚创造了所有的路。
每一片天空下，对于我们当中那些
让圆顶开花的人来说，也没有一点阴影。

面包，播种者的金发孙子，一片屋顶
——泥土的叶簇和遮蔽家庭的太阳——，
恋爱和自由行走的权利不属于我们：
我们是自己生活的奴隶贩子。

幸福，我们把那我们从未见过的大海
那我们永不会造访的城市
像果实一般紧攥着举起来，
宣布那空前庄重的收获。

世界上的同志们，只有死去的权利！
一百只手划分大地的奉献。
时间为了回收我们自己建造的作品
已经前来把我们自己猛掷到街道和广场上。

厄瓜多尔人在埃菲尔铁塔下

你在时间的海岸上变成一棵植物。
有一个浑圆的天空的花杯
和交通川流的隧道，
你是大地上最大的木棉树。

画家的目光穿过
你剪刀般的楼梯攀升到蓝天。
在一群屋顶上面，你像一头
秘鲁羊驼伸长脖子。

穿着风的一层层长袍，
拿着一把星座的装饰梳子，
你隐约地出现在
地平线的马戏团上面。

一根在时间上冒险的桅杆！

五百三十库比特①的骄傲。

人类在历史的一角
竖起的帐篷杆。
你的草图在夜里用气灯
来复制银河。

宇宙字母表的第一个字母，
指向天空，
希望站在高跷上
一具被颂扬的骷髅。

给一群云留下烙印的熨斗，
一个工业时代的缄默的哨兵。

天空的潮汐
在你的圆柱下面暗中挖掘。

①古代长度单位，每库比特等于 45.7 厘米。

虚无

书店里没有书，
书上没有文字，
文字中没有实质：
只有外壳。

博物馆和候车室里
有涂绘过的画布和偶像。
学院中只有对最疯狂的
舞蹈的记录。

嘴里只有烟雾，
眼里只有距离。
每只耳朵里都有一面鼓。
一片撒哈拉沙漠在脑海里打呵欠。

没有什么从沙漠中释放我们。
没有什么从鼓声中拯救我们。
画过的书脱落它们的书页，
变成虚无的外壳。

传记

诞生于对天空欲望的窗户
像一个天使驻扎在黑墙上：
它是人类的朋友，
空气的传送者。

它与大地的水潭对话，
与房舍幼稚的镜子
和铺满瓦片的罢工的屋顶对话。

窗户，从高高的地方
用它们透明的诽谤
面对大众。

艺术大师的窗户
把光芒漫射到夜晚之中。
它给一颗流星开出平方根，
合计星座的纵队。

窗户是大地之船的舷缘；
云的碎浪平静地围绕它。
精神这位船长，眼睛遭到
蓝色暴风雨冲击，搜寻上帝的岛屿。

窗户向每个人分发
一夸脱①光芒，一桶空气。
窗户，被云朵耕犁，
是天空的一小笔财产。

梦见农舍

我的影子，被多露的牧场，
被囚禁在农舍中的星座，
被沉睡在临时坟墓中的

---

①干量和液量单位。

人们的呼吸渗透，
沿着一条发现地平线的道路前进。
蛙鸣的辽阔的痛苦刺穿我，
那与群星对话的形而上的青蛙。
每只青蛙，沉默的伪造者，
——丢失
自己的铜币。

山峦下面是一条赤裸的河流
像身披水晶铠甲的大天使。
听吧：马扬起铁蹄
以舞蹈般的缓慢运动
投入梦幻之水。

可爱的土地：我感到你生活在我的内心
有着你所有的形态和生命。
你的树木喃喃低语，在我的骨头间流传。
当万物围绕我睡眠之际，
我就像一只蜜蜂工作在精神的蜂巢里。

客人

十二声敲击回响在
夜晚巨大的黑门上。

人们端坐在床上：
恐惧带着冰冷的鳞片滑过他们

那可能是谁？恐惧没穿凉鞋
就悄悄溜过房子。

人们看见自家的灯火
被吵闹的敲击声吹灭：

那陌生来客在呼喊，
细小的蓝色火焰沿他们的眼睑蔓延。

夜里下过雨

夜里下过雨——
地面上有梨子。
卷心菜就像女修道院长一样
俯卧在四周。

窗前的鸟儿传来
这应该被听见的一切。
就在这外面的乡间
我们报纸就是那鸟儿。

告别忧虑！
让我们离开懒散的床。
雨水把生活冲洗干净
干净得就像卷心菜的头。

给词语的最后祈祷

词语：
但愿你成为
一颗没有外壳的

杏子

或实质的
梨果，
一枚
金币。

蜜蜂的
小小巢室：
封闭
生命。

蜜蜂：
准备
永恒的
愉悦。

做一只
黎明的云雀，
而不是木乃伊
或石板。

不要做
幽灵
或雾的
监狱。

做一面镜子：
反映
大地
和天空

或狩猎的
号角：
饲养
灵魂的
鹿子，

没有影子的
最纯洁的
世界的
事物。

做可靠的
箭矢
之鞘，
词语，
一幅
有深度的绘画
而不是泡沫的
饰物。

形式要
紧密，
一只结婚
戒指。

世界
准确的
测量标准：
词语。

第三辑　巴西的现代与后现代

Part III　Brazilian Modernism and Post-Modernism

【巴西】曼努埃尔·班代拉

【巴西】卡洛斯·德拉蒙德·德·安德拉德

【巴西】约奥·卡勃拉尔·德·梅洛·内托

【巴西】莱多·伊沃

【巴西】保罗·列敏斯基

很多年前，墨西哥著名诗人，1990 年诺贝尔文学奖得主奥克塔维奥·帕斯在一篇名为《拉丁美洲诗歌》的论文中这样评论："巴西文学并不是西班牙语美洲文学的一部分。它具有一种独立性，一种性格和一种清晰的特征。巴西是某种甚于国家的东西，对西班牙语来说，它是一个并没缩小的语言的宇宙。"由此可见，巴西诗歌与拉丁美洲的西班牙语诗歌相比，自有其特征。这也是这个选本将巴西诗歌单独列为一辑的原因之一。

　　巴西是南美洲第一大国，也是整个拉丁美洲唯一以葡萄牙语为国语的国家。虽然它的文化内涵与拉丁美洲西班牙语国家略有不同，但两者的现代诗歌的发展却是几乎同时平行发生的，然而巴西的现代诗歌又相对独立。20 世纪的巴西现代诗歌分为 3 个阶段，与拉丁美洲西班牙语国家的现代诗歌发展历程恰好相当。

1

　　巴西现代诗歌的第一个阶段是现代主义诗歌。这个流派出现于第一次世界大战后的 1922 年在圣保罗举办的"现代艺术周"上。它的发展时期相当于拉丁美洲西班牙语国家的先锋派。手法上，巴西现代主义诗歌是表现主义、未来主义和立体主义融合的结果。但就其内容来说，却具有民族性。这个流派的诗人们尝试通过创造新的、真正的巴西诗歌的表现方式，带来民族生活与思想。作为对当时学院派诗歌和欧洲文学影响下的诗歌的反叛，现代主义诗人们拒绝对葡萄牙文学价值的传统依赖，他们试图在作品中反映巴西口语（而不是"正统"的葡萄牙语），且时常以显著的方式来探讨和表现基于本土民间传说的巴西主题，实验文学形式和语言，采用自由诗体和非传统句法。但他们对文学革新的关心，首先是作为社会革新的手段。

　　巴西的现代主义诗歌运动中产生的现代主义作品，并不是我们所想象的那种晦涩的现代诗，相反却是白话的、通俗易懂的自由诗。就这个发展进程而言，这有点类似于中国五四时期"新文化运动"中胡适、刘半农等人当时所采用的那种白话诗风。巴西所谓的现代主义诗歌，只是对传统诗歌的一种反动。他们的诗歌主张，在这群诗人中的佼佼者曼努

美洲现代诗人读本

埃尔·班代拉的一首叫做《诗艺》的诗里表现得大胆而彻底："我厌倦了有限的抒情诗/厌倦了举止文雅的抒情诗/厌倦了那带着出勤卡/和清晰的程序/对老板阿谀奉承的/公务员抒情诗……"

班代拉的这首《诗艺》，堪称现代主义诗歌对传统诗歌的挑战性的宣言，从此中不难看出，巴西的现代主义诗人们对传统诗歌是不屑一顾的。

巴西现代主义诗歌的代表人物有曼努埃尔·班代拉、马里奥·德·安德拉德、奥斯瓦尔德·德·安德拉德、穆里洛·门德斯、卡洛斯·德拉蒙德·德·安德拉德等人。但后来这些诗人逐渐分道扬镳，各自走上了不同创作道路，比如奥斯瓦尔德·德·安德拉德热衷于国家性和民族性，并鼓动社会改革；而曼努埃尔·班代拉则醉心于追求诗歌美感，对政治上的激进主义则毫无兴趣。到了1930年，尽管现代主义诗人们还在继续用现代主义手法写作，但现代主义诗歌作为一个运动已经失去了一致性。不过，它无论是在题材创新上，还是在对民间传说和本土主题的强调上，都对20世纪巴西文学的发展产生了深远的影响。

巴西现代诗歌的第二个阶段是"45年一代"。有趣的是，就在现代主义诗歌的创始人马里奥·德·安德拉德去世的1945年，一代新诗人出现在巴西诗坛上——"45年一代"（也被一些文学史家称为"新现代主义诗人"）。这批诗人其实是对20年代以来占主导地位的现代主义创作原则的回应。他们一方面继承了某些现代主义诗人（如卡洛斯·德拉蒙德·德·安德拉德）的诗艺，另一方面却又对现代主义诗歌中的一些软肋不满，因而发出了不同的声音。在40年代中后期的巴西诗坛上，他们引导了一个新方向，他们从象征主义、超现实主义和神秘主义中吸取了一部分养分，反对现代主义诗人们过分滥用自由诗体，主张多使用更精确的措辞，少使用刺激情感的文辞。这一代诗人中的代表人物有约奥·卡勃拉尔·德·梅洛·内托和莱多·伊沃等人。

巴西现代诗歌的第三个阶段，是指二战以后巴西诗坛上出现的两个诗歌运动：具体主义和热带主义。这是巴西现代诗歌的第三个高潮。具体主义是20世纪50年代以来最复杂的先锋派诗歌，其初衷其实是用图像来进行诗歌创作。但后来一些诗人超越了这个界限，其主将有奥古斯托·德·坎波斯和哈罗尔多·德·坎波斯等人，他们以这个诗歌运动聚集了一大批诗人，但不久很多诗人便分道扬镳，走上不同的创作之路。到了80年代末，具体主义已人物星散，日渐式微。热带主义则是60年代末兴起诗歌流派，比具体主义稍晚。它接受了流行音乐的影响，然后从诗歌扩大到整个巴西文化界，其主要代表人物有卡埃塔诺·维洛索和托尔夸托·内托等人。另外有些诗人，如保罗·列敏斯基和杜达·马查多等，早年先后参加过这两个运动，后来则转向，形成自己独特的创作风格。不过，这两个诗歌运动都影响了后来的很多巴西诗人。

本辑中选入的 5 位巴西诗人，分别代表了巴西诗歌在 20 世纪发展的几个重要阶段。他们像浪潮一样出现在巴西诗坛上，推动着诗歌的向前发展。他们或经历了现代主义，或经历了后现代，尽管他们也曾吸收国外不同的诗歌创作元素和手法，但他们的根都在巴西那片充满了与北半球国家大相径庭的诗歌元素的土地：里约热内卢新月般的海滩、马塞约弯弯曲曲的小巷、亚马孙密布的原始森林、伯南布哥的荒凉风景……唯有这样的土地，才能产生真正的巴西诗歌。

2

在肇始于 20 世纪初的巴西现代主义诗歌运动中，诗人曼努埃尔·班代拉（1886–1968）无疑是一个旗手和呐喊者。尽管他的早期诗作，尤其最初两部诗集（《时辰的灰烬》和《狂欢节》）的诗风受到了法国后期象征主义诗人和高踏派诗人的影响，但与当时巴西的传统诗歌相比，却也透露出了一丝新意。稍后，他完全融入了现代主义诗歌运动大潮，致力于将诗歌从学院派诗歌和欧洲文化影响下的诗歌传统束缚中解放出来。他在巴西民间文学的基础上，大量使用自由诗体、通俗语言、打破传统的句法和前辈们不敢涉足的主题。在他的作品中，读者不难看到日常主题延展出来的普通场景：简陋的旅馆房间里的苹果、肮脏的走廊上觅食的"动物"——人、雨后倒映在水洼中的摩天大楼、死寂的夜晚……凡此种种，都体现出了一种不同的新意。班代拉在巴西诗坛上纵横捭阖 60 年，大力推动了现代主义诗歌在巴西的进程，产生了巨大影响，因此成为 20 世纪巴西最重要的诗人之一，至今令许多巴西诗人顶礼膜拜。

其实，最早引起我对巴西诗歌的兴趣的诗人，还是卡洛斯·德拉蒙德·德·安德拉德（1902–1987）。大约在 1986 年，我从一部英文本的《现代世界文学指南·巴西文学》上读到了这位大诗人的名篇《在路中》，深受其技法的震撼，于是就陆续翻译了他的一些作品出来。如果我们把曼努埃尔·班代拉称为巴西现代主义的旗手和呐喊者，那么，卡洛斯·德拉蒙德·德·安德拉德则可以被称为这场诗歌运动的实力派主将。在 20 世纪 20 年代，青年安德拉德读到了巴西现代主义诗歌的创始人马里奥·德·安德拉德（这两位同姓安德拉德的诗人其实并无亲戚关系，安德拉德只是葡萄牙和西班牙的一个普遍的姓氏）的诗作和理论文章之后，顿觉耳目一新，立即投身于这场诗歌革新运动。他摒弃了自己初期的传统风格，转向了"惠特曼式"的自由诗：抛弃固定的韵律，使用流畅、优雅的语言，内容涉及周边真实、可感、具体的事物——平凡世界中的人和物，且思想明澈，具有流动感。他的诗作总体上可以分为几个阶段，每个阶段都在作品中留下了深深烙印：或描写日常生活的诗作，或带有政治倾向的"社会主义"诗作，或涉及深邃内心世界的神秘性诗作等。但各个阶段的诗作并非孤立存在，却在某些时段中相互交织、融合。

安德拉德几乎一生都是政府公务员，应该养尊处优，但他却非常关心日常琐事，用对日常生活中的欢乐与痛苦进行白描，将巴西社会的众生相和各种生活与思维方式活脱脱地展现在读者面前。本辑中选入的《不要杀死自己》《肮脏的手》《大象》等篇均在此例。不过他的另外一些诗作风格却显得神秘，语言也具有一定跳跃性，不似前者那样连贯与流畅，而呈现出深刻的内涵，本辑中选入的大部分短诗，就代表了安德拉德的这类创作倾向，如《天堂里的悲哀》《词语》《丧失的希望》《往昔的房子》等。安德拉德在巴西诗坛上屹立数十年，成为一个令人敬仰的标杆人物。但如果把巴西现代主义诗人和诗歌划分成主观与抒情、客观与具体两大阵营，那么安德拉德及其诗歌属于后者。

3

巴西现代主义诗歌运动之后，出现了二战后巴西最重要的诗歌流派——"45 年一代"，其中的代表人物就是约奥·卡勃拉尔·德·梅洛·内托和莱多·伊沃。外交官出身的梅洛·内托（1920-1999）着迷于自由诗体，他早年为了避免浪漫主义倾向，转而寻求超现实主义手法，致使他的一些诗显得有些朦胧和神秘。后来他采用白描的手法，建立了一个属于自己的诗歌领域。创作中，他用白描手法切割着传统中华丽浮夸的修辞手法，就像用刀子切割着多余赘肉和脂肪一样。在他的诗里，存在着一种可以感知的二元性：在时间与空间之间，在内部与外部之间，在轻与重之间，在男人与女人之间……他通过构建、交流和客观性，也通过自己巴西本土化的诗歌想象，引发了读者的陌生感，他把读者带进了一个陌生世界："阴影吃掉橘子"、"像大草原长着朴素的脸"、"河流的句子会公然挑衅干旱"、"河流是反刍的公牛"……梅洛·内托之所以被认为是巴西最伟大的诗人之一，是因为他的构成主义诗歌具有很强的反抒情的语言特征，强调来自巴西东北部荒凉的风景中的意象、社会现实和具体物体，且一直迷恋着石头、河流、水。几十年来，他一直勤奋地写诗，直到1994年失明才停笔，他说到自己失明后不写诗的原因，是他"无法将视觉同自己的艺术分开"。墨西哥著名诗人帕斯曾经这样评论："1945年的一代中最富有代表性的人物，卡勃拉尔·德·梅洛，是一位严格的、苛刻的诗人，他的诗是莱萨马·利马的巴罗克式的精致和恩里克·莫利纳的繁茂的词语植被的对立面。"

十几年前，当我还在美国艾奥瓦国际作家班交流时，曾在巴西生活过的美国诗人凯里·基斯不遗余力地向我大力推荐巴西诗人莱多·伊沃（1924- ）的作品，并把一册他所翻译的薄薄的伊沃诗选赠与我。读过之后，我才感觉这位诗人的作品满篇都是我期望的那种"无限诗意"，让我产生快感。40年代中期，伊沃便以其第一部诗集《幻想》与他之前的现代主义诗人决裂，成为了巴西现代诗歌史上的一条分水岭，此后便形成了一代新诗人——"45年一代"。与他的前辈相比，伊沃以另一种诗风著称：少了几分现代主义诗人们的对白话的铺张，多了一些对社会的写实性，语言更加凝练，意境更加深远。从他的诗作中，我们可以频频看见巴西社会底层的场景。他迷恋穷人、墓园、乞丐等日常性的人或物，善于从中找到最富诗意的元素，将再普通不过的日常事物无限上升到一个出乎我们意料的境界中，让人既觉得熟悉又颇感陌生，无论是"大门"或"桥"那样的建筑物，还是"明信片"或"硬币"等日常所见之物，都在他的想象中都呈现得那么独特，令人耳目一新。

就在莱多·伊沃出版他那部划时代的诗集《幻想》（1944），形成"45年一代"与巴西现代主义诗人们的分水岭的那一年，诗人保罗·列敏斯基（1944–1989）恰好刚刚诞生。列敏斯基注定了是一个"流浪汉"，从巴西具体主义诗歌到热带主义诗歌，他都有所涉足参与，但又不长久停留，这就注定了他要成为巴西六七十年代诗坛上的一个"叛逆者"。他生活在社会边缘，生活非常艰辛，但这位富于探索精神的诗人却不满诗坛现状，无论是对于现代主义诗歌，还是"45年一代"诗人的诗风，他都不甘于认同，却把自己的创作投入实验，尝试把口语和歌词引入诗歌，创造出了一种独特的后现代诗风：短小、简洁、具有强烈的视觉感，内容涉及个人的日常经验。同时，他还写过不少散文，但其中的文体界限已非常模糊，诗歌与散文交织，让人难辨。他的一些作品备受争议，但因为其创新性和探索性而成为 20 世纪巴西诗坛上的一个里程碑。至今，在他的家乡库尔蒂巴每年都要举办庆祝活动，以纪念其留下的文化遗产，这些活动就是以他的一句俏皮话似的诗句来命名的——"也许幸福"。

【巴西】曼努埃尔·班代拉

(Manuel Bandeira，1886-1968)

　　曼努埃尔·班代拉，巴西现代主义诗人。生于累西腓的一个名门望族。早年在累西腓、里约热内卢和圣保罗等地学习。1913 因患上肺结核而前往瑞士疗养，其间结识法国超现实主义诗人保罗·艾吕雅。1914 年回国后开始为报纸撰写音乐评论并成为专栏作家，1940 年当选为巴西文学院院士，1943 起，他成为里约热内卢联邦大学的南美西班牙语文学教授。他在 1917 年出版第一部诗集《时辰的灰烬》，一举成名，接下来又出版了诗集《狂欢节》(1919)、《诗集》(1924)、《放荡》(1930)、《晨星》(1936)、《诗选》(1937)、《第十号乐曲》(1952)、《贝洛—贝洛》(1958)、《黄昏之星》(1960)、《死亡》(1965) 等。另外还著有专著《文学史概论》(1940)、《巴西诗歌介绍》(1944)、《西班牙美洲文学》(1949)、《贡萨尔维斯·迪亚斯》(1952) 和《论诗人与诗》(1954) 等。

　　曼努埃尔·班代拉与卡洛斯·德拉蒙德·德·安德拉德和马里奥·德·安德拉德并称为"巴西三大现代诗人"。在巴西现代主义诗歌运动中，班代拉是一个地地道道的革新者，他放弃了前辈诗人惯用的修辞手法，转而用直接和幽默的口语来处理平凡的主题和日常事件。他擅长在小事物中体现美和悲剧，其诗歌题材涉猎甚广：童年、生与死的轮回、美和语言、巴西和欧洲文化等。他的作品具有神秘性、启示性、反讽性的机智和幽默的风格，在巴西诗坛上产生过很大的影响。

诗艺

我厌倦了有限的抒情诗
厌倦了举止文雅的抒情诗
厌倦了那带着出勤卡
和清晰的程序
对老板阿谀奉承的
公务员抒情诗。

我厌倦了跛足的抒情诗
那不得不在词典中
查找一个词语的
本土意义的抒情诗。

打到纯粹主义者！

我想要所有的词语
都有普遍的野蛮性
我想要所有的造句
都有例外的句法
我想要所有的韵律
都没有编号。

我厌倦了调情的抒情诗
厌倦了政治抒情诗
厌倦了患佝偻病的抒情诗
厌倦了感染梅毒的抒情诗
厌倦了所有对自我不真实的一切
投降的抒情诗。

那毕竟不是抒情诗
那只是流水帐
余弦表
适于纯粹的情侣的手册
那上面有一百封书信范例
和各种取悦贵妇人的方式。

我更喜欢疯子抒情诗
醉汉抒情诗
艰难而痛苦的醉汉抒情诗
莎士比亚的傻瓜抒情诗。

不自由的抒情诗
会让我一事无成。

在夜的死寂中

在夜的死寂中
灯柱旁边
蟾蜍大口吞食蚊子。
街上没人经过，
甚至没有醉汉。

尽管如此，当然还有一队影子：
所有那些路过了的人的影子，
那些活着和死去的人的影子。

小溪在床上哭泣。
夜晚的噪音……

（不是这一夜的嗓音，而是更辽阔之夜的嗓音。）

小曲

阳光反映月亮
反映月亮，落在大海上。
从大海升向你的面庞
来到你的眼里闪耀
你注视孤独的眼睛，
注视属于自己的眼睛。
那就是我在月色的迷幻中
感到阳光在我内心歌唱的方式。

像流逝的河

像流逝的河，
在夜间沉寂。
不要害怕黑暗。
如果天上有星星，就把它们反映回来。
如果天上有云朵，
记住，云就像河流，是水，
因此，也把它们愉快地
反映在你自己宁静的深处。

我的最后一首诗

因此我要我的最后一首诗

温和地述说最简单和最无意的事物
像没有泪水的啜泣一样炽热闪耀
拥有几乎毫无芳香的花朵之美
烧毁最透明的钻石之火的纯洁
毫无理由便结果自己的自杀者的激情。

燕子

燕子在外面呢喃：
"我徒劳又徒劳地度过了整天！"
燕子，燕子
我的歌更悲哀！
"我徒劳又徒劳地度过了整整一生……"

准备死亡

生命是奇迹。
每朵花，
带着形态、色彩、芳香
每朵花都是奇迹。
每只鸟，
带着羽毛、飞翔、歌声
每只鸟都是奇迹。
空间，无限，
空间是奇迹。
时间，无限，
时间是奇迹。
记忆是奇迹。

良心是奇迹。
万物都是奇迹。
万物都仅仅是死亡。
——被祝福的是死亡，所有奇迹的结局！

你的名字

你的名字，美人鱼的嗓音，
你的嗓音，我的思想，
我把它写在沙上，写在水里，
我把它写在风中。

星

我看见一颗多么高的星星
我看见一颗多么冷的星星
我看见一颗闪耀的星星
在我空寂的生活里。
那是多么高的星星
那是多么冷的星星
那是多么孤独的星星
闪耀在白昼结束之际。
那颗多么遥远的星星
为何不降临下来
与我作伴？
它为何闪耀得那么高？
我在深深的阴影中聆听它
那阴影回答说它如此的举动
是为了把一个更悲伤的希望
赋予我白昼的尽头。

苹果

从一个角度，我看见你恰似一只干瘪的乳房
从另一个角度，我看见你恰似一个腹部
脐带还挂在肚脐上

你红得像神圣的爱

在你体内的小小种子里面
一个巨大的生命
无限跳动

在简陋的旅馆房间里
一把刀子旁边
你依然多么朴素

道路

我生活的这条路，在两个转弯之间
比城市大道更有趣
城里，每个人看起来都相似
每个人都是每个人
不是这里：你感到这里的每个人都有自己的灵魂
每个生命都是自己
即使是狗也如此
这些乡下狗看起来就像商人
总是闷闷不乐地走来走去
多少人来来往往
万物露出给人深刻印象的神态，仿佛在沉思

步行的葬礼或茸毛山羊拖拉的牛奶车
甚至还不乏水的低语，
用符号的嗓音暗示着
生命继续下去，继续下去！
青春会结束

我极度的亲切

我极度的亲切
给予死去的鸟
给予小蜘蛛

我极度的亲切
给予曾经美丽
又变丑的女人
给予曾经悦人心意
又变得平淡无味的女人
给予曾经爱过我
又得不到我的爱的女人

我极度的亲切
给予我无法
写出的诗

我极度的亲切
给予没有怨恨
就老去的爱人

我极度的亲切
给予那独自
装饰坟墓的露珠

赤裸

当你穿着衣物，
没有人想象
那隐藏在
你衣服下面的世界。

(因此在日光中
我们并没有那在
深邃的天空上闪耀的
群星的概念。

可赤裸的是夜晚
在夜里赤裸，
振动你的世界
和夜晚的世界。

你的双膝闪耀。
你的肚脐闪耀，
你腹部的七弦琴
彻底闪耀。

你细小的胸部
——犹如你坚定的
躯干上
两只坚定的小果实

——你的胸部闪耀
啊！你坚硬的乳头！
你的后背！你的侧腹！

啊！你的肩头！

赤裸的时候，你的眼睛
也变得赤裸：
你的凝视盘桓得更久，
更慢，更清澈明亮。

然后，我在那些眼睛里面
漂浮，游动，跳水，
以一条直线
俯冲到水里！

我俯冲到你的
存在的深处，你的灵魂
在那里朝我微笑，
赤裸，赤裸，赤裸！

特蕾莎

我第一次见到特蕾莎
我以为她的双腿行动不便
我还以为她的脸看起来就像一条腿

当我再次见到特蕾莎
我以为她的眼睛看起来比身体其余部分要衰老
（眼睛先于身体出生十年）

我第三次没看见别的什么
天空与大地融为一体
上帝的灵魂在水面上再次移动。

愉快，愉快

愉快，愉快，愉快
我拥有我想要的一切
我拥有熄灭了千万年的
星座的火焰。
还拥有过短的痕迹
那是什么？它结束了！
因为那么多陨落的星星
黎明暗淡无光，我留住
黎明最纯净的泪水。
白昼来临，白昼继续前进
我不断拥有
死亡巨大的秘密。
愉快，愉快，愉快
我拥有我想要的一切
我不想要迷幻或痛苦
我不想要仅仅靠劳作
大地才赋予的东西。
天使的礼物毫无价值
天使无法理解人类。
我不想爱
我不想被爱
我不想战斗
我不想成为士兵
我想要能够感受到最简朴的事物的
那种愉快……

动物

昨天我在肮脏的走廊上
看见一只动物
在垃圾之间觅食

当它不管找到什么东西
都毫不查看或嗅闻
便贪婪地吞下去

那只动物不是狗
也不是猫
更不是老鼠

天哪，那只动物是一个人！

事实与影像

在雨水荡涤过的纯净空气中
摩天大楼升起
倒映在院落的
泥泞水洼里
四只鸽子
在事实与影像之间
在立即干燥起来的地面行走。

主题与回归

如果天空
是夜晚缓慢的流逝
可为何还有
那么多苦难?

如果风
是夜里的一首歌
可为何还有
那么多苦难?

如果带着露谁的花朵
现在把芳香赋予夜晚
可为何还有
那么多苦难?

如果我的思想
在夜里无拘无束
可为何还有
那么多苦难?

帕萨尔加达

我要前往帕萨尔加达
在那里,我是国王的朋友
我可以随心所欲
挑选上床的女人
我要前往帕萨尔加达

我要前往帕萨尔加达

我在这里不愉快

那里的生活是冒险

因而与此大相径庭，一个

西班牙女王，疯子胡安娜①

通过我从未有过的媳妇

而成了我的亲戚

我将怎样做健美操

骑自行车

驯野驴

爬竿取物

在海水中沐浴！

当我感到疲倦

我就会躺在河岸边

派人去找塞壬②

来重新讲述古老的故事

在我的孩提时代

那些由玫瑰织成的故事

我要前往帕萨尔加达

在那里，你拥有一切

另一种文明

具有防止危险概念的

保险系统

自动电话亭

欧美诗歌典藏

---

①西班牙女王（1479-1555），1502 年起精神失常。

②希腊神话中的女海妖，用美妙的歌声诱惑船只上的海员，从而使船只在岛屿周围触礁沉没。

免费赠送的生物碱
可以与之风流一番的
漂亮妓女

在夜间，我
感到更悲哀
希望杀死自己的
无望的悲哀
——在那里，我是国王的朋友——
我可以随心所欲
挑选上床的女人
我要前往帕萨尔加达

莫扎特在天堂

1791 年 12 月 5 日，沃尔夫冈·阿玛丢斯·莫扎特作为马戏演员进入了天堂，在一匹令人炫目的白马上表演脚尖倒立旋转。

震惊的小天使说：那能是谁？世界上有谁能那样？
就像以前从未有过的旋律开始
一行接一行地翱翔在五线谱上。
难以形容的注视停顿片刻。
处女①亲吻他的额头
从那时起，沃尔夫冈·阿玛丢斯·莫扎特便成了最年轻的天使。

①即圣母马利亚。

晨星

我想要晨星
她去了哪里？
我的朋友，我的敌人
寻找晨星

她一丝不挂地消失了
她跟着谁离去了？
到处寻找她

告诉她我是没有骄傲的人
接受一切的人
我在乎什么呢
我想要晨星

三天三夜
我是谋杀者，自杀者
窃贼，无赖，伪造者

被强暴的处女
被折磨的悲痛者
双头的长颈鹿
恶贯满盈

有罪于反对者
有罪于警官
有罪于水兵
在每种方式上都
有罪于希腊人和特洛伊人

有罪于牧师和圣器看管人
有罪于来自波苏阿尔托①的麻风病人

那么同我一起

我将用狂欢节和祈祷仪式、旧时的比武格斗
等待你
我将含垢忍辱，还将说出这样一种
你将陶醉的
简单的温柔

到处寻找她
无论她是纯洁还是下贱到最低劣
我都想要晨星

———————————
①巴西地名。

【巴西】卡洛斯·德拉蒙德·德·安德拉德

(Carlos Drummond de Andrade, 1902–1987)

　　卡洛斯·德拉蒙德·德·安德拉德，巴西著名诗人、短篇小说家。生于巴西东南部米纳斯吉拉斯州的矿山小镇伊塔比腊的一个农场工人家庭。他早年在州府贝洛奥里桑特的寄宿学校攻读药剂学，毕业后未能成为药剂师，却当上了新闻记者。从 1929 年开始，他进入国家教育部担任政府公务员，1934 年移居里约热内卢后继续在政府教育部任职，最后还当上了巴西国家历史艺术遗产部门的负责主管，直到 1966 年退休。他从 20 年代开始写诗，受到现代主义诗歌影响，创办了现代主义刊物《评论》。他的第一部诗集《一些诗》(1930) 展示出巴西现代主义的种种特点，后来他又陆续推出诗集《诗篇》(1942)、《人们的玫瑰》(1945)、《清晰的谜》(1951)、《新版的生活》(1959)、《白色的不洁》(1973) 等。此外，他写过不少文学论文，另外还翻译过多位欧洲诗人、作家的作品。

　　卡洛斯·德拉蒙德·德·安德拉德被认为是 20 世纪最重要的巴西诗人之一。他的早期诗作体现出很强的巴西民族特色，后来追随巴西现代主义诗歌先驱马里奥·德·安德拉德等人，汇入现代主义诗歌大潮，并最终成为这一流派的中心人物。他晚期作品有所变化，多以个人经验来暗示政治。总体上，他的诗歌风格比较质朴，以大胆的现代主义手法反叛传统诗歌修辞方式，具有一定反讽性，语言简洁流畅，折射出人类生存的经验，在 20 世纪巴西乃至整个葡萄牙语文学界都具有很大影响。

在路中

在路中有一块石头
有一块石头在路中
有一块石头
在路中有一块石头

我永不会忘记那件事
在我疲乏的视网膜的生活里
我永不会忘记在路中
有一块石头
有一块石头在路中
在路中有一块石头。

天堂里的悲哀

天堂里也有忧郁的时刻。
怀疑入侵灵魂的艰难时刻。
我为何要创造世界？上帝惊讶
又回答：我不知道。
天使们不赞同他的看法。
他们的羽毛纷纷飘落。

所有的假设：优雅、永恒、爱
飘落。它们是羽毛。

再飘落一片羽毛，天堂就破落了。
如此安静，没有打破寂静的噪音述说

万物与虚无之间的时刻。
那就是上帝的悲哀。

词语

我再也不想徒劳地
查阅词典。
我只想要那个
永不会出现在词典上
且不能被创造的词语。

一个会恢复和取代
世界的词语。

比阳光有更多阳光，
阳光下，我们都可以
在交流中生活，
缄默，
品尝它。

诗歌

我花了一小时来思考一行诗句
我的笔不想写作。
然而，它就在这里面
不安，活跃。
它就在这里面
不愿意出来。
可正是此刻的诗歌
充溢我整整一生。

难题

一只昆虫挖掘
毫无预兆地挖掘
在大地上打孔
没有找到逃路。
在闭塞的乡间,
在夜的根须
和矿物的结合中
精疲力竭,怎么办?
那迷宫
(哦,理智和神秘)
突然松开自己:
一株兰花诞生,
充满绿意,孤寂,
一反欧几里得原理。

回忆

热爱丧失的东西
这颗心
困惑而混淆。

遗忘对"不"的
无意义的呼吁
爱莫能助。

可感知的东西
对于手掌

毫无感觉。

然而被完善的东西，
更加美丽，
那些东西将存留下去。

丧失的希望

我错过了街车和我的希望。
苍白，我回到家里。
街道毫无价值，小车不会
碾过我的身躯。

我将攀登缓慢的山冈
路径在那里汇聚。
它们全都通往
戏剧的开端和植物群。

我不知道我是正在受苦
还是有人正在开玩笑
（为什么不呢？）在无法溶解的
短笛响起的稀有的夜里。

然而很久以前，我们
就对永恒叫喊"是的"！

往昔的房子

我敲响往昔的门，没人回应。

我第二次、第三次、第四次敲击。
没人回应。
往昔的房子一半覆盖着藤蔓
另一半覆盖着灰烬。
这幢没人死去和我敲击又呼喊的房子。
仅仅适合于呼喊而又没被听见的痛苦。
仅仅不断敲击。回音传回
我对展开这些冻结的脚步的焦虑。
昼与夜在等待中
在一次次敲击中融为一体。
往昔当然不复存在。
这空寂的建筑物已被宣布为不宜栖居。

蒙羞的肉体

害怕衰老的肉体拜访魔鬼
向他寻求安慰。魔鬼倾听
肉体往昔的活力的一千种形式
肉体再次微笑，徒劳地希望
永远感受那就是流逝的幸福中
盛开的爱情的优雅东西。
然而对于毫无防备的蒙羞的肉体
魔鬼的馈赠是新的苦难
一切都未满足，一种芳香
从恐惧中枯萎的花朵上飘散

你的肩头扛起世界

一种时间来临，那时你再不能说：天哪。

一种完全收拾干净的时间。
一种时间，那时你再不能说：我的爱。
因为爱被证明无用。
眼睛不哭泣。
手只干粗活。
心枯干。

女人们徒劳地敲你的门，你不会打开。
你保持孤独，关掉灯，
你巨大的眼睛在黑暗中闪耀。
这显然是你再不知道怎样去受苦。
你不想从朋友那里得到什么。

如果老年来临，有谁关心老年是什么·
你的肩头扛起世界
世界轻于儿童的手。
战争，饥饿，大楼中的家庭纠纷
仅仅证明生活在继续
也证明并非每个人都得到了自由。
某些评判残酷场面的脆弱者
会偏爱死亡。
一种时间来临，那时死亡无助。
一种时间来临，那时生命是一种秩序。
只有生命，毫无逃避之路。

古代世界的馈赠

克拉拉与孩子们在花园里漫步。
天空在草丛上面一片碧绿，
水流在桥下一派金黄。

其他元素蔚蓝、玫瑰红和橘黄，
一个警察微笑，骑自行车驶过，
一个女孩踏上草坪捕鸟，
整个世界——德国，中国——
完全在克拉拉的四周安静下来。

孩子们看着天空：它没被禁止。
嘴巴，鼻子，眼睛睁开。没有危险。
克拉拉害怕的是流感、暑热和昆虫。
克拉拉害怕错过十一点钟的街车，
她等待信件缓慢地到达，
她并不总能穿新衣。但她在花园里漫步，在早晨！
在那些日子里，他们有花园，他们有早晨！

方块舞

约翰爱特蕾萨爱雷蒙
爱玛丽爱杰克爱莉莉
不爱任何人。
约翰去了美国，
特蕾萨去了修道院，
雷蒙死于车祸，
玛丽成了老处女，
杰克自杀，莉莉嫁给了没有出现在这故事里面的
J·品托·费尔南德斯。

穿双排扣大衣的死者

客厅角落里，有一本无法忍受的影集，

它有很多米高，老得没有时间限制，
每个人都在它上面倾身
对穿双排扣大衣的死者开玩笑。

然后，一只虫子开始咀嚼那冷漠的外衣，
纸页，题词，甚至还有照片上的灰尘。
它唯一没有咀嚼的东西，就是从那些纸页间
迸发又迸发出来的持久啜泣。

不要杀死自己

卡洛斯，平静下来吧，爱情
是你如今正在看见的东西：
今天一个吻，明天没有吻，
后天是星期天
没人知道星期一
会发生什么。

抵抗或自杀
毫无用处。
不要杀死自己。不要杀死自己！
把自己都留给婚礼
尽管没人知道它在何时来临
也不知道它是否会来临。

卡洛斯，现实的卡洛斯，爱情
与你一起过夜
你最深沉的自我
正在升起一阵可怕的喧嚷声，
祈祷，

留声机的声音，
排成队列的圣人，
最佳肥皂的广告，
一阵没人知道原因
也不知道从何而来的喧嚷声。

同时，你直立
而行，忧郁。
你是棕榈树，你是那没人
在所有灯光都熄灭的
剧院中听见的哭泣。
黑暗中的爱情，不，日光中的
爱情始终悲伤，悲伤，
卡洛斯，我的孩子，
不要告诉任何人，
没人知道，也不会有人知道。

肮脏的手

我的手肮脏。
我必须把它割掉。
清洗它毫无意义。
水腐败变质。
肥皂糟糕。
肥皂不会产生泡沫。
手是肮脏的。
肮脏了多年。

我曾常常把它
置于视线之外，

置于裤兜里。
人们毫不怀疑。
人们向我走过来，
想跟我握手。
我会拒绝
而那隐藏的手
会把它的印痕
留在我的大腿上。
我明白
我是否使用它
结果都一样。
厌恶都一样。

啊，有多少个夜晚
我深深地躲在房子里
清洗那只手，
擦洗它，润饰它，
梦想它会变成
钻石或水晶
或最后甚至变成
一只素净的白手，
一个人干净的手，
那样你才能把握
或亲吻，或在
两个人一言不发地
自白的时刻
握住的手……
仅仅让这
不可救药的手
张开它肮脏的指头。

那污物肮脏。
它不是泥巴或煤苔
也不是陈旧的痂瘢
硬结的污物
也不是劳动者
衬衣的汗斑。
它是一种由恶心和
人类痛苦构成的
悲哀的污物。
它不是黑色；
黑色是纯洁的。
它单调，
单调的浅灰色污物。

要与这平放在
桌子上的粗野的手
生活在一起
是不可能的。
赶快！把它割掉！
把它剁成碎片
把它
扔进海洋。
另一只手会出现，
带着时间，带着希望
及其错综复杂的工作方式，
纯洁，玻璃般透明，
固定在我的手臂上。

流浪者的幻觉

当我来自我的土地
如果我真的来自我的土地
（我没死在那里?）
河流的涟漪
对我微弱地喃喃低语
说我应该留在
她与我离别之地。

苍白的死者
并没在下午消失
他们似乎告诉我
归来是不可能的
因为万物都是
已经诞生在那里的结果。

当我来临，如果我真的来临
从某处走向别处
世界就对我小小的
自我背道而驰
我在它的转变中意识到
没有人从任何地方
离去或归来。

意识到我们随身携带着东西
我们生活的财宝箱
围绕我们最匿名的密室的
坚硬的青铜框架
一声呼喊，一声笑语，一个嗓音

连续不断地回响
在我们最深的墙壁里面。

那发生的新事物，
刺激我们对主食的饥饿。
我们发现的东西是戴在
甚至更黑暗的现实上的面具，
我们灵魂的皮肤上
留下的那个伤口。

当我来自我的土地，
我并没有来临——我迷失在空间里
迷失在我已经离开的幻觉里。
可怜的我，我从未离开过
我依然在这里，被掩埋
在温和的话语下面
在黑色的影子下面
在黄金饰物下面
在一代代人下面
在我自己下面。我知道，
这活着的躯体，被欺骗
又颇具欺骗性。

大象

我用我拥有的
很少东西创造一头
大象。用
旧家具的木头
支撑它，我用棉花

美洲现代诗人读本

丝绸以及惬意
来塞满它。
胶水把它沉甸甸的耳朵
粘在恰当位置。
它卷起的长鼻
是它这个建筑物中
最愉快的部位。
它的长牙
由我不能捏造的
稀有物质构成。
一种白色运气
四处滚动
在马戏团的灰尘中
没被偷走或丢失!
最终有眼睛
大象最为流质
和永久的部位
停留在那里,
摆脱了不诚实。

我的大象在这里
为了在一个疲倦的
世界里找到朋友
而准备好离开
这个世界不再
相信动物
不信任事物。
它在这里:一个堂堂
而脆弱的巨大躯壳,
它摇动头颅
慢慢移动,

它的皮肤缝缀着
布匹的花朵
和云彩，给一个
更诗意的世界的引喻
在那里，爱情就像
自然形态。

我的大象沿着
拥挤的街道行走，
却没人观看
甚至没有人嘲笑
它那威胁要从身躯上
脱落的尾巴。
它完全优美，除了
它无助的腿
它隆起的肚腹
会崩溃于
最轻微的触摸。
它用优雅
表达它那
最低限度的生活
镇子里
没人愿意
从那个温柔的躯体中
为自己取得
短暂的影像，
笨重的行走。

它容易感动，
它想念
悲伤的处境，

不愉快的人们，
最深的海洋中
月光照亮的相遇，
在树根下面，
在贝壳的胸怀中；
它想念那并不
盲目却照耀在
围绕最浓密的
树干的阴影
之中的灯光；
它在战场上行走，
没有压碎植物，
搜寻着位置，
秘密，任何书本
都没讲过的故事，
只有风、树叶、
蚂蚁才辨出
它的风格，但人们
忽略它，因为他们只有在
面纱覆盖的安宁下面
和对着闭上的眼睛
才敢于显示自己。

如今我的大象
在深夜归来，
却精疲力竭，
它颤抖的腿
在灰尘中停滞。
它没有找到
它想要的东西，
它想要的东西，

我和我的大象，
我爱在它里面
伪装自己。
疲倦了搜寻，
它庞大的机械
像纸张一样崩溃
粘胶和它所有的
内容都崩塌，
宽恕，惬意，
羽毛，棉花，
迸发到地毯上，
像一个被撕裂的神话。
明天我又重新开始。

【巴西】约奥·卡勃拉尔·德·梅洛·内托

(Joao Cabral de Melo Neto，1920–1999)

约奥·卡勃拉尔·德·梅洛·内托，巴西诗人，二战后巴西重要诗歌流派"45年一代"的代表人物。他生于伯南布哥州，早年在甘蔗种植园长大，1940年移居里约热内卢。1945年进入巴西外交部，以外交官身份先后出使过四大洲。1990年退休。他诗集主要有《睡眠石》(1942)、《工程师》(1945)、《没有羽毛的狗》(1950)、《河流》(1954)、《有人物的风景》(1955)、《四个地点》(1960)、《接受石头教育》(1966)、《万物博物馆》(1975)、《刀子学校》(1980)、《修士》(1984)、《最初的诗篇》(1990)、《行走在塞维利亚》(1990) 等多部。其中，他的《塞维里诺的生活》(1954) 一诗曾在巴西非常流行，颇得盛赞。此外，他还写过一些诗剧和电视剧。1968年他当选为巴西文学院院士，先后获得过一些重要的国际国内文学奖，包括葡萄牙的卡蒙斯奖 (1990)、美国纽斯塔特国际文学奖 (1992) 等，还多次被提名为诺贝尔文学奖候选人。

梅洛·内托早年的诗受超现实主义和立体主义等欧洲诗潮的影响，后来逐渐形成自己的风格，并成为"45年一代"的主将之一。他的诗多半是自由诗，既具有巴西的民族特征，又体现了巴西葡萄牙语现代主义诗歌的特征。他的诗作比较"干燥"，即避免了传统诗歌中经常出现的那种夸张的激情，相反却以精准和简洁的词语着力于对意象、行为和自然的描写，无论是神秘性，还是日常性，都在他的作品有深刻、细腻的呈现。

日常空间

在日常空间里
阴影吃掉橘子
橘子把自己抛河里
那不是河，那是从我眼里
流溢出来的大海。

在日常空间里
码头诞生出来
我看见手而不是话语，
我在深夜空想女人
我拥有女人和肉体。

在日常空间里
我忘记家园大海
我丢失饥饿记忆
我徒劳无益地自己杀死
在日常空间里。

窗口

这是一个沿着海滨
做梦的人。另一个人
从来就想不起日期。
这是一个逃离树的
人；这里是另一个人
丢失了自己的小船或帽子。

这是一个成为士兵的人；

另一个人是飞机；
另一个人行走，忘记
自己的时辰，自己的神秘
自己对"面纱"一词的恐惧；
而另一个人依然
沉睡在船的形态里。

诗

我的眼睛装有望远镜
瞄准街道
瞄准我那位于
千米之外的灵魂。

无形河流中，女人们
来来往往地游泳。
小车如盲目的鱼
构成我的机械视力。

我二十年都不曾说过
我始终期盼自己说出的那句话。
我将继续无限凝望
我自己死去的肖像。

餐桌

简朴的餐桌上

叠起的报纸：
干净的桌布
白色的碟子
如面包一样新鲜。

绿色的橘子：
始终是你的风景，
你自由的天空，你的
海滨的太阳；诱人

如面包一样新鲜。

那削尖你写秃的
铅笔的餐刀；
你的第一本书
裹在白色里

如面包一样新鲜。

诗篇从你活跃的
早晨中诞生，
你灭绝的梦幻，
依然没有重量，温暖

如面包一样新鲜。

给卡洛斯·德拉蒙德·德·安德拉德

没有伞
反对诗

那从万物都是惊讶，即使
花坛之花也是惊讶的地域攀登的诗。

没有伞
反对爱情
那像嘴巴咀嚼又吐痰的爱情，
那像意外事故压碎的爱情。

没有伞
反对厌倦：
四壁的厌倦，四季，
罗盘的四个基点。

没有伞
反对世界
那每天像墨水和各种纸张
被吞没在报纸中的世界。

没有伞
反对时间，
流淌在房子下面的河，
那带走日子和你的头发的小溪。

甘蔗地里的风

甘蔗地里
没有那拥有名字的植物，
没有那叫做玛丽亚的植物，
没有那拥有男人名字的植物。

甘蔗地无名，
像大草原长着朴素的脸，
像没有船只的海洋，
一张空白的纸。

它像一张大床单，
没有缝隙，没有褶痕，阳光下
一个少女毛茸茸的皮肤，
铺展开来晾干的衣服。

然而，有一种观相术
隐藏在甘蔗地里，
就像有一种潜能的旋律
隐藏在手表的滴答声里，

风景就像从飞机上
显示出来一个组织，
就像空广场上的砖石
可以追溯优美的图案。

甘蔗地在太阳下面
伸展开来，一种毫无生气的
纤维织物，风吹拂时
变成摸索的纸张；

它变成那在绿色上面
一面活跃的绿色旗帜，
带着诞生又消失在
绿色草木中的群星。

于是甘蔗地不再

像空寂的广场：
它像石头，没有
军队的纪律。

它的对称是锯齿形，
就像沙滩上波浪的对称
或者拥挤的广场上
比赛的人潮的对称。

是的，热闹的广场
是甘蔗地用它
同样起伏的激流
反射的东西——

汹涌的暗流，
形成那如同
广场上人群形成的
漩涡，构成的群星。

在阿斯匹林的纪念碑上

显然是最实用的太阳：
有阿斯匹林形态的太阳。
容易使用，廉价而便携，
这紧凑的石头始终充满
太阳，是人造的，
它的功效对于白昼
不受限制——夜晚并不在夜间
缓和它。不受气候法则的
影响，这个太阳在需要时来临；

它升起（带来一个清晰的日子）
光芒四射，把灵魂的丧服
晒干，晒白成正午的亚麻布。

*

一片阿斯匹林透镜的影像
和效果汇聚；这水晶完美的
完成，用金刚砂磨亮
用锉刀再磨亮，预示
它制造的天气，以及这
天气中笛卡儿的万物的自然。
另一方面，作为内部使用的
透镜，在视网膜后面，
阿斯匹林不但只适用于
眼睛，而且还给整个躯体
重聚那四周的昏暗，
把它重新带回和谐状态。

斗牛士

我看见塞维利亚的
马诺洛·冈萨雷斯和佩珀·路易：
花朵惬意的精确度
优美得谨小慎微。

我也看见来自马德里的
胡里奥·阿帕里乔，就像"帕里塔"：
花朵简单的科学，
自发而又严谨。

我看见来自安达卢西亚平原的
米古埃尔·巴伊斯，"利特里"，
他种植一种不同的花：
痛苦，容易暴发。

还有安东尼奥·奥尔多涅斯，
他古代的花散发出的芳香
来自那沉睡在书本中的
花朵的古老花边。

但然后我看见曼努埃尔·罗德里格斯，
"马诺莱特"，沉闷无趣的人，
最具矿质，最敏锐
最有警惕性的斗牛士，

那神经感觉不灵的人，
拳头干燥，含有纤维，
形象如同树枝，
干枯的刷子，

那知道计算生命的
钢一般流体的人，
那以最大的精确度
掠过死亡边缘的人，

那把号码赋予悲剧的人，
把小数赋予情感的人，
把几何赋予晕眩的人，
把高度和重量赋予恐惧的人。

是的，我看见曼努埃尔·罗德里格斯，

"马诺莱特"，最禁欲，
不仅培育自己的花朵
还向诗人们证明：

怎样用一只安静的
克制的手去驯服爆发，
要小心别撒落
它紧紧握着的花朵，

然后怎样用柔软而遥远的
确信之手去塑造它：
不给花朵喷香，
不让诗篇诗化。

无言的河流

当一条河切割，它就彻底切割
它的水讲述的谈话；
切割，水裂成碎片，
裂成水潭，麻痹水。
处于潭中，水就像
处于在词典上的词语：
隔绝，伫立在自己的潭中
而且，因为它伫立着，它就凝滞。
因为它伫立着，它就缄默，
缄默，因为它并没传递信息，
因为这河流的句法，它在水上
奔涌的激流，被切割。

河流的路线，是它河流的谈话，
几乎不能被迅速还原；
一条河需要相当大的水流
去重新创造那创造它的水流。
除非一场洪水的宏词大论
在一段时间里强加另一种语言，
一条河为了它所有的水潭
被短语描述而需要很多水流——
从一个水潭到下一个水潭
被还原成短语，然后从短语还原成短语，
直到那它能说话的唯一谈话中的
河流的句子会公然挑衅干旱。

接受石头教育

接受石头教育：一课接一课；
向石头学习，去它的学校：
去把握它那非个人和未强调的嗓音
（它用措辞开始课程）。
道德课程，它对流动之物和流动
对被浇铸的耐寒性的课程；
诗学课程，它具体的体格课程；
经济学课程，它紧密构成的课程：
来自石头的课程（由浅入深，
一本无言的入门书）去学会怎样拼写它。

*

再次接受石头教育：在穷乡僻壤

（在学习前，由深入浅）。
石头在穷乡僻壤并不授课，
如果授课，也不会教什么；
在那里，石头并不是你所学的东西
而是一种源于诞生又穿透灵魂的石头。

累西腓①的水

1. 两头公牛

累西腓的大海与河流
是性格不同的公牛：
大海对着礁脉乱窜，
河流是反刍的公牛。

大海这头公牛猛烈撞击
因为自己必须离去而抗议；
害怕随着潮汐出去，
它试图逃脱成为大海。

另一头公牛，河流，
伫立在海岸的沼泽地里，
拥有一千个拖延的诡计：
它开始又停止，永远周而复始。

尽管它们的行为不同，
但它们行为的原因却相同：
它们试图像水一样继续

---

①巴西重要港市，被称为巴西的"威尼斯"。

在礁脉的近端，在大海前面。

2. 扳手腕

那就是在累西腓里面
两种水生活在冲突中的原因，
每天都忙碌于对着
城市码头之墙扳手腕。

海水，因为被迫
跃过港口防波堤，
随着每次潮汐前来
挑战寂静的河水。

此起彼伏，
两种水开始扳手腕，
在沉默中乐此不疲，
一会儿输，一会儿赢。

它们相互脱离片刻，静止不动
——既不高也不低的水，然而缠住——
直到它们当中之一占据优势，
胜利中，输掉：它被流放。

生与死

——那你在里面
被掌尺测量的这个洞，
是你在生命中
获得的最小份额
——尺寸完美，

既不宽也不深，
在这大庄园里
它是你的一部分
——它并不是一个大洞，
是一个被测量的洞，
它不是你想看见
被分配的土地
——对于你小小的躯体
它是一个大洞
在这里，你将比
在世界上还要舒适

深歌

这是世界结束的方式
不是砰然一声，而是唏嘘一叹
——T·S·艾略特

深歌时常
忽视这种差别：
它最忧伤的悲叹
在爆炸中结束。

它的张力如此绷紧，
它的技能是如此活跃的肉体
以至于它出鞘，歌唱，
它砸碎外鞘，爆炸。

跟事物交谈

即使在我们的谈话
可能与事物无关的时候
它们也从我们后面
要求：我们应该跟它们交谈。
它们说：不跟事物交谈
就是没有硬币而去购物：
资金不足，就用支票来交谈，
在流体的、没有形态的腹泻中。

【巴西】莱多·伊沃

（Ledo Ivo，1924-　）

　　莱多·伊沃，20 世纪巴西诗人、作家。生于巴西东北部的港口城市马塞约。1943 年移居里约热内卢，开始了其新闻生涯并参加文学活动。后来他进入巴西大学学习法律，但从未做过律师或法官。1944 年他 20 岁时，便出版了第一部诗集《幻想》，从此崭露头角。此后他笔耕不辍，又推出 20 余部诗集，主要有《颂歌选》(1945)、《十四行诗大事件》(1948)、《赞美诗》(1949)、《语言》(1951)、《一个巴西人在巴黎和欧洲之王》(1955)、《魔法》(1960)、《中央车站》(1964)、《海之天》(1972)、《信号灯》(1976)、《倒下的士兵》(1980)、《神秘之夜》(1982)、《国民的黄昏》(1990)、《鱼栏》(1995) 等；另著有长篇小说、短篇小说、自传、论文集近 20 卷。此外，他还翻译过法国诗人兰波的作品。他是巴西文学院成员。其作品被翻译成欧美主要语言，获得过很多国际国内文学奖，包括其长篇小说《蛇巢》所获的瓦尔马普文学奖。

　　莱多·伊沃是 20 世纪巴西诗坛上的奇才，以其第一部诗集《想象》(1944) 一举成名。现在很多评论家认为这部诗集是他那一代诗人与巴西现代主义诗人的分水岭，因其打破传统及否定过去的精神而闻名，自此拉开了一代诗人"45 年的一代"走上巴西诗坛的序幕。他善于从日常琐事中提炼出诗歌精髓，深刻而细腻地表现出人与人、人与社会和人与自然的各种微妙关系，其想象力常常能超乎于读者意外，语言简朴，不事雕琢，艺术感染力和渗透力极强，在 20 世纪葡萄牙语诗坛上具有很大影响。

丢失的硬币

我在梦中找到丢失的硬币。
它平躺在海底，
在丢弃物掉进去的珊瑚洞里，
在死亡不曾触及的纯净区域。

当我醒来，我沉默如鱼。
正如大海，我的陆地有水的纯净。
所有话语都是丢失的硬币。

隐藏

关键词
总是隐藏
在门后。

剥夺与丧失

睡觉的人被没收了夜晚。
他回避永恒，
天空的黑暗中
一个被俘的大烛台。

睡觉的人被没收了爱情，
那梦见自己

醒着的肉体
成熟的不眠。

睡觉的人被没收了死亡
那如同森林中的野兔
无形地呼吸的死亡。

睡觉的人被没收了一切
那幸运之神放在
宇宙桌子上的一切。

摧毁者

爱情不是建筑师。
爱情像白蚁
从墙壁到屋顶
摧毁最坚固的建筑物。

爱情保卫无法抵御者，
爱情并不尊重智力。
它像耗子爬出来，一点点啃吃
抽象的面包和具体的太阳。

爱情？二加二并不等于四。
错误洞穴中的正确路径，
平直的床垫上扭曲的东西。

爱情！连绵的山冈，
方尖碑，吞噬的舌头，
对圣灵的提问！

来自一场战役的明信片

就在这里，在这张床上，战争开始。
在一片床单的田野上
两个战士挣扎。
如果所有爱情都是一面镜子
那又怎样区分后方和前方？
在这四边形的田野上
玫瑰红的方尖碑等同于黑色排水沟。
白昼内部，夜晚并没从女性中
区分出男性。嘴巴变成
清晰的丛林中的洞穴
那里，两头野兽相互舔咬。

致雄心勃勃的人

勒住你雄心的缰绳。
别急。
通往成功的楼梯
倒转过来就是深渊。

乞丐

黎明时我贫穷地起床
醒目地穿着

褴褛的行乞衣衫
黄昏时又富裕地入睡

欧美诗歌典藏

我带到睡眠中的有
朝着驰过的云

而伸展之手的
得与失

把古老伤口
张开又合拢的

发酵生命的
死亡苔藓

那围绕厩棚粪肥
而嗡嗡作响

后来又飞绕
破碗的苍蝇

从高处落下
把自己的可爱

归还给
世界的水

在那夜晚就是昼的
潮湿阴户中

寻求庇护的
爱的水滴

那害怕秋天的
树叶的颤抖

在合欢树枝头上
闪耀的下午

巨大墙壁的
白色栅栏和镜子

被一轮红日
造访的土地

在星星的床上
躺下的句法。

我在夜里起身
在白天把门

朝那就是阴影的光芒
而宽宽敞开

我日光的黎明
永恒的归来。

卡玉公墓①

死者们就像船。
正如船不知自己停泊在

---

① 巴西里约热内卢的一处公墓。

港口和驾驭波浪，
死者们不知自己远离生活，呼吸
　　海风。

在灰白的天空和船坞之间
死亡是一个丢失的音节。
小小的蜥蜴变成墓志铭
在毁坏的石头上歇息。

蝙蝠

蝙蝠隐藏在海关房子的屋檐里。
然而，那些整整一生也在黑暗中飞翔
冲撞着爱情的白墙的
人们，又隐藏在哪里？

我们父亲的房子挤满蝙蝠
像提灯一样，悬挂在那些支撑
雨水威胁的屋顶的古老屋椽上。
我的父亲会叹息，"这些孩子吮吸我们的血"。

人会把第一块石头扔向那哺乳动物
它像人本身一样，摄取其他动物的血
（我的兄弟！我的兄弟!）聚集在一起，
即使在黑暗中，也需要它同伴的汗水？

人，隐藏在如夜晚一般年轻的乳房的光环中；
在他枕头柔滑的棉花里，在灯盏的光芒里
人，看守自己爱情的金币。
然而蝙蝠，这沉睡的钟摆，只捍卫被冒犯的白昼。

当我们的父亲死去，他留给我们（我自己和我的八个兄弟）
他的房子——夜里，雨水透过破瓦倾灌进来。
我们赎回抵押品，拯救蝙蝠。
它们在那些墙壁之间争吵，如我们一样盲目。

穷人在公共汽车站

穷人旅行。他们在公共汽车站
像大雁一样拉长脖子观看
写在公共汽车上的地名。他们的面容
泄露出他们对丧失的恐惧：
那在无梦的日子里装着
半导体收音机和淡褐色外衣的箱子，
放在他们袋子底部的红肠三明治，
还有郊区的阳光和高架桥那边的尘埃。
在扬声器的咆哮和公共汽车的喘息中
他们冷酷于失去他们
隐藏在时间表的烟霾中的联系。
尽管在如同塞住尸体鼻毛的
棉花般防菌的房间里
噩梦成为那些强化厌倦的
精神分析学家听力的人的特权
某些在长椅上打盹的人也惊醒。
穷人排着队，露出夹杂着
恐惧、急躁和屈从的严肃表情。
穷人多么怪癖！即使在远处
他们发出的恶臭也让我们不快！
他们没有公共体面的概念，也不知道
在公众场合上怎样行为举止。

为了显示其梦幻，一根尼古丁熏黄的手指
揉着只有物质的发痒的眼睛。
从一只松垂膨胀的乳房上
细细的乳汁滴进一张熟悉泪水的小嘴里。
穷人在站台上来来往往，跳跃，又抓攫
行李和包裹，
他们在售票室愚蠢地提问，
低语神秘的词语
又一脸惊讶地注视着杂志封面
如同不知道通往生活门槛之路的人。
为什么这一切来来往往？还有那些浮华的衣服，
那些黄色，令人想起伤害的手掌，伤害了
被迫忍受那么多不快气味的乘客的美妙视野？
还有那些闪耀的红色，令人联系到娱乐场和马戏场？
穷人不知道怎样旅行或穿着打扮。
甚至不知道怎样生活：尽管有些人甚至还拥有电视机
他们也没有舒适的概念。
实际上，穷人不知道怎样死去。
（他们永远拥有污秽粗俗的死亡）
在全世界，他们是令人讨厌的人，
甚至在我们就座和他们徒步时
也占据我们座位的不合时宜的旅行者。

大海的声音

星期天下午，我回到马塞约①公墓
我的死者在那里完成了
死于他们的结核和癌症之死

————————————
①巴西地名，诗人的故乡。

他们的死用咳嗽、呻吟、

祈求、黑暗唾沫渗透退潮的恶臭和星座

我默默催促他们回归这种生活

从童年起，他们就生活在

那伴随着他们单调的存在的漫长痛苦中

和对那些在夜里

像飞翔的蚂蚁一般观察的人的

死亡的恐惧中，他们在雨后散落在阿拉戈斯①

那母亲般的大地上，再不能飞翔，慢慢消磨时光。

我告诉我的死者：起来吧，回归这个未完成的日子

它需要你们，需要你们走在马塞约弯曲的街上时的咳嗽

需要你们疲倦的手势和脚步，回归你们枯燥的梦幻

和面向潮湿得黏糊糊的空气的窗口。

星期天下午，在那似乎被风

悬浮于浅蓝色空气里的

陵墓中间

死者的沉默告诉我他们不会归来。

呼唤他们是徒劳的。他们歇息之处，没有回归，

只有镌刻着石头上的名字，只有名字。还有大海的声音。

蒸汽挖土机

所有沉寂都让我烦恼。

它总是忽略什么东西：

一种在紫藤间孵化的背叛

上帝存在或不存在的最后解释

垃圾中的老鼠声音

①巴西州名。

闲置的机场上螺旋桨与风的冲撞声。

然而，早晨在工作场地上破晓，我听见蒸汽挖土机发出
的噪音。

工人们已经醒了，他们再次建造又毁灭。

他们要建造新房子和新坟墓。

在一个阳光灿烂的早晨，大众汽车停在汽车旅馆前面。

在这个充满无数次以失败告终的约会的世界上

阴茎和阴户将理解对方。

蒸汽挖土机铲动，它的辙迹前进到那花朵般展开的碗形
坑里面。

沿着大街驶过的公共汽车上，在售票员的

昏然欲睡的眼里

世界是一幅画像。

桥

那么我们可以越过布满石头的河流，

有人手持斧子走进山上的森林

把活着的树变成了木板和木桩。

在这片被分开的土地上，另一边也如此。

可是我们过桥，某个人的影子也跟我们

过桥，某个与我们相似的人，他想连接

在自己的石头间流逝的水分隔的事物。

里尔克去看牙医

里尔克去看牙医。
他在世上的天使没一个与他同去。
要不然所有天使都与他同去。
柏林已是秋天。欧椴树叶
像沉寂的鸟儿落下。
小小的痛苦并没使这个人感到紧迫。
里尔克穿着宽敞的大衣御寒
(玛丽娅·冯·图尔恩及塔克西斯公主所赠)
走向波德克尔医生的诊所。
街道像连续不断的大海
把他引向生命，而不是死亡。

负荷

一条街道把我引向下面的海港。
我就是那条街道，有着破窗
和沉落到母亲般的沙滩上的太阳。
我行走之际，我把我看到的一切
都搬到海边：门、面庞、嗓音、白蚁群
和那在货栈式廉价商店阴影中成熟的
一串串洋葱。还有一袋袋砂糖。还有
那把房顶染黑的雨水。
这是一个礼物的日子，没有什么丢失。
波浪庆祝世界之美。
大地展示生活的诺言。
我把自己轻盈的负荷
放进那些生锈的船舱。

不安

日子充满话语。
它们如水沟中的水或煽动者嘴里的
唾沫流动。
它们如险恶的秋天的树叶散落到地面。
它们与可口可乐罐和食物碎屑一起
从垃圾箱满溢出来。
它们是黄昏时潜行在丛林中的虱子。

谁也不能没有话语而生活。
这一点解释了地铁乘客的不安。
他们被判处以临时性沉默
在站台上相互怀疑地扫视
在车门关闭时战栗。

在没有景色的旅程上,被砰砰声抚哄
他们在抑制城市的喧嚣黑暗中
听见那在不说话的轨道上吱嘎作响的车厢。
这一切都留下尘世的噪音。然而他们渴望
回归饶舌之日的时刻,那时他们将再次说话。

必要性

我不需要什么东西。
我只需要上帝。
还有那给天空
布上道道彩纹的黎明。
我需要万物

当我置身黑夜中
我只需要上帝。
在容纳万物或虚无的
缄默的星空上
黎明即将破晓。

警告受死亡威胁的秃鹰

警告歌唱到
季节的诗人：
巴西贫民窟里
没有春天。

在圣冈萨洛①
在宏伟的尼泰罗伊②
没有云雀
或者夜莺。

只有
那在垃圾堆上
与人们争夺面包的秃鹰。

秃鹰，小心吧
小心那蓝天上的
喷气式涡轮。

①②均为巴西地名。

宽宽敞开的门

一道门打开，因此我才能穿过去
走到新的地面上。一道门
如此宽宽地打开，因此我才能
留住人们栖居的长长人的行道。

我在路上听见一条流淌的河
一个倒下的躯体的秘密声音
我看见那如同鸟儿
栖息在无叶裸树上的风。

黎明的恶臭熏黄了白昼。
门槛在另一边，然而没有地平线！
我穿过门，这理想中的门
无需用钥匙或手去把它打开。

瞎马

我听见
瞎马嘶鸣

我的心
满怀悲伤。

作为人，我接受
人看不见的这一观点。

（众神盲目，

比人更盲目。)

然而并不是马
才对星空的生存

和沉默的理由
一无所知。

然而并不是马
才对盲目，对

那遮蔽风景
又像擦子

消除所有影像的黑暗
一无所知。

一匹瞎马
在绿色平原上。

盲目得如同
那在阴毛间漫游

又用肮脏的手
摸索世界的人。

我听见它的
嘶鸣和那在

黑暗中寻找
绿色风景的蹄音。

在世界的秩序中
万物都独立

而且没有语言
能解释那结合又分开

话语和嘶鸣的
事物。

【巴西】保罗·列敏斯基

(Paulo Leminski，1944–1989)

保罗·列敏斯基，巴西诗人、实验性散文作家、文论家、翻译家。生于巴拉那州的库尔蒂巴，具有波兰和非洲血统。他生活在社会的边缘，生活艰辛，据说还教过柔道。他从18岁即开始为巴西著名的具体主义诗歌刊物《创造》撰稿，尽管他从未完成大学学业，但到了20世纪80年代，他通过自学而掌握了日语、法语和英语，先后翻译过詹姆斯·乔伊斯、撒缪尔·贝克特、约翰·列农和三岛由纪夫等人的作品，其译文产生过一定影响。自从70年代初他的第一部作品小册子问世以来，他一生出版的作品共有诗集、散文集和评论集近20卷。他先后参加过20世纪后半期巴西文坛上的一些文学运动，创作时期从60年代一直持续到80年代末因酗酒过度而去世。

保罗·列敏斯基是二战以来巴西诗坛上的多产诗人和文化推动者，他具有独特的风格，在巴西文坛上产生过一定影响。作为他那一代诗人中的主要人物，他的诗歌作品颇具实验性：从20世纪60年代初到80年代末，他一直在尝试巴西抒情诗的不同途径和新方向。他也写过不少歌词，把口语甚至歌词与抒情诗融为一体，因此其诗风和地位与美国诗坛上的E·E·肯明斯有几分相似。他的诗具有强烈的视觉感，短小、简约，这与他深受日本俳句的影响有关。他在70年代末至80年代初创作的一些作品备受争议，被一些评论家贴上了"边缘性诗歌"的标签。

一首好诗

一首好诗
需要多年时间：
五年踢足球，
再五年学习梵文，
六年搬运石头，
九年迷恋邻居，
七年挨打，
四年独自过活，
三年改变城市
十年改变主题，
一种永恒，我和你，
一起前进

生活就是

生活就是
畜群经过之际
你放进河里
来吸引食人鱼的牛

我们出生在形形色色的诗里

我们出生在形形色色的诗里

是命运的意愿让我们发现对方

在同一个诗节里的兄弟姐妹
在同一行诗句里同一个短语里

我们第一眼相互看见韵律
在交易同义的东西
我们的凝视不再匿名

远远地沿着相同的辙迹
和我们融合的
你的我的句子这样阅读过

我从来就不是

我从来就不是
好顾客
要这要那
红酒
谢谢
下次再见

我想走进去
双脚种植在
看门人的胸膛上
告诉镜子
——闭嘴吧
而钟
——垂下指针

墓碑 (1)

给躯体的墓志铭

这里躺着一位大诗人
他没有留下任何文字。
　　　　我怀疑，这沉寂
就是他的全集。

墓碑 (2)

给灵魂的墓志铭

这里躺着一位艺术家
灾难大师

同那毁灭了
他心灵的艺术强度
生活在一起

上帝怜悯
他的伪装

几首俳句

马拉美·芭蕉①

一只跳跃的青蛙
曾经废除

---

①马拉美是19世纪法国象征主义诗人；芭蕉即日本古典俳句大师松尾芭蕉。诗人采用这种姓名构成法来体现东西方诗歌的结合。

古老的池塘

*

天上的月亮
你那么高高地照耀在
奥斯威辛①上空?

*

无垠之夜–
除了你的名字
　　　　万物都在沉睡

*

一颗流星
依然灼热地
陨落在我的手掌上

*

　　　丝帘
风不曾询问
就穿过它吹来

*

夜晚
把一颗星滴进我眼里
消逝

*

我凉鞋上的两片叶子

①二战时期纳粹设在波兰的臭名昭著的集中营。

秋天也想
行走

　　　*

做完之际,
赤身裸体,
一如来临时

　　　*

　　长尾小鹦鹉消失了

它的空笼
　　隐藏一声刺耳尖叫

　　　*

风的事物

一张摇荡的吊床

　　　上面没人

　　　*

　　我正在穿越的
这生活是一次旅行
太糟糕

　　　*

多么令人惊恐
这幅抽象画
　　我在柏油路上的影子

*

一切都说了
一切都未做

说与做

*

　　　起风的下午
即使树木
　　　也想进来

我不是沉默

我不是沉默
那试图要说话
或者为机会的表演
拍手的沉默

我是话语之河
我请求一刻的沉默
中止华尔兹平静趣味
和一点点遗忘

我只能留下一个空间
用群星环绕这被称为
时间的剧场

欧
美
诗
歌
典
藏

动物字母表

动物字母表
或多或少
有二十三只爪子

它经过之处
单词和短语
诞生

翅膀犹如短语
呈现出形状
单词
轻微的风

动物字母表
经过
那一个人没写的文字留下的东西

穿过

穿过
木兰花
白色

这
早晨
蓝色
看见
红色

曾经

曾经
我们打算成为荷马
作品不少于一部《伊利亚特》

后来
事情变得艰难起来
我们也许能设法成为一个兰波①
一个翁加雷蒂某个费尔南多·佩索亚
一个洛尔迦一个金斯伯格一个艾吕雅②

最终
我们以成为小地方的诗人而告终
我们总是
把处理成花朵的时间
隐藏在很多面具后面

保罗列敏斯基

保罗列敏斯基
是一只疯狗
必须用石头
用棍棒打死
要不然他这坏蛋
就可能会
搅乱我们的野餐

①19 世纪法国法国象征主义诗人。

②从翁加雷蒂到艾吕雅，分别为 20 世纪意大利、葡萄牙、西班牙、美国和法国诗人。

无论谁焚烧

无论谁焚烧
我，而且正在焚烧我，雷吉斯，
都选择这种游戏吧。
有朝一日珍视我的名字吧。

让我消失

让我消失
让我融化
让我崩溃
直到
在我之后
在我们之后
在一切之后
只剩下
魅力

一首诗

一首诗
一首无人理解的诗
值得注意

一艘漫游的
小艇的至高
尊严

太阳可以

太阳可以
解释万物

月亮把魅力
赋予万物

雨水
没让这朵花褪色

我街坊上的两个疯子

为了验明灯柱是否亮着
其中一个疯子终日踢踹它们

第二个疯子则整夜
从白纸上
擦掉词语

每个街坊上都有一个疯子
在街坊的翅膀下面
用不了多久我就可能受到
与这该死的事情同等的待遇

绿色草木

突然
我想起那曾经
有过的
最绿的绿色的绿意
那让我发蓝的
最幸福的色调
那你穿着的绿色
绿得就像我遇见你
你也遇见我的
那一天的你的样子

突然
我把我的孩子
出售给一个美国家庭
他们得到了面包车
他们得到了金钱
他们得到了房子
他们的草坪充满乐趣
当回到里约①，现在他们
去海滩把皮肤晒成棕褐色

---

①即巴西城市里约热内卢。